2023

铸牢中华民族共同体意识

中国少数民族文学之星丛书

幻　海

鲍　磊 著

作家出版社

图书在版编目（CIP）数据

幻海 / 鲍磊著 . —北京：作家出版社，2023.11
（中国少数民族文学之星丛书 . 2023 年卷）
ISBN 978-7-5212-2562-4

Ⅰ.①幻⋯　Ⅱ.①鲍⋯　Ⅲ.①长篇小说—中国—当代
Ⅳ.①I247.5

中国国家版本馆 CIP 数据核字（2023）第 202160 号

幻海

作　　者：鲍　磊
责任编辑：史佳丽
特约编辑：郑　函
装帧设计：孙惟静
出版发行：作家出版社有限公司
社　　址：北京农展馆南里 10 号　　　邮　　编：100125
电话传真：86-10-65067186（发行中心及邮购部）
　　　　　86-10-65004079（总编室）
E-mail:zuojia @ zuojia.net.cn
http://www.zuojiachubanshe.com
印　　刷：唐山玺诚印务有限公司
成品尺寸：152×230
字　　数：165 千
印　　张：15.25
版　　次：2023 年 11 月第 1 版
印　　次：2023 年 11 月第 1 次印刷
ISBN　978-7-5212-2562-4
定　　价：45.00 元

编委会名单

主　任：邱华栋

副主任：彭学明　黄国辉

编　委：赵兴红　郑　函

以民族的情意，打造文学的星辰

——"中国少数民族文学之星"丛书总序

邱华栋　彭学明

"铸牢中华民族共同体意识——中国少数民族文学之星"丛书是中国作家协会少数民族文学发展工程的项目之一，于 2018 年开始实施，由中国作家协会创作联络部具体组织落实。出版这套丛书的初衷，是在少数民族文学创作领域贯彻落实习近平文化思想，不断夯实铸牢中华民族共同体意识的文学责任，培养少数民族文学中青年作家，打造少数民族文学精品，为那些已经在少数民族文学界和全国文学界成绩斐然、广有影响的少数民族中青年作家再助一力，再送一程，从而把少数民族文学最优秀的中青年作家集结在一起，以最整齐的队伍、最有力的步伐、最亮丽的身影，走向文学的新高地，迈向文学的高峰，让少数民族文学的星空星光灿烂，少数民族文学的长河奔流不息。以文学的初心，繁荣民族的事业；以民族的情意，打造文学的星辰。

入选"中国少数民族文学之星"丛书的作家，必须是年龄在 50 岁以下的、在少数民族文学界和全国文学界广有影响的少数民族作家。不管是否出版过文学书籍，只要其作品经过本人申请申报、各团体会员单位推荐报送、专家评审论证和中国作协书记处审批而入选的，中国作协将在出版前为其召开改稿会，请专家为其作品望闻问切，以修改作品存在的不足，减少作品出版后无法弥补的遗憾。待其作品修改好后，由中国作协统一安排出版，并进行广泛的宣传推广。

中国是一个多民族的大家庭。每一个民族都沐浴着党的民族政策的光辉、感受着党的民族政策的温暖，都在党的民族政策关怀下，蓬勃发展，欣欣向荣。在这个伟大的新时代，我们正创造着中华民族的新辉煌。每一个民族的发展与巨变，每一个民族的气象与品质，都给我们提供了生生不息的创作源泉。我们每一个民族作家，都应该以一种民族自豪感，去拥抱我们的民族；以一种民族责任感，为我们的民族奉献。用崇高的文学理想，去书写民族的幸福与荣光、讴歌民族的伟大与高尚；以文学的民族情怀，去观照民族的人心与人生、传递民族的精神与力量。

我们期待每一位少数民族作家，都能够到火热的生活中去，到广大的人民中去，立心，扎根，有为，为初心千回百转，为文学千锤百炼，写出拿得出、立得住、走得远、留得下的文学精品。不负时代。不负民

穿梭在现实与幻境之间

——鲍磊长篇小说《幻海》序

陈亚军

蒙古族青年作家鲍磊，已在北京生活十六年，也因之他创作的目光，未聚焦在草原、牧区与牧民生活，却将笔触游走在北京这块热土上。

2007年夏天，鲍磊租住在北京南二环一家医院的地下室隔板间。他一边工作、一边学习，撰写文艺学专业的硕士毕业论文。以后，他进入互联网公司，做了十多年的旅游编辑。其间，他两次被内蒙古作家协会推荐至鲁迅文学院读书，先后在《民族文学》等文学期刊发表了多篇作品，成为中国作家协会会员。

据我了解，鲍磊的文学创作内容涉及四个方面：大城市里小人物的命运沉浮，年轻职场人在互联网时代的生存状况，城市家庭问题中的人物情感纠葛，奇思怪谈类的故事。现在即将出版的这部长篇小说《幻海》，不属于上面的哪一类，而是将现实与幻境之间作为时空对象，试图展现作者对生活的理解和认识。

这部小说的主人公叫阿凯，40岁，在南方从事旅行社新媒体运营工作。在一次意外的晕倒中，他被一个身穿白色衣服的姑娘送往医院。之后，她就神秘消失了。阿凯一心要找到自己的救命恩人。偶然间他获取了一点线索，就利用休假机会来到北方。在一个叫幻海的书店，他认识了女老板靳虹，也留在了书店工作。靳虹50岁，退休前是一名医院护士长。她喜欢发手机微信——从文字到语音，已经对阿凯造成了心理负担，甚至是某种程度上的骚扰。为此，阿凯暂时离开书店，名义上是躲避疫情、调整身心。小说采用了超越时空、虚实结合双线叙事的文学表现手法：一条是踏在现实之路，一条是迈进虚幻之境。在现实世界与奇异梦境之间的切换交替，成为小说展开情节、反衬人物精神状态的一种方式——实现故事情节的跳跃延伸和人物情感的直接补充，由此形成小说显性的叙事风格。

一个"梦"字，在小说里出现了七十多处："人在睡着时，灵魂会跟随梦境，跨越维度，没有时空之限地遨游。""梦不就是这样，感觉做了好长时间，却是醒来前的须臾片刻。""他被自己意识到的正在梦里所听见看见的一切吓住了，于是拼命地提醒自己赶紧醒过来。正当他在梦中惊慌失措时，地铁安保员戴着口罩终于把他摇醒。"作者正是借助梦里梦外的境界变换，把人物的内心波澜搅动起来给人看。梦，在中国传统文学中是一个载体，一个隐喻，由此觇人情、征人心，开拓作者在小说现实里未能明说或不便表露的想法和情节；尤其是对于平凡小人物的描写，展示其丰富的内心以及复杂的情绪，多数情况下决定小说的成败。我想，"幻海"是解读这部小说的一把钥匙：用它去开启北方城市的大门；用它去解码书店的缘生缘起；用它去拨动现实与梦境之间的薄纱。

现实人生与梦中故事的虚实相生和相互映衬，需要作者具备应有的想象能力。这种想象，就是康德所说的"再现一个本身并未出场的对象的能力"。想象的发动力源于小说叙事现实中的"触发点"，其内涵是夸张往事也罢，现实演绎也罢，无理拼接也罢，都可能是活生生的、充满意蕴的场景或情节，加之这种想象未能离开作者生活的时代语境，从而使它们与叙事现实一起成为密不可分的完整故事。在这里，作者引入了骁勇善战、试与天争的佛教护法神"阿修罗"。"这已经不是第一次感觉身体里似乎有另外一个自己就要撕破人皮冲出来的狰狞。"于是，主人公阿凯自问道："难不成，身体里住着一个阿修罗？"看得出来，作者在小说中试图对复杂的人性有一个思考，并经常以人物内心活动的自问自答形式，主持这样的松散且有逻辑的叙事情节。

作为本书的题记，作者引用了这样一段话："你偏恋那火宅煎熬，幻海沦胥，忘却来生路。"所谓幻海，是佛教指称人间尘世的用语，而幻海沦胥的意思是，在凡尘的痛苦中沦丧，或受到牵连无以为生。这句话出自明代戏剧作家高濂的《玉簪记》第八出《谭经》。该剧写的是书生潘必正赴考落第，在暂住姑母尼庵时，遇见年轻女尼陈妙常；他们彼此互生爱慕，不料私情被姑母看破，唯恐坏了佛门清规，就催迫必正立赴临安应试。妙常连夜乘小舟追赶，倾诉离情，并赠玉簪为誓。结果，必正及第授官，迎娶妙常。

作者借了传统戏剧及其引语，暗喻了这部小说故事或情节向着人物情感世界的探望。特别是小说在第四章第七十七节中再次出现本书的题记内容，似乎说明了作者的创作意图。书中写道：一个叫庆喜的姑娘，她身着白衣从森林深处走来。"一盆海棠，一盆麒麟掌。海棠树姿婀娜，她取名靳虹；麒麟掌中正开阔，他唤作廖一凯。"她喜欢变化自己的身体，有时竟变成一只白色的蜻蜓。她教训别人时，曾放声朗诵："你偏恋那火宅煎熬，幻海沦胥，忘却来生路。"

作为一位少数民族青年作家，勤勉于文学创作，并在突破自己写作经验上有探索的勇气并为之益力，这是鲍磊创作耐人期待的重要一点。因为现代主义文学看重内心世界的呈现，甚至把关注社会生活集中于个性、环境、意绪等的感觉范围，无论它是欢愉和谐的，还是冲突挣扎的，只要是"扩大或深邃人们的同情与慰藉，并提高人们的精神"，就是履行了"文学的真使命"（郑振铎语）。正因为精神的东西是生长在物质世界上的最美花朵。

这里有三点，可以看出作者对现实生活的用心程度。首先，在意叙事背景的衬托。小说的叙事背景是新冠疫情防控期间，这是一个社会驳杂、躁动的特殊阶段。如："疫情没有丝毫消散的迹象。臃肿的防护服、口罩、手套，像一次回家途中被陌生人的跟踪，避之不及。""小区因疑似密接者封闭。居家隔离办公的阿凯，闭门不出已经十一天了。""像大多数受疫情波及的学生一样，老老实实在家上网课、睡觉、点外卖，如此反复，成为每日常态。""刚下过雨，空气里有一股湿漉漉的泥土味儿。阿凯偷偷将口罩扽在鼻下，趁着丢垃圾间歇，贪婪地闻了闻。"还讲到了"疫情期间，发热就医，意味着要经过比平时更为繁琐的问诊流程……无论因何种疾病诱发的高热，都需要在专门的发热门诊待足五个小时，且核酸检测、肺部 CT、采血等指标一切正常方能离开"。这些背景的重要性，不仅交代了小说构建的时代坐标，也营造了小说环境及氛围，对小说人物身份、生活样态，提供了符合逻辑的根据，特别是对人物思想情感的酝酿和呈现，产生了潜移默化的影响。所以，这种精简的社会背景，成为小说的有机组成部分。

第二点是在意小说细节的呈现。小说以阿凯为中心，建立了相互关联的人物关系网，从他们的处境，以及交往和活动中带出人性的底色和精神世界。如与主人公有特殊关系的白衣姑娘，一直似有非有地在故事进程中闪烁，直到小说第七十五节才多有了一点信息：在幻觉中的"森林深处，女孩说：我就是你那个朝朝暮暮，踏遍千山万水，从南至北，千里迢迢寻找的白衣姑娘。我的名字，叫庆喜。""庆喜？怎么感觉在哪里听过？"阿凯错愕。女孩提示道"断桥酒肆"。那是他与靳虹曾经喝酒的地方。后来，一阵天旋地转的狂风吹过，女孩就渐渐退去，直至消失了。在这里，作者慢慢地拨开幻觉通往现实路径的迷雾。又如与主人公有现实关系的靳虹，是小说布局关系网的重要节点。这个关系在第一章第一节就以接听手机的场面出现了，而且透露了三个信息：她是阿凯的老板，喜欢发送手机信息，而且与他似乎有情感上的空间。值得注意的是，小说的最后一节，所涉及的人物关系，仍然是靳虹，正是接听了她的手机留音，让小说主人公，感慨生活："所有关系的破裂，倘若找出一个共同点，无非跟钱有关。"小说的这种首尾呼应的结构，展现了作者把握时间跨度、深化主题情节的精致设置，具有文学上的点睛效果。读者完全可以依据这个线索，熟悉相关人物关系，如靳虹在国外念书、趁疫情回国的女儿，如书店会员、长得白胖的帽子小姐，如挺着大肚子、摇着鞋拔子脸的店员王迪等。在现实主义作品中，人物关系往往处于核心位置，他们的自身内涵和互动状态，构成了透视社会时代背景的基础。

第三点是在意对人生的反思。人生就是一条有始有终的线段，而最美好的时刻，也许是短暂的。于是，人们常常疑问从哪里获得人生的动力呢？如果说文学作品有哲学功能的话，那么它大抵表现在人们经历各种事变之后的对生命内涵和生存价值的思考。在这部小说中常常出现关于人生的感叹："有了钱，倒不指望鬼推磨，却能跨越许多鸿沟。""人生总有几笔糊涂账。""对一个自始至终常年独自生活的人而言，没有实际上那种人间烟火气的意义。于是，等待，就成为意义本身。""吃饱！睡饱！人生不怕。""几粒早熟的桑葚，急着提前掉落，真是像极了人生这趟殊途同归的列车，已经活得不耐烦的乘客，想赶快跳车。"记得丹麦文学批评家勃兰兑斯说过，文学要它有生命，一定要直接和人生往来，解释人生中的各种问题。我想，作家要有对现实认知的能力，在对人生矛盾的洞察中把握、左右人物行为的动机和目的；尤其要关注经历过或正在经历着的那些触及灵魂事情的人们，是怎样在从前的风景中回味出新的东西。小说人物活动在疫情防控期间，有了人事幻境的联翩，有了生命感悟的踊跃，这是环境逼仄与创作文思的风水相激的结果，更是作者构建社会认知能力上的一次值得赞许的尝试。

从作者的经历和作品看，作者努力写出在大城市生活的经验，以孤单的、常常带着好奇的眼光审视周围环境的普通人身份。

作者曾任知名互联网旅游频道主编，走访过埃及、阿联酋、瑞典、澳大利亚、美国夏威夷等国家与地区。所以，他说："城市中扑面而来的风景，遇见的形形色色的人，十余年做旅游编辑行走的近二十个国家，心底所泛起的种种涟漪……都向我这个漂泊无根的蒙古族写作者，提供了宝贵的创作素材。"诚然，小说的很多情节和对事物的认知，都留下了作者实际生活经历的影子。如书店会员制经营、文字编辑业务、世界旅行知识等，都写得很专业并令读者有身临其境之感。

《幻海》作为鲍磊的又一部长篇小说，较之前两部长篇《夜照亮了夜》与《青春是远方流动的河》，无论是思想格局还是叙述手法，又做了一次全新的尝试。作者并没有重复自己，而是一直在不断进行着探索，希望读者在此书中能有所共鸣与收获。

2023 年 10 月 8 日于北京

目 录

∽

你偏恋那火宅煎熬，幻海沧胥，忘却来生路。

——〔明〕高濂《玉簪记·谭经》

那是在一个没有光照射进来的山洞，一块儿突兀的天然巨型岩石板，平整光洁。一枚蛋，寂静地置于其上。洞外，瀑布从悬崖上倾泻而下，湍急的巨响，与像是用一把锤子敲打那枚蛋的声音混杂在一起。"叮——叮——叮"，听上去，拳头一般大小的蛋，明显是金属质地。无从知晓，那枚蛋，是被自然孕育，还是有意被谁放置于此。锤子每落下一次，那一声叮，便会从尖锐刺耳绵延成低沉的回响，直至消弭在洞口刷刷的水帘中。

　　我紧闭着双眼，虽然眼珠止不住地转动，却迟迟没有醒来。或许，是我太过贪恋这个梦了。大瀑布的水流声不绝于耳。洞口，升起一束耀眼的光……

第一章：时光秘移

在幻海，有些人穷得，似乎就只剩下钱了。

一

响雷劈开沉闷天际，阿凯正为自己庆祝四十岁生日。天象异常已经一连数日。一声清脆的惊雷后，悬着的心反倒稍稍落下。廖一凯望向对面敞开大门的那方天空，在一番若有所思后，继续一个人，静定地坐在鼓楼这家时常惠顾的驴肉火烧店，一边吃，一边瞄向在桌上倒腾小细腿儿的一只苍蝇。

天底下，不知有多少同样叫作鼓楼的地方，幻海，算是其中之一。这是一座并没有海的超级城市，近三千年历史，建立在苍茫的北方平原上。曾经存在过一个又一个王朝，被一个又一个君主统治，一项项规章制度建立、废除。时间，以太极的浑圆向前滚动。倘若世间真的有鬼神，得有多少魂灵穿过真实的在此居住过的帝王与百姓呢？

最近，他对人类果真是由猿猴进化来的假说再次表示怀疑。对于达尔文进化论的质疑，让他想起"苍蝇不叮无缝的蛋"这句话。视觉上貌似恶心的四条腿昆虫（或许苍蝇也不想长成这样吧。当然这只是从人的普世审美出发，或许在它们眼中，人类反而丑陋无比也说不定！），与好吃的由大牲口的驴肉做成的美味并无任何联系，更何况是类人猿——人——苍蝇——驴了。当八竿子打不着却停不下来的胡思乱想变成一种常态，他自行诊断并暗暗思忖：

"莫非，在幻海书店上班两年后落下了职业病？"

累，准确说心累，不时感到心脏突然被一双大手团住，发紧、畏寒，貌似一个月前从森林谷景区团建回来后加重了。正值夏末秋初，素来干燥少雨的幻海，孰料从开年伊始就雨水不绝。种种迹象暗示，在幻海，似乎已经出现了气象学家早些年所说的"第五季"苗头：它不会按照春夏秋冬四季的时间有序更迭，与之相应的雨雪风霜，貌似是一种随机性，实则是别有一番的刻意安排。这不得不让阿凯更加怀疑，整个大气层，或许就是一个活的生命体，有情绪，会呼吸。

伴随着一声更为干脆的响雷，顷刻间，大雨哗哗地从天上一泻万里，像极了不再遁形的天兵天将，以急切的阵势，来这温柔富贵乡喝上一顿好酒。肉香配着咬下去酥脆作响的馍，口腔被香味与嚼劲儿满足的快感，再次印证，没有什么烦恼忧愁是吃解决不了的。对着空气一阵傻笑后，半张着嚼了一半火烧的嘴，用油脂麻花的手，再次滑开手机。这不，她的微信消息又来了，只是这一回稍显正常，是文字，而非是一条又一条狂轰滥炸的语音。

靳虹：你咋没来上班？

阿凯：今天休息。

靳虹：忙糊涂了。快来！区委书记下午到店视察。

阿凯：好。

二

那还是许多年前，一场突如其来地晕倒，发生在阿凯小便时。当他醒来，已经脑袋发沉地躺在高压氧舱，完全忘记之前发生过什么，也没人告诉他得了什么病。在小小的逼仄空间，倒是令人幽闭恐惧起来。据说送他去医院的，是一个女孩儿，自称跟他上同一所大学。调了监控，只能在当时分辨率不高的屏幕上，看见一个身穿白色衣服背影模糊的姑娘。

只身一人从南方搬到幻海寻人的廖一凯，近两年，还没回过老家。似乎每一个未婚的大龄男人，跟家人的关系都很微妙，不知是自行疏远，还是对方生出厌嫌之心，彼此达成某种默契：爱咋折腾，随便吧。

阿凯只字不提有关父母的一切：叫什么名字，多少岁了，干什么工作的，退休了没有，身体状况如何，等等。他像是从石缝里突然钻出来的一根野草，用某种以柔克刚的姿态，坚忍不拔，倔犟地活在幻海。准确说，是在等一个人，他的救命恩人，那个白衣女孩儿。

三

周一，除了是幻海大大小小博物馆闭馆，理发店歇业的日子，还是阿凯的休息日。对于一周只休一天的阿凯来讲，能够不被任何一条微信打扰，简直是痴人做梦。靳虹召他速速回店的消息，像是一道不敢违逆的圣旨，在驴肉火烧刚刚带来的幸福感只短暂停留数秒后便消失殆尽。回还是不回？撒谎还是诚实？是摆在他面前的两个选择。驴火店与书店正好处在城市对角线的两端，赶回去，至少需要两个钟头。待一番痛苦的挣扎后，垂头丧气地结完账，冒着大雨右拐，不打伞直奔地铁站。急速的雨线在眼前不停冲刷，一边奔跑，一边仰头张开嘴，贪婪地灌下两口雨水，咕咚咕咚使劲地咽下。在轰隆隆持续作响的雷声中，黑压压的云层里，似乎有什么东西在动。阿凯脊背一阵发凉，不知是吓着了，还是被瓢泼大雨硬生生地浇病了，总觉有什么东西在悄悄跟随着他。

唵，嘛，呢，叭，咪，吽。每当害怕时，心中就念起六字真言给自己壮胆。用外公的话讲：天底下哪有什么鬼啊神的。人，就是鬼。

人死如灯灭。阿凯在雨中继续狂奔。到现在也无法接受外公突然去世的事实。天空开始呈现一种不好形容的紫蓝色，仿佛被化学药水稀释了一般。云中似乎真有什么东西在动，只是稍一认真注视，便会立马先观察者一步，恢复到一片寂静。突然，眼前闪现一道刺眼的白光，阿凯像是被什么东西给绊住，瞠目结舌，停住了脚步。

不是大雨滂沱吗？眼前怎么变成了一片银白世界。

一只小黄鸟歪着头，小小的爪子咬合在雪地一块石子上，一动不动地看着他。它明显不惧怕人类，没有飞走的意思。嘴尖，那一抹猩红的喙，相当扎眼。通过不时鼓动的脖颈，辨识出它应该在啼叫。

天上飘着雪片，听不见森林里的任何响动。只能依照嘴的蠕动，像读唇语一般，没有经过任何学习，试着解读出小黄鸟的语言。

从南方移居幻海之初，没租房子前，一直住在书店所在大楼的一间办公室。靳虹问他怕不怕，他回，其实有一些。她安慰道，想象自己置身在一片茂密森林，书本由这些森林之树做成，你被鸟语花香团团围住，邪魔污秽便也无法近身。她上班早，对于神鬼之说，似乎总有一套自己的认知。更何况作为商人，几乎就没有不信风水的。

虽然做奇奇怪怪的梦从小就有，似乎住在幻海，让怪梦从梦境走出，像幻灯机一样，投射在现实。帽子小姐是个彻底的无神论者，她的说法有一点儿与靳虹类似：书里记载大量信息，是做出那些奇奇怪怪梦的源头。

他驻足在雪中，倒不觉得寒冷，眼前的景象看上去反而是暖和和的。雪花一直飘落，虽然一片迷雾，却能感知到太阳在天空一端，斜斜地向这边照射。冰溜子、树挂，从高耸的白桦树上悄无声响地坠落。

这是幻境之冬。

四

带着被大雨浇透的身体回到幻海，王迪套着他那副背后永远当嘟着线头的围裙，倚着吧台，偷瞄。

"烦死，下这么大的雨，书记能来才怪呢！"身子俨然已经长在书店的帽子小姐，双手捧着一杯桂花拿铁，唉声叹气道。

"哟！桂花味儿的咖啡看来终于是喝上了。"阿凯一边说，一边又看了看闷楚楚的王迪，只见他透过一圈圈厚厚的近视镜片，嘴里嘟囔：

"历史是任人随意打扮的小姑娘。"

阿凯听见，一边叹气，一边摇头："唉，这孩子读书读得走火入魔，算是没救了。"

"我怎么听着这句话这么耳熟？"帽子小姐问。

"自习室墙上书架，某个人的书里，自己翻去。"阿凯回。

"廖一凯，去茶室，靳姐喊你！"不见踪影，只听保洁阿姨叫他。

"看来张姐跟你一样，都是大嗓门。"王迪扶了扶眼镜，对端着桂花拿铁的帽子小姐说。

"嘿，你什么意思？她能跟我同日而语嘛！"帽子小姐不愿意起来。

"真是冤家。你俩继续，我闪。"说完，阿凯先奔向盥洗室。在简单冲了一个澡后，换上一身新工服，去往茶室。

五

"你知道一天中最舒服在啥时候吗？"靳虹自问自答道，"早晨排便时。"说完，夹起一颗瓜子，嗑起来。

"哦。"阿凯随声附和。

"难道你就不好奇，甚至不觉得恶心吗？"靳虹接着问。

"不会。而且，不该问的，不问。"说罢，阿凯不好意思地抿着嘴笑了笑。

"粪便经由大肠末端，刺激上面的神经，一种说不上来的兴奋感便油然而生。"靳虹一边解释，一边嗑着瓜子。

"哦，好，知道了。"阿凯重申道。

"你咋这么拘谨。"靳虹叹了口气说。

"是吗？可能性格就这样吧。"阿凯一边说，一边耸耸肩，接着说道，"我就做我自己好了，反正，别人都有人做了。"

"好吧！你别嫌我烦就行。还有，在医院待的时间最长，什么屎啊尿的，包括你们小年轻兴许都不好意思说出口的性器官，我啊，随口都说习惯了。见谅，见谅！"她解释道。

"不会。"他回。

在茶室。靳虹说过，排便时，会有一种难以描述的快感。然而回到事儿赶事儿的现实，除了要面对纷繁复杂的人与事，各种填表、申报、与推销的销售沟通、选产品、确认订单、做培训、和颜悦色服务好充满无限精力"帽子小姐式"的会员外，更要应付靳虹那些没完没了的微信。除了烦，还有袭来的一阵阵恶心。靳虹的消息大多在深更半夜噼里啪啦地蹦进来，以至于他不得不猜想，这个老女人，该不会是早就离婚了吧？否则，不应在家好好照顾老公吗？当他用"老女人"形容她时，一种使不得的愧疚感从心底升起。"我不该以怨报德。再怎么说，她也是我的恩人。"

一位白发苍苍的老者从玻璃门外向里探头，靳虹起身，赶忙迎上："快进，老首长。"

"不会打扰你们谈事吧？"老首长笑脸盈盈，客客气气地问道。

"哪里，不会。再说我俩也没谈啥正事，随便唠嗑呢。"靳虹回道。

"那就好，那就好。"一边说，一边拽着突然扭捏起来的帽子小姐，敞敞亮亮地说，"虹儿啊，我就不拐弯抹角地兜圈子了。有这么一个事儿，你看能办不。咱家闺女啊，想来你这幻海兼职。我看啥兼职不兼职的，当个义工还差不多。她啊，喜欢读书，尤其喜欢阿凯组织的读书会。你看，要不就让她跟着阿凯和你，历练历练？"

靳虹听完，把脸转向帽子小姐，拉着她的手，又走到阿凯身边，对她说："还不叫师傅！"老首长哈哈哈，笑得那叫一个开怀。

"师傅这个称呼可不敢当。靳姐，读书会目前还行，暂时不缺人手。我想，还是等等看。"做什么事都不喜欢藏着掖着的阿凯直接回绝道。

"嚯！虹儿啊，我看这小子比你这个董事长的官儿还大咧！怎么着，你做不了主？"老首长埋汰完阿凯，把问题又丢给靳虹。

"瞧您说的！外面雨下得这么大，咱爷儿几个好好喝两盅茶驱驱寒。一会儿区长来店检查工作。"

"就是那个老郑？"

"对！是郑区长。"

"那你们先聊，我先撤。老伴儿说晚上涮火锅，我这羊肉卷还没买呢。"说完，着急忙慌地闪了。

傍晚五点二十九分，雨终于慢慢小了。在这个被日本动漫称作神隐的时间段，会发生许多匪夷所思的事情。比如，小孩失踪，干脆就叫神隐。这不禁让阿凯想起自己第一次出国，当走出东京地铁，迷失在霓虹灯闪烁的广场，虽然早已过了黄昏时刻，然而那个热心肠的中国人，带着他步行前往池袋附近的太阳王子酒店，走着走着，男人先前的笑意渐渐消失，川流不息的车辆与人群慢慢减少。他跟着他，进入到一片葱绿的树林。

这段奇异插曲，阿凯也只是记到日记里，对谁都没有讲过。

提议在工作日下午五点半开设"《红楼梦》领读小课堂"，是在郑书记冒雨视察书店的次日。想也不用想，那一晚，靳虹发给阿凯的微信得有多多。也不知怎的，阿凯在日记上，突然写下这句话：

"头顶三尺有神明，不畏人知畏己知。"

落笔前，他还纠结，开头到底是"举头"还是"头顶"呢？这个念文科却在上大学伊始就渴望环游世界的高才生，在也动了想体会一下逃课、通宵泡网吧的歪心思后，却坚定地选择了一定要好好学习，就像认真对待曾经主编的文学院刊一样。四年也好，或者三年、七年，总之，他知道青春与芳华会转瞬即逝。这个世界，总有人年轻，总有人比你年轻，比你厉害，却比你更低调。

"春光普照一张唯美的脸。"随后他又记道，"要让自己身体里善的东西，力所能及配额给身边的人。或许微小的一份给予，对别人来说，就能支撑他们早已万念俱灰千疮百孔的心。"

郑书记对廖一凯的评价非常高，原话是："长得帅的年轻人很多，但长得帅的作家寥寥无几。"

"书记，不敢当！我不是作家，充其量只是个文学爱好者。"阿凯一边不好意思，一边一个劲儿地说"哪里""不会""哪有"。

当初刚来幻海上班，一向有经营头脑的靳虹，用作家这个噱头给书店造势，阿凯的 Title① 还不是执行店长，而是"驻店作家"。原来，幻海所在的行政区域六合区大多是回迁户。彼时这座古城的初代居民，他们的后代，子子孙孙，通过勤劳的双手建造成为超级大都市后，在像是竹笋一般拔地而起的摩天大楼群之间，昔日住宅便显得灰头土脸。拆、搬，成为二十年前幻海的一项大工程。那时哪里有什么六合区，这边还是一片荒山野岭。此外，还有一个不能被轻易提及名字的湖，在已经算是西郊的六合区的更西边。在新的行政区，充满市井的烟火气，是幻海最大的亮点。在近乎无情的幻海，这边才是有血有肉，允许哭泣的地方。这两年，已经人口爆炸的幻海，甚至觉察出丧失文化底蕴的幻海，开始锁定对这座城最具感情的老一代幻海人，拟打造许许多多带有文化韵味的新地标，让崭新的六合区充满浓浓的古味。

在读书很少的靳虹眼里，认为办过校内文学刊物的阿凯，就是一名作家。她鼓励他要自信，要相信终归有一天会出版属于自己的作品，暗示他，书店注册的"十三月文化有限公司"，具备出版与发行的资质，想出书，看看未来怎么操作。

人最为奇妙的地方，是在于走路时忘记目的地。首先，他为什

---

① 职位名称的意思。

么要来到幻海这座超级城市？其次，他为什么选择留在幻海书店？
他还清楚地记得吗？

六

"是她？莫非是她？"阿凯凑近电视，仔细端详节目标题打出的
《幻海在幻海之上，打卡特色书店幻海》，一个站在黑胶唱机前，落
落大方介绍书店的女孩，像极了杳无音信多年的她。

"你确信，就是她？"靳虹问道。

"应该是的。难道您没印象？"阿凯问。

"开业当天客流爆满，媒体、自媒体拍摄打卡的一大堆。我脸
盲，记不住。"她回道。

这阵子，因为幻海刚开张不久，忙前跑后的靳虹从没睡饱过。
实在困急眼了，就枕着胳膊，趴在挂有八块监控屏的办公室小睡一
会儿。当她被阿凯问及上述那番话时，抬头纹刚用除皱针填过没几
天，上额僵硬，眼周除了黑眼圈没遮好，面色尚可。当他大致表达
寻人的目的后，靳虹接下来说："要不，你来幻海上班吧！"这让阿
凯大为惊讶。

"我有神通。别看我们第一次见面，但我有预感，我们有缘。"
她说。

"这……这样合适吗？"

"有啥不合适！难不成怕我把你吃喽？"

"不是。"

"那就行！别想太多。"

"好吧。"

应完声的阿凯感觉自己就像是一只任人摆布的大龙猫，被眼前这个女巫般的商人蛊惑了头脑，虽说应允的确是自己说出口的，但就是有一股说不上来的阴风搅动了他的思绪。既然作出决定，甭管是真心还是假意，看在眼前穷这个节骨眼上，索性就硬着头皮干吧。他深知，穷，是这个世界最可怕的怪兽。

七

坐着火车初来乍到，以休掉剩余年假的旅行姿态前来散心，可以在相对无事一身轻的空白喘息中，好好想想关于未来的出路。追寻电视机里那个熟悉又陌生女孩的身影，试探性地，一厢情愿地来幻海先瞧瞧吧。

他不知道这里的雾霾竟然这么大。虽然不止一次见过有关这座超级城市霾灾的新闻报道，但身临其境，被弥漫的霾雾笼罩，平生还是头一次。大雾升起，足有一种科幻般的错觉，而霾，除却眼睛，还会令喉咙不适，让胸口感到憋闷。低着头，双手揣在上衣兜，背着大大的双肩包，前倾着身子，踢着落了一地的干树叶，坚定地往书店的方向走去。气温湿冷湿冷的，想，总有一天，要终结掉需要花费时间的旅行。耗在路上的时间，都是不可逆的浪费吧。但转念一想，那些矗立在这个世界其他地方已经上千年的古堡，仍旧坚不可摧。曾经，飞机载着他跨越崇山峻岭，掠过一望无际海洋上的云端，一个人走南闯北，从此地到达彼岸。春夏秋冬，寒来暑往，当小松鼠用警觉的眼神小心翼翼地觅食，仍旧用不停忙活的小爪子攫取松果，又想，作为四体健全的人，怎么能活得不如一只小动物不求上进呢？

那么，生而为人的这一世，就请用尽全力地燃烧、活透吧！

大风刮起，树叶哗哗掉落，他已感觉到这里没有了惯常的四季。不再分明的季节，像倔强不轻易袒露心扉的黎民百姓，真实却又沉闷地过活。背着书包在风中走路，试图让思绪不再泛滥。走路，就只是心意单纯地走。阳光很刺眼，照射在冰凌尖尖的一角，"这要不小心掉下来，不得把人扎个好歹！"做了十年采编的他不禁想。

总为他人考虑，对别人好，一味地付出，很可能是一种病。但也有可能是因为具备一颗佛心，拥有至高无上的德行与大智慧。俗气的人，认为那样很傻。不计回报，心甘情愿利他的人，反倒乐在其中。

人世间的事，不就是这样。有亏有欠，你来我往，人与人之间的关系才能良好为继。有时，他感觉自己的身体像是一个大火炉，热股嘟嘟，抑制不住想要往外喷火。有时，他又觉得内心天寒地冻，只想把双手揣在兜里一动不动。说白了，就是性格太过敏感。一丁点儿的风吹草动，陌生人不经意的一个眼神，都能让他琢磨半天。他自己也清楚，与其这样经受巨大且没有任何意义的精神内耗，不如及时叫停，强迫意识不在虚空的问题上过多停留。但就是这样自我暗示，效果也微乎其微。似乎总是有那么一类人，在生活的须臾之间，思索那些有的没的，反倒成为了一种常态。

苏联发射的一颗载有莱卡狗的斯普特尼克 2 号卫星，因为没有设计回收程序，那只遨游太空的第一个生命体，早已成为人类太空生物实验的牺牲品，在地球外轨道以标本的模样永久漂泊。还有旅行者 1 号，承载着截至二十世纪七十年代人类文明记录的金唱片，在长达近半个世纪的飞行旅途中，仍然不知疲倦地遨游在太阳系。人造卫星也好，为人类科技进步献身的一只狗也罢，肩负使命遨游在太空，它们，一定也很孤独吧。据科学家推测，太阳系被一层假设包裹着星系的球体云团奥尔特云所保护。人类，或许真的就是金字塔的顶尖——在无穷无尽浩渺宇宙时空，能够思考，能够拥有快乐与悲伤的能力，就只有人类自己。

然而，就在旅行者1号回眸所拍摄到的那张经典天文照片，地球，就像是一颗尘埃般的存在。正是在这颗小小的星球上，人类繁衍生息。人类文明，目前看来，尚且可以亘古永继。

比起宇宙，那些悬而未决的种种假说，没有什么能比心灵感受到的人间烟火气更为真实的了。而生活中最平凡无奇却又熠熠生辉的事情，是善良、谦逊、低调、读书、学习、进步，结识正人君子。那些能让你生气的，都不是真正的君子。

廖一凯这是曾受过多大委屈，把君子都给搬了出来。所以说嘛，旅行者1号它回头拍它的地球小圆点照片，而地球上的人类照旧因一言不合就打起仗来。职场里的争斗，更是一场场没有硝烟的战争。他离开职场，是早晚的事。

阿凯有预感，自己应该很是喜欢幻海这座城市。否则，不会有一种强烈地想要停留定居的游移。毕竟，能够让他牵肠挂肚的东西并不多。无论是一个人，一件具体的事，还是一个不会讲话的物件，比如陪伴他长大的玩具狗熊。

千难万难，陪你细水长流的那个人，才作数。中间因这样、那样缘由提前退场的，都是来度你的贵人。他们与你的缘分，大多属于昙花一现。

八

第一次迈入幻海书店，恰巧遇见一个男人在与靳虹谈事：

"需不需要再招一个人，专门做营销。"

"那就要区分，我们是对内，还是对外。一个人，是踏实，还是油，接触一下，说上三两句话，马上就知道了。"靳虹说完，又说道："这工作，做得也太容易了吧。"

"是啊。我都能做。"男人随声附和。

"那就先这样。有事儿，你再随时找我。我先跟这位远道而来的小兄弟聊。"靳虹说。

英雄所见略同。都说，女人心，海底针。

廖一凯吹了吹茶杯里漂浮的茶叶絮，嘘着水面，小心翼翼，将茶水一小口一小口抿进嘴里。生津止渴的热茶，洗去了北上的风尘。

他是一个爱笑，举止略显拙笨，动不动就低头，将眼神落在浮尘扬起来所营造的方块光影区，极易害羞的男人。

见他如此羞赧，靳虹问："看你疲倦的样子，是不是很困？"

"嗯。"

"那你先去睡。"

她说完，转身，移开书架上的一本书，伸手，扳动隐藏的机关。墙面中央裂开了一道缝，布满书的墙体翻转成九十度的一扇门。里面四角烛火微微，中间摆着一张加宽的单人床，左侧床头柜摆着一个鱼缸，里面养着一条红金鱼，纹丝不动。廖一凯张着讶异的大嘴，挪着小步，踩着咯吱咯吱作响的地板，探进密室。

伴随着一阵急促的吱扭声，墙门以翻倍的速度迅速闭合，吓得他赶忙回头。见被关上的书墙挂着一幅油画，似曾相识，好像是拉斐尔那张戴着帽子忧郁回眸的自画像。许是太困，他只想先上床睡一觉。于是掀开白色被子，钻进去，和衣而睡。

他仿佛进入到一种很虚空的安静之中，也像是儿时读书时内心持续震荡着一种如饥似渴的求知欲。但它又像是一种升起的贪念，在半睡半醒的迷糊中，感受到对这份欲念的执着。它们空空荡荡、真真切切地飘浮，恰似一枚圆球，撞上无形的结界，弹回，再撞上，又被弹回来。如此这般，一直来来回回的。

梦里，阿凯来到一座山脚下，直觉告诉他，这山，是须弥山。

他从未有过任何形式的信仰，在饱和度与亮度都不高的梦境里，只见这座山头，云与地，靠飘渺的一际水线相连。袅袅炊烟似的薄雾，自下而上，缓缓升起。水线上攀附着一些未知生物，从模糊不清的背影轮廓看，像是一只只青蛙。灰白色，却也似人形。阿凯自思道："莫非是蛙人？"它们像是一颗颗错落有致的巨大水珠，粘连在水雾所喷造的水帘上。那么多密密麻麻的蛙人，有一只倒显得格外奇怪。通体银白，回着头，似乎在一直盯着他看。可它却没有眼睛，只是一团虚空的，如同橡皮泥一般的胶状物。阿凯就站在没有植物参照的群山之间，不知身处何时季节，只觉一股清凉的风从身后一直吹，火烧火燎的无名火气，逐渐被阵阵凉意熄灭。当这股微凉逐渐加深，变成一种叩击牙齿的寒冷，身后突然伸出一只锋利的爪子。

阿凯猛地惊醒，使劲攥住拳头，像刚出生的婴儿，平躺着，闭着双眼，蹬了一个空腿，双手攥得紧紧的。耳旁有滑冰鞋溜在书店木地板上的轱辘声，恍惚中，觉得鞋子四周闪烁着七彩灯，一个五六岁男孩儿的清脆嗓音连连唤着"姥爷，姥爷"。不知不觉，像是心里熬着一锅白粥，微微泛起一股酸楚。慢慢睁开眼睛，除了发现自己仍躺在密室的床上，墙角烛火跳跃，一股股寒气从脸颊掠过。红色金鱼换了一个方向，仍旧纹丝不动。阿凯急促地咳嗽了一阵，靳虹知道他这是睡醒了。

"是不是着凉了？"她关切地问道。

"刚才有一股风吹过，很玄。"阿凯继续咳嗽道。

"不可能。幻海无论哪个地方，都密闭得非常严实。"她一边说，一边招呼他出来，然后接着说道：

"聚气。总之不能开窗。其实大厅有窗户，都给挡上了。"顺着靳虹一边介绍一边比画的手势抬头探去，果然，西侧墙梁上有一条长长的天窗，却被从外面悬挂的巨型广告牌给遮住了。

"这个广告位，十五万。"靳虹平静地交代道。

阿凯觉得贵得不可思议。在南方一座四季如春的城市，工作已近十年，别说十五万，就连五万存款都没攒下。他故作淡定哦地附和了一声，然后不明所以地打岔道：

"靳姐，我走过一些国家，似乎没有哪个地方，能比来幻海的路上所见的落叶大道更美的了。请允许我用落叶大道形容大厦后面那条没什么人经过的马路。刚刚来的路上，听着吱吱作响的踩踏声，感觉是很扎实走路的声响。怎么说呢，就是觉得自己很开心！"

"咦？是吗？可后面那条马路不是人来人往嘛！"靳虹用略显无措的表情诧异道，然后又接着说：

"你现在可能还领悟不到，其实啊，人活着，没有什么比诚实更重要的了。当思前想后，顾虑重重，迈不开步子时，莫不如诚实地去面对心里最真实的那个声音。听听它是怎么说的，顺着去做就好。但违法乱纪，歪心邪念不在其中，那些是考验你的魔鬼。跟魔鬼较量，坐在黑暗里吹笛子。"

非常动情地说完上述那番话，靳虹似乎像是一个巫婆，窥视了他最近一直以来的彷徨。他很喜欢这句话：跟魔鬼较量，坐在黑暗里吹笛子。就像来的路上，树叶随风飘落，美得几近不真实。踢着干树叶走，突然发现落叶中埋藏的一枚小红果，结实地挂在细细小枝条的顶端，俯身，拾起，攥在手里，视为上苍赐予他来到幻海的一件特别的见面礼。

小枝子上长满细细的刺，阿凯攥得过于用力，不小心刺破了手指。两三个出血口，相约似的慢慢渗出鲜血，很像在春城自行买下检测试纸，用针，不情愿地刺破手指。

曾经受过的伤害，他人或有意或无心的伤害，要去原谅吗？

心头一紧，冷风飕飕。紧紧抓住往事不放的人，过得并不快乐。鼻儿一酸，胸腔涌上一股拧劲儿的震颤。自从体检查出心绞痛，对谁也没有讲过。有一阵儿经常去看大妈跳广场舞。站在年龄差相当悬殊的围观人群中，格外认真地看着那些已经花白头发，要么就是刻意染成黑色、红棕色头发的大妈，当然中间也不乏夹杂着几个老头儿，踩着流行又动感的由口水歌重新改编的舞曲，欢快而有力地扭动四肢。踮起脚尖，戴着白手套，上下左右摆臂的力道，年轻人都拼不过。放下包袱，暂时专注地看一看他们似乎永远没心没肺地起舞，不禁感慨：这世上，果真有长长久久的快乐吗？倘若有，要如何得到呢？得到后，又该如何让这快乐永存？

哭的时候，春城就会奇怪地飘下雪花，像是苍天有眼，配合着阿凯喜怒无常的情绪。发生在那里的过往，慢慢再告诉你。

而此时，阿凯觉得没有窗子的幻海很闷。倒不是担心刚装修完就马上开门迎客的甲醛等有害物还未挥散殆尽伤身，而是百思不得其解，她听从她的师傅，书店主厅不要有窗，否则财气就会外漏的风水之说。"商人，都很迷信吧。"他在心里想。

"密室太绝了！"他指着茶室书架墙后刚刚睡觉的暗室叹道。

她哈哈大笑，说："这才哪儿到哪儿，只是冰山一角。"

"房间里的蜡烛，和你心意吧？"她问。

"很好。很神奇。有点像我曾经在意大利马泰拉旅行时住过的石屋。"他回。

"是的，我想，我知道它。"她说。

"噢？此话怎讲？"他问。

"而且我还知道，一个人时，你是一个不敢关灯睡觉的男孩儿。"她说。

阿凯顿时万分惊讶，自思道："她怎么会知道！"调整好起伏的心情，故作淡定地回：

"还男孩儿呢？眼瞅着就要奔四了！"

"在我眼里，你们都是孩子。"她诡异地笑道。

一时间不知道该怎么往下接，阿凯说出一个"这……"字后，俩人的对话僵持在本就沉闷的幻海空气里。

起初与靳虹谈事的男人急匆匆地折回来，说家钥匙落在书店，并多瞅了他一眼。阿凯觉得他好生面熟啊，就是想不起来在哪儿见过。于是想，国字脸的人，或许都长成这个样也说不定。他有一种直觉，从下火车，脚踏幻海之时，就觉得这座超级城市，并无之前所想象的那般无情，反而有一种亲切的熟悉感。他甚至感觉身体里像是生长出什么，如同大树根须，慢慢蔓延，渴望攫取土壤里的养料。身体就像是一枚种子，突然砰地一下，迸裂出一道口子，从里面钻出一抹嫩芽。在突然凝结住的尴尬对话中，阿凯真切感受到自己有一股新生的力量。没有人知道，在这之前，在这具肉身中，在他的脑袋里，那些噼里啪啦一刻不停放电的神经元，所支配着他的所思所想。"究竟是因为我这样想，出现了我的言行，还是因为神经元细胞放电所产生的意识，让我产生了这样的举动？"心里想着这些一直思来想去的问题，从小至今从未改变。

"不要轻易向他人袒露心扉。不要说出自己的秘密。无论发生什么，都要沉住气。"他在心里对自己进一步暗示。

他不知道外面的阳光好不好。如果好，应该坐在阳光的温暖里，被大太阳好好抚摸。他在心里闪过这个念头："我应该先在幻海留下来。其他，顺其自然吧。"

"幻海可真好！感觉做对了。"在提到"对"这个字时，阿凯特别提高了嗓门，有意强调，"能够拥有一个属于自己的书店，是每个文艺青年的终极梦想。"他感叹道。

拿钥匙的男人瞅瞅靳虹，靳虹又瞅瞅阿凯，意味深长地舒了一口气，道："等到了！等到了！我苦苦等待的人，终于现身了！"

其实阿凯心里大致明白她的话，但他在脸上，故意流露着不解。

一个戴着帽子的年轻女人，三十出头的样子，胸前抱着一个大兜子，火急火燎地闯进茶室，喘着粗气道：

"可算是都置办齐全了。都在里面了。"

靳虹微微使了一个眼色，示意她请勿声张。女人竟没心没肺，继续嚷道：

"怕啥！又不是什么见不得人的事儿。"

一边说，一边正要从兜里将它们一一掏出来，却被拿钥匙的男人一把给拽走。

"算你狠！行！"戴着红呢帽子的女人一边推搡着男人强行的拖拽，一边骂骂咧咧。不一会儿，女人的声音消失在幻海。

"别管他们。两个冤家。"靳虹道。

"哦！我就是好奇兜子里有什么。"阿凯道。

见他追问，靳虹见缝插针，岔开话题："你不也说，有一个开店的梦吗？干脆，留下来，做幻海的执行店长，咋样？"阿凯沉浸在兜子里的好奇，更主要是此次来幻海打探电视机里白衣姑娘的下落，急切的心情尚未平复，却被这近乎天上掉馅饼的好事给惊住。然而，不知从哪儿涌上来的一腔热血，阿凯竟然果敢地答应了。每当一反常态，与平日里优柔寡断的性格大相径庭时，他就觉得自己的身体里，还住着另外一个人。不应该只是放电的神经元自动的连锁反应这样简单。管它呢，反正都答应了，木已成舟。

暂且将兜里究竟装有何物放在一边。倘若是一件宝贝，或者几件，都不在话下。人生总有几笔糊涂账。物品经过一番周折或许能够占有，但，人的真心最难得。

有时候，一天就是一个阶段。对阿凯而言，一个小时，命运的车辙，就开始转向。是好，是坏，无人知晓。

他低着头，认真听她说话。时不时把手指放在鼻底嗅一嗅，或者干脆放在嘴里嘬一嘬。一股咸咸、腥腥的味道。自此，这似乎成了他一个下意识的小动作。在开心时，在难过时，在沮丧时，在惊恐时，他都想闻一闻自己的手指味儿。

当心中火种变得微弱，即将熄灭，记得想尽办法，让它尚存。当连想尽办法的心力都没有了，那就不再尝试任何努力，看看命运究竟会变得有多糟。

"楼后面那几棵树，是海棠吗？"阿凯问。

"嗯？"靳虹明显不解其意，等她反应过来他问的是在"落叶大道"所拾起的那枚红果时，这才轻轻点了一下头。

"青春真好！时间就是资本。"靳虹感叹道。

"你不是也青春过吗？说得就跟自己有多老似的！"

"不，老了。早就老了。"她一边说，一边把手机递给他。

是一段视频。应该是将手机卡在文件或书堆里，打开前置摄像头，自拍的工作样子。视频很长，没有声音，她穿着白大褂，戴着口罩，烫发，一边向盐水瓶注射粉末，一边摇晃着瓶子。没开幻海前，她在一家部队医院做护士长。

不知为何，当阿凯看到视频的第一眼，尤其是她留着中长发被烫成小卷卷的刘海造型时，直觉告诉他，这个女人不是一个省油的灯。一个书店，店名能与一座城市齐名，区区一个商业品牌能够通过注册，令人不得不想，这背后的水得有多深。

书店像是从大陆脱离的一块离岛，坐落于幻海北郊正在大力发展的新区。

"当初本来想过要叫'虹的书店'，但觉得过于女性化，干脆就叫'幻海'吧。"靳虹闪烁其词讲出店名的由来。

五十岁整的她，留着中长发，大脸盘，眼睛长得最好看，笑起来，闪闪有光。念中文系的阿凯不想找别的词来描述她的外貌，虽然"大脸盘""眼睛好看""有光"这样的形容过于笼统，但这就是她给他的第一印象。

九

当完兵，转业回到幻海，进入医院，从一名小护士做起直至护士长。今年刚办完退休，又被返聘。

"医院里有太多奇葩的事了！等忙完这阵子，我给你好好讲讲，你都能写成一本书了。"这是两人渐渐熟了后，坐在茶室，她向他唠的第一顿嗑。

"哦，是吗？！"阿凯配合着她的热情回应道。但只有他自己知道，在惊叹与错愕的语气中，多少带有一丝表演的成分。他清楚，眼前这个逐渐靠近老年的女人，自始至终都将是她的老板。在尴尬的四十岁马上就要到来前，觉察出中年危机的焦虑情绪滋生的这一年，恰逢不知会延续何时的疫情，在这个超级一线的大城市，没有什么比认清自己的身份，低头踏实做事，借机等待白衣女孩再次出现更为重要的了。

"悬挂任何你想挂的物件，就像吃任何你想吃的食物，口渴了，要去喝水那样自然。"说完这句令人匪夷所思的话，靳虹又给他倒了一杯茶，问，"难道你向电视台节目组打听，也没问到下落？"

"问过了，节目是外包的，本来当初不是她主持，探店博主临时有事，编导来咱们幻海的路上，在等地铁的人群中一眼就发现了穿白衣的她外形很合适，简短聊过，让她救场的请求被答应后，于是就出现在电视中了。"阿凯坐在茶室她对面的椅子上说。

茶室在书店的西北角，与两间独立的自习室，还有可容纳两百人的大活动厅归去来兮一样，也是用带密码锁的自动玻璃门隔开的。一把主宾所坐的木椅子，对面是三把嘉宾席。一张造价不菲的长木桌上，摆放着碟碟碗碗，瓶瓶罐罐。在用银线刺绣的藏蓝色桌布上，散落着一些干果：大杏仁，核桃，榛子，去了核的红脆枣，瓜子，山楂片。

城市被一种损伤力极强的病毒侵袭已经有一段时间了。到目前为止，科学家与医疗专家都搞不清楚，病毒来自何方。民间的声音七零八落，有的说是因实验室事故造成了病毒逃逸，有的说是有目的性的人为放毒，有的甚至说它来自外太空。肉眼根本就看不见的病毒在幻海悄然蔓延。无人知晓，它对人的神经系统，其实也在悄悄进行着渗透。头晕、恶心、喉咙有异物感、身体轻飘飘感觉没什么力气，这些身体出现的外在症状倒可以忍受，怕就怕它对神经的损伤是不可修复的。当然，截至目前，关于病毒的来龙去脉，尚无定论。遏制胡乱猜测与阴谋论的最好办法，就是在时间的绵延里，找一件自己特别喜欢的事情，持之以恒地做下去，让这件事把时间填满，没有任何多余的闲暇时间用来胡思乱想。将一件心爱的事情做到底，感受梅花香自苦寒来的喜悦之情，是用物质与金钱难以换取，更是无法靠简单的一比一衡量的。

靳虹开了幻海，别看是一家立足黑胶与音乐主题的书店，她最核心的产品，其实是音乐培训，为女儿的前程铺路。卖书，以书籍的名义所组织的各类读书活动，反而有一种醉翁之意不在酒的声东击西。

她很喜欢古筝。以前在医院，白天上班前，早早便会起床练习。每次弹到必须得出门，否则就要迟到，不能再弹为止。那时她就暗下决心，等退了休，一定要每天弹。要日也弹，夜也弹，就算手指磨出血也认了。所以，当她看到眼神闪烁出光亮的廖一凯，以一种近乎戏剧性的寻找为动机来到幻海，除了感动，还有一种似曾相识的感觉。然而这份惺惺相惜，很可能只是单方面的一厢情愿。阿凯不喜欢任何形式的道德绑架，无论面对的是谁。否则，不会只字不提家人的一切。

他，就只是他自己。这一世，他只为自己而活。

十

树叶仿佛在一夜之间掉光，也被神奇地清理得干干净净，树枝显得突兀，落上一只麻雀都非常显眼。一个穿红棉袄的老太太，挂着拐棍儿慢腾腾地挪着碎步。阿凯的身体，像是一堵漏风的墙。搜遍记忆的每个抽屉，拉开，推上，又拉开，再推上。

他一直在努力回忆着许久前那一次小便后的突然晕倒，是因为一过性的全脑缺血吗？而在视线瞬时变得模糊之际，眼球背面所产生的酸胀感，双颊太阳穴格外异样的疼痛，那种像是河蚌正分泌黏液，试图包裹住泥沙，无意间产生珍珠的奇怪幻觉，让他在一片空茫无措、浑浑噩噩的脑雾中，似乎瞥见了那个穿白衣的女孩。他用力晃了晃沉甸甸的脑袋，内心笑言，哪有什么"田螺姑娘"这种好事，更不会是《聊斋》里的鬼狐精怪！于是他再次使劲摇了摇头，想一股脑儿将幻象甩掉。他想起《红楼梦》"风月宝鉴"那一回：王熙凤毒设相思局，贾天祥正照风月鉴。他在心中反复思忖：不能想，不去想，幻影会自行消散。然而，那个模模糊糊的白衣少女轮廓，一直在蒙蒙的脑海里时隐时现——那里，不是月球的背面吗？她，怎么会在那儿！

那是满月捎给他的一个信儿。

他下意识地看了一眼手机，老皇历显示今天的日期是壬寅年腊月十五。他抬起头，立在原地一动不动，努力分辨那轮明月上明显暗黑的沟沟壑壑。一时间，他忘记了黑色区域是代表深，还是浅。哦，对，是低洼的平原。它们被称之为月海、月谷与月溪。名字都很好听。而，在地球上的幻海，与相隔三十八万千米的某一处月海，又会有怎样千丝万缕的联结呢？

莫非，是，潮汐锁定？

这颗泛着光晕的"大珠子"，试图将黑夜照亮。他对着它许愿，仿佛将从小到大的旧把戏重施故伎。一颗能锁住潮汐的星球，对脚踏实地的另一颗星球上的生灵与万物，一定会有肉眼看不见的作用力吧。既然它能牵动潮水，那么生物体内流淌的血液，灵长类动物大脑中的神经递质，是否同样会被它扰动呢？

低头，残叶落了满满一地。它们大多已经变得干黄，叶边微微卷起，估计上手一捏就会碎掉。可就是在这样一片干瘪的枯黄中，一枝探出头来的红色月季花苞，显得尤为特别。这个季节，在没有任何保护的户外，怎么会有探头探脑吐出新花苞的绿植呢？

这些年，有一种论调，说人，很可能只是玩家操控的虚拟游戏角色。也像蝴蝶在化茧成蝶前，会有毛毛虫、蛹、化蝶这三个时期。每个时期，都是它自己，但又不是它自己。倘若两只蝴蝶对话，根本无法相信自己曾经是一条毛毛虫。似乎这样想，就能浪漫地解释人的前世、今生与来世。血肉之躯，头颅中的脑细胞、神经元放电所感受到的快乐与不快乐，都是真实不虚的，却也打上了一个大大的问号。

有没有这种可能：宇宙中不只地球有智慧生命，早已成为各国心照不宣的最高机密。太空这么大，这么深，倘若只有人类，似乎是说不过去的。

太空？嗯。真是太！空！了！

壬寅年之后是癸卯年，因为有两个立春，所以是双春年。他的大脑再度空白。月亮不见了。

十一

来到幻海书店前，阿凯一直在南方一家旅行社做新媒体运营，平常的工作包括更新官网新闻，撰写公众号推文，顺带手地发发微博。三十七岁时，合同即将到期，恰逢一场席卷全球的病毒肆虐，整个公司最来钱的出境游业务受到重创，HR 找他谈话，暗示三十五岁以上员工将不再续约。他在心里进退维谷：是争取留下来，还是听从这两年不时冒出来的声音，换个城市待一待？

他喜爱工作，当身边出现持有看上去略显颓废与丧的躺平观念的年轻人时，他除了选择尊重，也持保留态度。他不相信坐等其成。他喜欢勤勤恳恳，用付出的劳动、心血与智慧，换取生活报酬。人这一生，肉身难得，尤其是拥有健康体魄的阶段，会转瞬即逝。要趁着身体结实，无病无灾，尽可能地多做事，多付出。没有一件事会白做，它们在日后会结出善的果实。

他在心里反复思量这些生老病死的问题，在他健康的时候。他从不对别人提及，没有情感根基只有利益关系的同事更是如此。即便是对血浓于水的亲人，带着禁忌意味的生死话题，他更加小心翼翼。

他也不知道那是什么，在心里面时常生起又熄灭的一团火。他观照着从自己身体里面发散出来的东西，像是俯身，仔细观望养在玻璃水缸中的一大群鱼的一举一动。

灰色的太阳挂在被捂在被窝似的天空。气温湿寒，令人在振奋中保有一丝平静。每每在靠近圣诞节的南方，在春城，总会在车水马龙的喧嚣中，在被经济社会与拼搏的裹挟世俗里，流露出一些抽离的情绪，像是空气里布满一些运动着的透明颗粒，随时随地，穿透人的身体。那种肌肉的酸胀感，身心的慵懒，是冬日里圣诞节前夕大气所赐予的礼物。这礼物只馈赠高敏感人群。出租车行驶在高速路上的嗖嗖声，封闭空间，音量开到很小的 FM 音乐电台的歌声和主持人的说话声。还有在这里最为潮流的时尚街区，穿着黑色长羽绒服、马丁靴等红绿灯的人潮。总之，空气里震荡的因子，令人内心平和没有怨怼。

一个人生活，难免孤独。无论在南方还是北方，也无论是冬季还是春天。地理坐标，气温的冷暖，对一个自始至终常年独自生活的人而言，没有实际上那种人间烟火气的意义。于是，等待，就成为意义本身。

可是，你真的能够知晓等待的意义吗？

等待着被社会与他人需要，心里真切地感受到一种踏实。又或者，千辛万苦地等待，只是竹篮打水一场空。

他把脑袋一沉，缩在被头的右侧，盖住半张脸。这样的天气适合躲避，也适合让思绪蔓延。就顺着自己的心，浮浮沉沉。他不喜欢咋咋呼呼的声音，从一个人的说话声，到装修时锤子叮叮当当地敲打声。对高频的震动敏感，以及令人一激灵的噪声。休息日，门窗紧闭，干脆将自己藏起来。有时在想，那些隐匿山谷不问世事的道士，或者根本就不在意吃穿用度随遇而安的行脚僧，这些真正的高人，日子，一天天是如何安排、度过的呢？总有人在笃定地做着自己，想想，真是好。

　　始终放电的脑细胞，被坚硬的颅骨包裹，所思所想，都在这一坨中枢区域处理。自己本身没有思考意识的大脑，藏着一个人太多的秘密与心事。不像上下嘴皮子一碰，吧吧吧，发出聒噪声音的话语。真是成也一张嘴，败也一张嘴。知而不言的人，能成事。

十二

　　第一次来到幻海之前，阿凯提出年假申请。批准后，开始过起脱离工作轨道的隐居生活，虽然知道只有七天，却格外珍惜。第一天的早晨，天还没亮就自然醒来。无事一身轻的感觉让睡眠具备深沉的质量。被闹钟强行叫醒后，还想再赖会儿床，逃避一下即将展开的白天的恼人工作，这份深深的抗拒感已不复存在。时间完全被自己自由支配，想干什么，马上就去做。赖床，不存在的。倘若时间只是被睡过去，不但身体不会休整过来，还无异于在进行慢性自杀。人活着最奢侈的就是身体健康，自由当然也是其中之一。快乐难求，好好珍惜吧。果断穿上运动服运动鞋，出门，散步去。一段没什么车辆经过的马路，低矮的红砖墙上，间隔半米，摆着两个圆形打包用的塑料饭盒，一个里面放着猫粮，一个里面盛满水。墙沿上没有一只猫，倒是有三五只尾巴呈灰蓝色的雀鸟在喝水，阿凯走近时，它们扑扇着翅膀飞到头顶的一棵大树上。雀鸟尾巴很长，停留在树梢，很显眼，但是很静，似乎在悄悄等待他离开后再飞下来。

家里有一张洗出来摆在电视机旁的相片，是阿凯抱着一只刚出生不久的小猫，侧着脸，用脸颊贴在小猫眯成一条缝的左眼旁。小猫是正脸，照片看上去，好像他们俩都拥有满足的笑意。小猫那样黏着他，他也那样黏着一只小猫。阿凯是一个温暖的人。

时间会慢慢告诉你，即便事情进展缓慢、温吞，也会具备饱满而热烈的能量。别急，不要慌。

眼镜被早晨湿湿的空气罩上一层雾气，平时他都是不戴眼镜的。既然休假，那么，隐形眼镜，再见吧。每日的洗头，再见了。他的腰不好，所以不能跑步，就是走路，时快时慢。他想，即便没有腰疾，以自己慢吞吞的性格，跑一会儿就会累的身体素质，也不会选择跑步。走路，是最适合自己的运动，与居住在身体里的灵魂紧紧贴着。

日头转得飞快。时间的快与慢，的确是相对的。一天没怎么吃东西，不感觉到饿。不工作，大脑不需要太多能量，索性轻断食，正好清理一下身体垃圾。最喜欢天黑之前，春城被暮色笼罩，有时是橘色，有时是紫色，有时也会是一种说不太清楚的暗蓝。像今天，行将落山的夕阳，前面正好有一片云，两三道云的纹路，把红彤彤已不再刺眼的落日，刚好衬托出圆滚滚的球形轮廓。站在阳台，想，这太阳，得见证人世间几多春秋的悲欢离合呢？点起一支烟，似抽非抽，只觉内心万籁俱寂。

恍惚间，他瞥见客厅白墙上投射的影子，两个人偷偷地抱在一起。他舔着她的左乳，她试图挣开他从后面环抱过来的手，却又很享受地将头仰起，长长的刚洗过的黑发滴下水珠……

阿凯使劲眨了眨眼，赶忙吸了口烟，在停留数秒后，才缓缓张开嘴。烟雾在属于过去的那个同样是天黑之前的黄昏弥漫，被女友与好兄弟背叛的往事，真的不该再去想。

　　他曾见识过被寄养在宠物店的猫，在离开主人后，因长时间关在笼子里，产生了刻板行为——两只爪子不停地去挠玻璃。智商只有人类几个月程度的小猫尚且渴望被爱，何况是感情充沛的人类。再喜静的人，都脱不开人类是社会性群居生物的事实。直白讲，我们都是怕寂寞的人。

　　那时还小，即便已经二十岁出头，对于男欢女爱的感情，大多只是因为想找一个伴儿打发一下寂寞。

　　大脑一片空白。

　　盯着房间里燃起的香，察觉记忆力与感受力都在衰退，就像早晨醒来，看见太阳被云层遮挡，以一种貌似孔洞的视觉假象，仍在努力为这颗星球供能。但其实，太阳，还是那个大太阳，它始终不曾改变，改变的，是被它照耀的人。

　　一整个白天，只吃了一个烤红薯、五个栗子，却喝下一壶黑咖啡。自律到令他自己都发指的地步。对自己心狠的人，对别人，要么更狠，要么根本就不放在心上。光着脚丫，踩在电子秤上，红色数字快速闪烁校正，两秒后，显示为66.7kg。他的目标体重是55kg。想，能不能非常有毅力地做到，当别人吃东西时，自己管住嘴。别人喝饮料时，就只喝白开水。究竟能不能做到？做不到的话，干脆就停止抱怨，也别再嫌弃自己胖。否则，就憋好一口气——减！

　　决定做成一件事前，最好先括囊无咎。

　　想以"植物观察笔记"为题，写一本书的想法由来已久。或许离开春城，离开近在眼前的植物王国，反倒能写得出来吧。

　　安安静静，一个人度过白天。黄昏时，将朋友圈设置成仅一个月可见，又删掉了最近一个月偶尔发布的两三条链接分享，这就意味着，朋友圈，不再有任何一条动态。仿佛在向世界告别一般。哦，不，应该是向春城，提前说再会。

坐在沙发本想休息，随手点开手机音乐 App，自动推送的曲目，是一首名叫 *The Death of Lhakpa*[①] 的世界音乐。乐声中，有喇嘛念经的低回，女人持续的悠扬放声，天地浩渺，不可言说的心境突然升起。阿凯瘫了一般，被音乐声吸附，根本无法动弹一下。泪水在房间回旋的乐音中，悄无声息地流淌。他不知道那是什么，又到底是怎么一回事。无法自控的眼泪，好像自动触碰了空气里某个肉眼看不见的开关，他只能顺着那股能量，使劲攥住拳头，不能轻易松开。越听，越被引领，行至一座山脉，加入到浩浩荡荡的队伍之中。

身体里的每一个细胞，细胞中每一颗细小的粒子，在除了皮肤能被阳光与月光的照耀之外，经年累月，在永不见天日的黑暗里，都在聆听这美妙的乐音。他，还有身体中的它们，说不出个究竟，说不上什么所以然来，仿佛要回家似的。是，辛辛苦苦一辈子，仿佛就要合上双眼，灵魂离开肉身，去往真正属于它的世界。他显得激动，甚至有些按捺不住的兴奋。原来，"回家"的感觉，是如此令人心安啊！

慢慢地，他的瞳孔在放大，逐渐变成竖条状。他看见自己正在茂盛的森林之中，抓着藤蔓，灵活地攀越。风在身边呼啸，天空上的云，好看极了。一条大鱼，横亘在空中，从西向东，拍着翅膀，缓缓飞过。低频的震颤声，响彻云霄。丛林中，白色的独角兽、猛犸象还有如他自己一般的印度尼西亚眼镜猴，大大小小，成群结队，自由自在地奔跑。泛着蓝紫色光芒的森林，从地下向上，飘浮着洁白的花絮。他就闭着自己那双竖瞳的眼睛，默默在心中祈祷：

唯愿人世间，地狱，天堂之人，兽，神，鬼……全都离苦得乐。

阿凯在意身型与穿着打扮。这是现实中为数不多能够通过自控，

[①] 《拉帕克之死》，是法国电影配乐大师布鲁诺·库列斯（Bruno Coulais），为电影《喜马拉雅》（*Himalaya*）创作的音乐。

努努力，咬咬牙，就能得到的事情。不像赚钱，需要隔着头骨，看不见的大脑，被奇奇怪怪的念头，叵测的人心，偶尔低三下四，甚至出卖灵魂，牵着鼻子走。

你有过出卖自己灵魂的时刻吗？

顺着留好的豁口，将包装袋撕开，冲剂颗粒倒在玻璃杯的刷啦声很解压，注入开水，一股中药味儿开始在房间慢慢弥漫。他预感要感冒，先是从髋关节两侧酸疼开始，从小到大无一例外。要不怎么说，对于身体，没有谁比自己更了解它。生病，让人真切地感受到，肉身，竟如此脆弱不堪。不仅仅停留在病来如山倒这层意思上，有可能会让一个平时乐观的人心生悲伤。经历一番病痛，身体里切切实实的疼与痛，所有精神领域形而上的争论与虚无缥缈的不确定，会显得不那么重要了。能拥有一个精气神儿十足的健康肉身，像在生活里拥有足够应对突发状况的钱，是同等重要的。他清晰地意识到自己的价值观正在发生迅速变化，忙不迭地将散落在小桌子上的药盒，连花清瘟颗粒、氨加黄敏口服溶液、复方氨酚烷胺胶囊、酚麻美敏片，一一归置整齐，脱掉厚厚的睡衣，再度躺倒在床上。

他有一百个不情愿上床的理由。时间，都睡过去了。但是，睡眠能拯救他的难过。你也有过同样的感受吗？睡眠是撒旦与天使在平静中达成暂时的和解。还有一丝丝属于下午的金色残阳，光线一道道由西自东斜斜地洒向大地，之后，天就会越来越暗，直至全部沉入到黑暗之中。

慢慢地，身体似乎在消解。在轻飘飘的迷糊中，一股寒气从头顶灌进来。他把这次感冒归咎于是因为听了《喜马拉雅》这部纪录电影的原声大碟。身体里的细胞，在暗无天日的搬运与分秒无休的辛勤劳作中，通过声音共振，终于得以罢工反抗。生命中玄之又

玄的安排，无法言说。但，发烧的滋味确实太难受了。蜷缩着滚烫
的身体，在心里一遍一遍祈祷。有时反复默念阿弥陀佛，叫不准
"陀"是耳刀旁还是单人旁。有时像个大孩子，对身体安慰道，嗨，
亲爱的细胞，你们真是辛苦了。在哆哆嗦嗦的寒冷中，浑浑噩噩地
睡着。

半夜，也不知道是几点了，借着一直未关的床头台灯光亮，慢
慢掀开湿漉漉的棉被。被窝已经湿透，身体热了咕咚，黏黏歪歪，
夹着一股难闻的被窝味儿，发酵了一般。赤身裸体，四仰八叉，平
躺在大大的双人床一侧，似有一种解脱意味。咬牙切齿暗自思量，
下辈子，真是再也别发烧了！身体开始恢复到重量感，躺了好一阵
儿，才摸索着慢慢坐起身，摩挲掉额头上的汗珠，头发跟炸了窝似
的。用慢了一拍儿的动作穿好睡衣，再慢慢腾腾，挪动到厨房，烧
水，泡一碗面吃。

打开电视，探店节目的背景音乐竟让他有一股莫名其妙的感动，
被外景女主持人带有磁性的声线吸引，本来只是退烧后饿得发慌，
边听边吃，排遣一下寂寞，却在那一刻放下手中的叉子，抬起头，
扶了扶眼镜，盯住电视机，问自己："是她？莫非是她？"

十三

"谁能告诉我，龙没有翅膀，为什么还能飞？"坐在归去来分参
加活动的王迪突然问道。会员们你看看我，我看看你，无人作答。

王迪是除阿凯外唯一的男店员。他挺着一个大肚腩，一米八五
的个头，有点鞋拔子脸，戴着一副民国风的正圆形近视眼镜，虽然
靳虹给大家每人发了四套工服，他的身上却始终散出一股说不上来

的酸溜溜体味儿。"肯定不是狐臭啦，多半应该是不爱洗澡的缘故。"一次，幻海会员帽子小姐对已经是执行店长的阿凯说道。

"我知道！"帽子小姐站起来，反驳道，"这个世界上根本就没有龙！飞什么飞！"说完，全场哗然。

靳虹先是一脸茫然，等反应过来，双手拽着小辫儿，一边玩，一边不出声地乐。阿凯看着她，才发现她竟然梳着两个经耳后摆在前面的小辫儿，特别短的两个。"这是在装嫩吗？"他的念头一闪而过。

事情缘起王迪将一条短视频不小心投屏在 LED 显示屏上，一条龙在云层上方翻滚。他自己一边看，连连发出惊叹，随口便问了上面那个愚蠢的问题。恰巧一个出版社女编辑在做海洋科普讲座，大家以为是互动提问，待短短几秒若有所思，被问题难住，等帽子小姐说这世界哪里有什么龙后，这才发觉都被耍了。

"大家就当个笑话一听，歇歇脑子。"靳虹环顾着近两百平方米的归去来兮活动大厅，这句话过后，骚动的现场又恢复到之前的平静。转过头，冲着王迪狠狠瞪了一眼。王迪欲言又止，起身经过自动玻璃门，知趣地去往书店前厅。

每周日下午三点，读书会是幻海的固定活动，一个半小时到两个小时，举办过作家新书发布会、主题读书分享会，甚至是书店所在街道居委会工作人员的培训会、公益组织心脏复苏自救医疗小课堂等等。今天这场是科普讲堂。

"大家猜一猜，海洋里最聪明的生物是啥？"女编辑问完话，见大家几乎面无表情，哈哈地笑着又说，"这次可是真的提问，不是恶作剧喔。"

女编辑约莫四十好几，大高个儿，套着一件松松垮垮的卡其色毛衣，穿着一条紧身牛仔裤，一双黑皮靴，留着五号头。这个曾在谢晋导演电影《女篮 5 号》出现过的发型，让风靡一时的上世纪女子形象，匪夷所思地延续在她的大头上。阿凯心里嘀咕，这个女人塌腮，一脸苦相，长得可真砢碜。当他察觉自己在以貌取人，这种万万要不得的肤浅，令他自惭形秽。于是长舒一口气，继续端起相机，给站在台上演讲的她拍照。

年初，制订活动计划，一年五十二周，要做至少四十场活动，通过市里相关部门评估后，才能拿到资金补贴。十四万，对于商人而言，虽然不是什么大数目，但有，总比没有强。谁都想争，靳虹自然也不例外。下午区委书记到店视察工作，更不是哪家书店想请就能随便请来的。靳虹的弟弟靳冬，是幻海市人大代表，经营一家投资公司，阿凯想，或许有这层关系。去年，幻海书店所在的六合区列入市重点发展规划，未来三到五年，要打造文化新地标，扶持一批有特色的实体书店。只要区委书记来过，等提报年终总结时，就能为书店获批扶持增加筹码，更何况电视台、报纸、网站等媒体也会大肆报道，这可是现成的借机造势。别看靳虹的本职工作是护士长，脑袋里却具备不折不扣的商人思维。到现在，不算自己开的这家书店，她还同时打着三份工，用女超人形容，根本就是有过之而无不及。

王迪有些二，竟问："靳总，你做四份工，其他那些合同是咋签的？教教我呗，我也再去兼个职啥的。"

"你敢！要是让我知道，立马别来上班了！"她厉声回绝道。白胖白胖的帽子小姐在一旁听见，取笑他：

"还想干三四份工作？也不瞅瞅自己半斤八两。"说完，发出"切"的一声嘲讽。自此，王迪和她算是结下了梁子。

作为会员制书店，幻海除了主体是一家书店外，最大的特色，当属摆放在大厅中央，那一台台黑胶唱机了。四周的木架子里，整齐地码放着正方形的二手黑胶唱片。这两年，别看智能手机近乎于一种器官焊在了每个人手上，然而充满怀旧感的黑胶唱片，似乎正悄然抬头复兴。许许多多的新一代歌手，除了在网上发表数位专辑，再同时发售限量版的黑胶，已经成为一种新的流行风尚。幻海推出了各种会员卡，月卡、季卡、年卡，持卡可以免费使用自习室，还能加入到箜篌、古筝、瑜伽、散打、话剧社这五个俱乐部。

话剧社，准确说叫"心剧社"。一位人高马大圆滚滚的男性社长，也就是前面提到的靳虹的风水师傅，束着一个道髻头，穿着一件宽大的白袍子，带领着包括靳虹在内的一小撮团体，每逢周五下午两点半，便在归去来兮多功能厅，在布满别人脚印和带有类似王迪身上酸臭味儿的木地板上，滚来滚去，美其名曰——能量转移。在所谓释放身心负能量的同时，哎哟呼哟，发出一声声的呻吟。隔壁专心致志上自习的会员向阿凯反映不满情绪：

"凯哥，您别不爱听，这知道的是他们在做活动，不知道的还以为在集体性爱呢。"

阿凯难为情，私下对靳虹反映会员们的投诉，她不但不介意，反而继续揪着小辫儿道："快了，快了，大厅没几天就给 Gracy 她们装修了。"

半年前，靳虹在美国伯克利音乐学院念书的女儿，趁疫情蔓延前，抢到近三万元的机票，回国后便赋闲在家。Gracy 一个人，住在靳虹医院分的那处九十多平米的房子，从舅舅靳冬那儿抱回一只刚下的蓝猫喂着玩。像大多数受疫情波及的学生一样，老老实实在家上网课，睡觉，点外卖，如此反复，成为每日常态。这一阵有点憋不住，火烧火燎的，便与昔日高中同学商量着组一个乐队玩玩，取名"秋季团伙"。作为老妈，爱女心切，当然舍得砸钱全力支持，这两天正筹备对归去来兮厅升级改造。如此一来，除了读书会、心剧社、瑜伽课可以使用外，平日女儿和小伙伴的练团场地，也就顺理成章有了着落。

当初，就这个多功能厅的命名，只有小学毕业的靳虹大动干戈，在好几个微信群，向同学，昔日当兵的老战友，医院里的其他护士长……包括阿凯，同时征集。她的要求只有一条：简洁易记，古朴典雅。

帽子小姐作为书店活跃会员之一，自然爱掺和这种出风头的事。她抱着一本厚厚的古诗集，振振有词："暂借好诗消永夜，每逢佳处辄参禅。"说毕，在书店门口那张长木桌摊开的宣纸上，拿掉镇尺，用狼毫大楷，洋洋洒洒写了三个字"永夜阁"。"见笑了，见笑了。"一边假装谦虚，一边将纸张拿在手里抖给靳虹看。靳虹连连摇头。

帽子小姐见自己的提议被否，瞬间流下眼泪。想必是靳虹太了解她，不但没安慰，反而顺着哭腔挖苦道："永夜永夜，你这是想让书店永远处在黑夜？见不着光，不传播正能量，早日关门大吉吗？！"

"我可没这个意思！"帽子小姐瞬间止住哭声。

"那你几个意思？"靳虹又问。

"没意思！"她回。

"既然没意思，就请你走！"靳虹压低声音，用表演略显失败的沙哑嗓子驱赶她。

"算你狠！靳虹，你给我等着。"说完，将宣纸迅速团成一个球，摔在地上。

"你给我捡起来，扔进垃圾桶。"靳虹试图心平气和，把马上就要爆裂的怒火压下去。还好，帽子小姐倒是识时务，知道就因这点儿小事与她撕破脸，那可真是得不偿失，自己也跟泼妇无异了。这次，先忍了。

十四

活动大厅在此起彼伏的电锯声中开始装修。书店照常营业，自习室依旧人满为患，不同类型的会员课轮番上阵。每一天，看上去似乎与昨日相同，但，崭新的这一天，又的确是最新的一天。书只要认真读了，知识和感受，就能吸收、转化，变成自己的知识储备与无形的能量，潜藏在身体中，等待某个契机，触碰开关，启动它。

电锯声，一定是这个世界难听的声音之一。歪歪扭扭的声响，拖着像戾气深重的怨女般的持续尖叫，在电齿轮飞速的旋转中，被刨木的拖拉动作，人为变幻了声音的形状。这股同时带有嗅觉与味觉的噪音，阿凯说不上来是钻心般的难耐，还是被穿墙打洞的持续嗞嗞声，翻搅得耳朵也想要跟着呕吐。每当察觉出对身边的一件小事不能容忍，才发现原来自己也终是一介俗人，有所抗拒，有所厌恶。应该坦然接纳不好的折磨，无论是装修的电锯声，还是其他别的麻烦。

生活不就是由一个麻烦又一个麻烦组成的吗？寒风刺骨时，应该手捧一杯热茶，静静地坐在温暖的玻璃房中，旁观着这个滑稽的人世间。

作为一店之长，白天黑夜，阿凯只能事无巨细地盯了。在尚未搬出书店自己租房子住之前，一直暂居在幻海所在大厦的一间办公室。结束一整天辛勤的工作，行军床一支，那窄窄长长的一张小床，就是他在幻海的"家"。而书架后隐藏的那间密室，靳虹再也没有对他打开过。他当然想拥有一个真正属于自己的家，准确说，是一所房子。有了家，即便幻海再无情，回到家，就能将心舒展，不至于像白天那般如履薄冰地收紧。

不要轻易相信任何人，也别逢人就说自己的心事。沉住气，看清道路，笃定地往前走。永远不回头。

平躺着身子，在持续地自我暗示中，在对自己说"你只能做你自己"的祈祷中，渐渐入睡。

后半夜，开始做梦。在梦里，知道正在梦境。他没有要唤醒自己的打算，在粥状的意识中，置身在一个竖长形的密闭空间，左右两边，挨着所谓的"墙"，各坐着两个男人。其中一个，似乎发现他在凝视房间与他们，于是转头，直直地盯向他。

他对自己说，快醒来，赶紧醒过来。

醒过来，胸口顶着一股向上冲的无名火气，被窝很热，身体滚烫，可是并未发烧。下意识地摸到枕边的手机，按下侧边按钮，吧嗒一声，屏幕亮起，时间显示为三点十三分。他心里有一股淡淡的酸楚。思念升起。救过他的白衣女孩，究竟在哪儿呢？翻身，不知不觉，又再度睡去。

早上起床时，已是七点三十六分。一改往常的纠结，麻利地穿好衣服，奔下楼，到户外快走。

他走得非常快。嗖嗖嗖地，带起一阵风。双臂使劲摆动，显得极为夸张。塞上耳机，旁若无人地快速行走，别人都不知他为何这般着急赶路，其实前方没有任何锁定的目的地。走路，就只是走路本身。

路过一条树叶落满一地的杨树大道。逆着晨光，道路两侧，满目金黄色。脚步踩在松脆落叶上的踢踏声很好听。右侧红砖墙上，相距半米，放着两个圆形打包盒，一个里面盛着猫粮，一个里面满满当当全是水。墙沿上并无一只猫。

生活的片段，再一次似曾相识。像是一不小心进入平行世界。

抬头。见北边天空长长的云形，如同一只匍匐的青蛙。头被高楼遮挡，目测，似乎在按住一个猎物，蹬开的后腿，占据了北部整个天空。

他觉得似乎有什么东西在等他，接应着他。或者，在暗暗保护着他。

阿凯仔细观察从半夜梦境到快速步行这段时间里的自己。他很珍惜无法言说的像是神谕一般的永恒安静。他一直坚定地认为，每当心口顶着一股迟迟挥散不去的无名之气，就是灵魂的一脚，仍然踏在造梦之境。很难说清，何为虚空，又何为实相。幻海书店所在的幻海，就是一个真实存在的世界吗？梦里目不转睛盯着他看的小人，就是虚假并非存在的幻象吗？

　　寂寞
　　只是想拥抱
　　或者深夜
　　坐在你的机车后座
　　飞驰

不相信陌生人，但可以试图去相信靠近你的那些讯号。突然间，阿凯觉得自己是一个可以不吃不喝的神猴。每当有这种奇怪的念头蹦出来，他自己也会惊讶不已。没疯，就好。他想。

十五

水墨般渲染开的云，提示着今天是一个晴朗的秋日。在幻海，秋天总是一瞬间的，同时也是最美的季节。今年，似乎被老天格外眷顾，说不上来，是秋天，还是夏末。靳虹跟他开玩笑，说，自从你来了后，幻海的季节，都变长了。只有他自己清楚，孤苦伶仃的一个人，许多时候，难过，都是用微笑藏着。而把难过替换成秘密，也一样适用。

"有没有在做完一件'大事'后，奖励自己的时刻？"靳虹问他。

"'大事'？不太懂。"阿凯问。

"可以是任何……"她欲言又止，似乎觉得他应该能明白。

"譬如说，我们的手，其实藏着许多秘密。又或者，是……嘴……"她轻声慢语，略显暧昧地说出"嘴"这个字。

这时，他似乎有些懂她的言外之意，只是赶忙把话题岔开：

"靳姐，你还没跟我说过在部队当兵的事儿。还有医院。"三言两语说完，低头打开微信，又道："群里讨论得真是热闹！这名字，一个个的——望穿秋水，归去来兮，伯乐相马……"

靳虹也打开手机，看见就装修的活动大厅，就起名一事，有个军帽头像的群友一直在不停发消息，看了一会儿，拍案道："哎呀，老领导，您可是想到我心坎儿里了！"微信群里这话一出，"归去来兮"作为大厅的名称就此敲定。

老领导是她十五岁离家进部队的首长。至于首长具体官居何位，那就不得而知了。既然老板一口一个老首长老首长亲切地叫，阿凯索性也就跟着这样称呼。

身为店长的廖一凯慢慢惊觉，很多时候，跟在靳虹身后，俨然就像是她的半个儿子。他十分惊讶于这种有悖人伦的关系，或许，这只是他一厢情愿的胡思乱想。然而这种瞎想，也确实事出有因。那种只有当妈的才会絮絮叨叨没完没了的磨叽与日俱增："少喝酒少抽烟啊！要不，干脆就戒了吧！包括你以为很酷的电子烟。"

有一天，她不知触动了哪根神经，突然发来一条长长的微信语音，大意是表达刚刷到一条南怀瑾的视频，老先生因堪忧国学和传统文化后继无人，竟然挥帕拭泪。她看着南老哭，于是对着手机自己也哭个不停。后面又跟了两条六十秒的语音，说话节奏异常缓慢，口气娇喘，一听，就是嘴巴紧贴话筒发出来的。末了，长长的十几秒空白，突然发出一阵急促的呻吟……

阿凯本就讨厌收听任何语音消息，如此怪异的最后一条，让它下意识地扔掉了手机。

"操！"他在心中骂道，"变态吧！"

靳虹的哭，应该跟南老先生的哭没什么必然联系，她就是骨子里有一股深深的自卑。你想，十五岁离开父母，一个人，在部队那么一个等级森严的小社会生存，心里承受的压力可想而知。据帽子小姐私下跟阿凯八卦，说她做数学老师的父亲，四个子女中最不待见的就是她。至于何种因由，那就不得知了。在部队，本来留五号头就行，可她却干脆剃了个光头。"光头虹"的外号就是那时从部队流传开的，"虹"变成了部队"红人"。

幻海书店开业当天，各式各样的礼宾花篮满满当当摆满了门口，早已退休花白头发的老首长，见到她的第一句话就是："瞧，属咱们的光头虹能干！啊？大家伙儿说说，是不是！"一边夸她，一边对身旁其他退伍前来道贺的老兵问道。突然，人群里帽子小姐的这句话，简直让人碎掉下巴。

"爸，你可别说了，赶紧进去吧！"说完，她这才意识到自己秃噜了嘴，把深藏的父女关系，一不小心暴露于众。全场哑然。

能说会道的靳虹试图压住惊讶的神情，忙解围道："来来来，都请到茶室这边来，咱们喝喝茶，再尝尝我新买的咖啡豆。"

不一会儿，巧克力慕斯、抹茶切片、芒果芝士，三款口味蛋糕，外加三大杯焦糖玛奇朵咖啡，依次端放在三个人面前。帽子小姐拽住王迪围裙后当啷的线绳，呵道：

"喂，服务员，我的桂花拿铁呢？"

"没有！都啥季节了，桂花早谢了！"王迪不无好气地回绝。

"你这是什么态度，靳总，你看他……"说着，叽叽歪歪起来。

"王迪，怎么说话呢！服务会员，请注意态度！"一边对他说，一边又转向帽子小姐，"你别跟他置气，消消气。桂花确实没有了。"

"那我可不管。书店开业第一天，没配好餐饮，这不是砸自己招牌吗？！"她还来了劲儿。

"少来！你也知道书店是第一天开业啊！白吃白喝你不害臊啊！"王迪也当仁不让，跟她开杠。

老首长一看情况不妙，转过头，盯着外面满满当当的黑胶唱片，故意打岔："还别说，现在能整来这些老唱片，可不容易吧？啊，光头虹。"

正当老首长的双眼盯着那一箱箱唱片之际，一个足有一米九，背黑色商务双肩包，穿着藏蓝色格子西装的年轻男人，梳着时髦的三七分发型，笔挺地从远处走来。"姐，恭喜啊！祝幻海开业大吉！"

"我们的大忙人靳冬来了，快进来，姐也让他们给你做杯咖啡。"靳虹给旁边沙发上正襟危坐的阿凯示意。他心领神会，起身，经过玻璃门时，与迎面进屋的靳冬不小心眼神交错。他瞅了一眼阿凯，一秒，两秒，又或是三秒，随后定了定神，坐在靳虹身边一把轻巧的藤椅上。

阿凯走进吧台，刚要研磨咖啡，肚子又开始拧着劲儿疼。"王迪，做杯桂花拿铁，端进茶室，给靳冬总。"急切地交代完，小跑着奔向卫生间。这几天，阿凯被一种无形的压力笼罩着，不知是因幻海开业忙到身体内分泌失调，还是自小就带有的不安性格，稍一紧张，就会焦虑到泻肚子，每天得上七八次大号。用手机问诊的 App

咨询，在线医生回，可能是肠易激综合征。没啥大碍，继续观察。

十六

长条形的自习室，仅有一个会员在学习，把卫衣上的帽子搂到头上，看不清脸。时间来到黄昏，他像是被钉在了椅子上，已经老老实实坐了整整一下午。桌子上虽然摆有可以调节亮度的台灯，然而"无脸男"只顾埋头看书，并未动手将其拧开。逐渐阴冷的自习室，还残存着早晨太阳刚升起来时，附着在衣服上，轻轻嗅起来，就有一股很好闻的提振人心的寒气味儿。阿凯透过玻璃门，又向里瞄了一眼，想："能够好好地独自待一会儿，可真是幸福。"

突如其来的一个电话，把他支到幻海的另一头去提货。抵达时，正赶上货车司机吃晚饭，让他等一等。他没远走，坐在一个木椅子上望天。对面是一座硕大的烟囱，正呼呼地往外冒着烟，太阳的余晖，不偏不倚，正好照在烟雾上。不知怎的，盯着滚滚向上的白烟，不由自主想起刚去世不久的外公，竟脑补，那兴许是火化后，白雾里所夹带的他的骨灰。他没克制住，两年来没发过一条朋友圈，却将一闪而过的感慨打在了手机屏幕上：

人生非常短暂！你应该像我对你珍视如宝那般，用力地也对我好。以此，才是我们今生今世重逢的意义。

他把眼睛狠狠落在"重逢"二字上，似有什么隐喻。

帽子小姐第一个点赞，并留言："它们不应是很美丽的云吗？"阿凯回过神，瞬时将那条朋友圈删掉。似乎跟随迅速的动作，晴朗的天空突然阴沉，云层开始变厚，刮起风。眼前的烟筒很粗，顶部就像是张开嘴的鲶鱼大口。将滚滚白烟想象成是外公火化时的骨灰，一点儿也不觉得难过，反倒舒了一口气，全身上下紧绷的肌肉跟着松懈下来，隔三岔五拧着劲儿疼的肚子，似乎也嗖地一下，让疼痛从身体里飞走了。

司机吃饭回来，是个光头的中年男人，从说话很冲的痞子气可以断定，他跟阿凯是来自两个世界的人。副驾的座位上倒扣着一本封面是黑色的画有密密麻麻星群的书。天空放晴，夕阳照得一直盯着他看的男人头顶红彤彤的，泛着温润的光。不知是饿了还是因久违的放松，只觉困意袭来。

"我能上来眯个觉吗？"阿凯问他。

"来！"男人回。

刚坐到副驾，只觉眼皮沉沉，瞬间合上了眼。

在梦中，他看见二十岁出头的自己。那还是在一个四季如春，旅行社遍地的南方城市。他在一家全国连锁旅行社分公司做内容运营。属他最小，老人把领导布置的活儿压给他，虽然心里有情绪，却从不袒露，想，这点儿苦都吃不了，还混什么社会。忍了！

老人们继续上行下效，被压榨的阿凯没日没夜地加班。直到VP[①]因商业受贿，被公司开掉，团队大换血，领导被空降的新总监挤对走，他作为唯一剩下来的老人，继续不露声色地守好自己那一亩三分地。

新来的总监是刚上任VP在前一家公司的心腹，他被带过来。第一次例会快结束前，说："廖一凯，一会儿你留一下。"其他同事目目相觑，以为他也要卷铺盖走人。

① Vice President 的英文缩写，即副总裁。

敷料新总监把门关上，说："你悄悄帮我盯着他们。对了，日本旅游局有个活动，我向公关推荐了你，估计他们稍后会联络你。好好干，别让我失望。"

一个半月后，那是阿凯第一次坐飞机。他兴奋地选择了一个靠窗的座位，短短两个小时的飞行，时间嗖地一下子过去。他目不转睛，将头抵在舷窗上，看着玻璃外如岛一般的云朵。飞机载着他，飞越太平洋上空的海，好像在一瞬间，飞跃了长长久久以来的胆怯、害羞与不自信。神清气朗的舒畅感，就像浑身上下突然打通了任督二脉。

夜色笼罩时，飞机降落在东京羽田国际机场，置身在熙来攘往却秩序井然的地铁。他用躲闪的余光，偷偷打量那些身穿黑色西装，仪容精致，发型干净好看的年轻上班族，一下子，竟有一种熟悉的错觉。

原来，东京地铁的座位是软席，车厢空调分高低温。正值晚高峰，即便孕妇与老人专座空着，辛苦了一整天的职人也不会落座休息。跟着浩浩荡荡的人流走出地铁，却迷失在多个出站口，晕晕乎乎，找不到方向。看见广场上霓虹灯闪烁，停下脚步，做了几个深呼吸，壮着胆子，用蹩脚的英文问路。对方是一位个子高挑的男人，穿着蓝格子西装，留着干净的寸头，他竖起耳朵，歪着头，尽量去听清问路声音小到可怜的阿凯在说些什么。耳朵凑近阿凯的嘴边反复听了三遍，才恍然，哦，原来这是要去往池袋站附近的太阳王子酒店。

"跟我来吧！我离那儿不远，正好顺路把你带过去。"敷料男人操着一口流利的中文，阿凯喜出望外。

"我也是中国人，在这儿做生意。"男人见他吃惊的表情，继续说道。

"太好了！这下心就踏实了。"阿凯一边说，一边好奇地问，"你咋看出我是中国人？"

男人一边笑，一边从头到脚又上下打量着他，随后，指了指阿凯的发型。

他这才发觉，彼时东京的年轻人，头发要么精心地修剪、造型过，要么就染成了黄色，像他这般留着说不上来是何种造型的短发，与当地整齐划一的审美力明显迥异。即便都是东方人，都是黄皮肤黑头发，性格，准确说心里的那个孔洞，所迸发的心念，也是难以捉摸的。更何况，当年那些狂热的战争贩子，用暴虐无道的侵略行径，对中国及亚洲其他国家所造成的深深伤害。在道歉与忏悔面前，罪孽尚且可以宽恕，但，历史却不容忘记。

抬头，天上还有两三处能够清晰看见星星闪烁的区域。秋日的五点半不比夏季早已大亮。阿凯在梦见第一次去日本的梦里想，能够这样抬头望望，别的不说，单单对付颈椎病，还是起点作用的。阳台的纱窗卡子其实已经掰断，轻轻一薅，纱门就能打开。将头探出去，下半身抵在阳台壁，临街矗立的那棵大杨树已经开始掉叶。过街斑马线的白漆是新刷上去的，红灯久久持续，出现在幻海自习室连帽卫衣的"无脸男"似乎等得不耐烦，一连按了变灯的绿色按钮好几下。眼瞅着614路公车从身边开走，"操！""无脸男"脱口而出发了一声牢骚。

太阳慢慢从东南方天际露出脸，那棵大杨树的树冠，最上面舒展泛黄的叶片，闪闪发着光亮。没几天看头了。阿凯心想，是走，还是留呢？

将新打印好的会员申请表摆在前台后，靳虹赶忙贴在阿凯身后，握着他的右手，手把手教他如何稳稳地打好一杯奶泡。"你就这样，让管刚好插在奶的下方，别太深，也别太浅。"伴随着嗡嗡作响的咖啡机，本就紧张的阿凯单单只听清了一个"插"字，一下子红了脸。

一股腥甜的白色黏稠体液，从阿凯大腿中间射出来。

"嘿，哥们儿，醒醒，醒醒。"光头货车司机，慢慢把梦中的阿凯摇醒。

"时间不早了，我得回去了。老婆孩子挨家里等着呢。"于是又问，"你怎么着？是打车，还是我给你捎回去？"

阿凯揉揉眼睛，打着哈欠，异常尴尬地说："师傅，麻烦您把我放在最近的地铁站，我坐地铁回。多谢。"

"小事儿。"男人道。背过身的阿凯，狼狈地将内裤上的精迹稍稍处理了一下。车子开动。

地铁进站。正值下班晚高峰。排着长长队伍的候车人流，以一种失序的阵仗挤上车厢。阿凯不慌不忙，反而躲在圆柱子下，打量着擦身而过的那些陌生人，想，我会不会也能像电视台编导，一眼就能发现人群中扎眼的白衣女孩呢？于是他开始侧耳倾听，仔细辨识拥挤不堪的庞大车体，停靠在站台，发出嗡嗡的巨大响动。是空调声，是人流的脚步声，是行李箱被拖拉滑过地面的轱辘声。机械的轰鸣声，伴随着无声无响的浑浊空气，加之秋日里的气压，胸口闷得像是压着一块大石头。此刻，已经不能用不舒服来形容了，闷，就是憋闷得想赶快抽一支烟。阿凯清楚，像自己这种天生具有抑郁倾向的人，在此时下班的人群，在幻海，应该不在少数，只是，他们都躲藏在哪里了呢？——是一节一节拥挤车厢的连接处？站台尽头黑暗卫生间的门洞里？还仅仅只是自己一厢情愿的胡思乱想……晃了晃头，索性站在大柱子下，再次耐着性子，继续仔细观察行人。

他试图找出自己的同类。是的，同类。这个同类不只是情绪障碍者。他，她们，也或许是别的某一小撮群体：跨性别者，同性恋，异装癖，焦虑障碍者，边缘人格障碍者，恐婚族，或是别的什么拥有庞大数量的小众。嗯。其实他们已具有相当规模，只是深藏不露。

每个人都活得不容易，相当不容易。

十七

"我忘记我要说什么了。抱歉！"靳虹说。

"没事。我也一样健忘。"阿凯说。

"你咋这么善解人意。"

阿凯只是抿着嘴儿笑。

"哦，对了，是要跟你讲讲我的家庭。生活总归要继续啊！无论多难。真的，真的是太难了。你知道吗？有好几次，累得，我都想放弃自己。我的老父亲，十年前在浴室跌倒，从此便一直昏迷不醒。植物人。我就在像你这个年纪时，开始一直照料他，直到现在仍然是。"

"所以，这也是您打三份工的原因？"阿凯一时间找不到安慰她的话，竟然顺嘴问了一直以来困扰他的这个问题。

"是，也不全是。"靳虹揉了揉眼睛，继续哽咽道：

"要知道，家里有久病卧床的人，伤害最大的，一般都不是病人本人，而是照顾他们的家属。他们压抑，无望，看不到尽头。"

"嗯。我懂。真的是非常不容易！"阿凯轻轻地叹息道。

"说说你吧。难道，你就不想家吗？"靳虹问。

"想，当然想。"阿凯回。

"那你怎么几乎从不提起他们？"

"不提，才说明最在意。"

"逃避？"

"不，就是深埋心底。"

"貌似懂，又不全懂。"靳虹一边说，估计是又想起瘫痪的老父亲，眼泪吧嗒吧嗒往下掉。

"给，鲜花饼。我们那儿的特产。甜甜的，很香。吃一块儿，暂时不去想那些烦恼。"说着，阿凯从兜里掏出一块儿递给她。靳虹把眼泪擦净，转忧为喜，清了清嗓子，恢复往时的清丽，连连说谢谢。

"我也有烦的时候。比如我一生气，肚子就鼓鼓的，跟个蛤蟆似的。"阿凯说完，靳虹竖起手指放在嘴边嘘了一声。

"傻小子，哪有说自己是蛤蟆的啊！就是气得再圆，充其量也是只帅气的青蛙王子！哈哈哈。"靳虹一边说，一边笑道。

"见您笑了，我就放心了。"阿凯说。

"阿凯，你知道我最欣赏你身上哪一点吗？那股专注的狠劲儿。"靳虹说完，又道：

"以后，千万别'您''您'的。别用敬词。我不喜欢，更不习惯。就叫我靳姐，或是直呼其名，都行。"嘱咐完，将刚流过泪的一双水汪汪的大眼睛落在阿凯的鼻尖上，羞得他赶忙躲闪道：

"好的，靳姐。"

"咋又突然客气起来？"她问。

"没有，靳姐。"

"还说没有！"

"真没。那个，没有别的事，我先走了，靳姐。"

"唉……走吧。赶紧下班回家吧。"

"靳姐明天见。"

"等等。"

"还有事？"

"没。算了。你走吧。"

"好的，那我走了。"

"对了，家里留些现金，以备不时之需。"说完，靳虹塞给他一个信封。

第二章：刹那刹那地改变

十八

　　真理会以日常所经过的现象显现。即便全部洞悉，也闭口不言。知道，也只说一半。切记，不要把自己倒干净。

　　阿凯抱着笔记本电脑，屁股陷入绵软的沙发里，像是乳胶包裹着身体，升起一股怠惰的睡意，令人有一种什么事都没做的罪恶感。"这样真的好吗？"他在心里反复自思道。然而，瞌睡虫还是爬满了他的脑袋，听着电脑视频关于尼安德特人的传说，往右一沉，竟然快速地睡着了。

　　冬天的黎明，太阳即将冉冉升起。

　　有些人的工作注定黑白颠倒，或是起早贪黑。修路工是，靠早点摊过活的一家人是，清洁工是，还有在剧组拍夜戏和一整个夜晚在灯下独坐的造字人。冉冉，就是这么一个女孩。

　　一年四季，她都只穿一身白。晚出早归。卯时一到，用钥匙打开房门，噼里啪啦钥匙碰钥匙的细碎金属声，像是一枚枚银镯子乱撞。

　　回到自己房间，拉上窗帘，钻进被窝，开始她的"夜晚"睡眠。

此时，房门会被一个男人从外面悄悄打开，推出一道缝，男人不说话，用眨眼次数过频的一双眼睛往里瞧。稍过片刻，随着男人的一声关门，照进房间里的那道光也一并消失。

"你说，他是已经进入了房间，还是继续留在门外呢？"这是帽子小姐作为话剧社代社长，在没有剧本的情况下编排新剧时，一直敲不定的地方。

"你就两个都设定呗。反正不是 A 就是 B。开放式结局，或许人物的命运完全就是两个不同的走向。"阿凯建议道。

"确定只会是两个吗？不会是三个、四个甚至更多。"她说。

"只能是两个吧。再多，就闹鬼了。"阿凯笑道。

"你还甭说，要是能闹，还好了！魑魅魍魉。"她叹道。

"其实刚才我心里不舒服了一下。"阿凯说。

"嗯？怎讲？"

"眼睛。男人过快地眨眼。心里似乎真有一双黑暗里唯独亮亮的眼睛在直勾勾盯着我看。我心里面疼了一下。"

"吓着了？"

"好像是。"

"啊？！"帽子小姐发出不太相信的惊叹声。

"真的！心里被揪了一下。细细想，还真是被吓着了。"阿凯非常肯定地答道。

"莫非你心里有鬼？"

"胡说！"

"那就是鬼在我们身边。哈哈。"

阿凯没有夸大其词，他的确被那双不停闪烁的白色亮眼吓到了，仅仅只是因为边听边想。

疑心生暗鬼。

醒来时，又听见外面在修路。压路机的轰鸣声，像是一枚火箭正在点火升空。金属的敲打声，铁板被吊车撬起来的声音，似乎在催促天就快亮了，要抓紧时间，趁这座城市大多数人在苏醒前，恢复原貌。其实离天亮尚且还有两个小时。在古代，这段时间刚好是卯时。日未始，天色尚未破晓。

他太熟悉那种感觉了。曾经有一年冬天，他花费大把时间与力气，只用来做了一件事，就是睡眠。白天，躺在沙发上，能睡一整天，醒来后，身体黏糊糊的。晚上，在床上接着睡。睡到分不清是几点钟，在哪儿，五迷三道，浑浑噩噩的。那时他除了做好新媒体运营的本职工作外，还负责企业内刊，作为执行主编，与作者沟通选题、收稿、编辑，与设计师沟通版式，将排好版的 PDF 文件发回作者审核、三校、确定封面、签蓝纸、下印、等待收刊。一个人，外加一位美编同事，撑起了一整本季刊。曾经有一度，仿佛对文字失去了所有的感知力，回到家，完全不想再碰一本印有字的书，躲着它们。心脏怦怦怦跳得过快，侧着身躺在枕头上，能听见它强有力的跳动声，但身体非常虚弱。

想起读大学时，文学院有个院刊，课余时间阿凯在那儿当组稿编辑，但从未占用过公共资源，以权谋私，刊登那些试图走后门的文章，他自己的稿子就更甭提了。喜欢读书倒是不假，但写小说这件事，没有对任何人讲过，但一直有在偷偷尝试创作。阿凯不止一次被导师推荐干脆担任刊物主编吧，然而生性温吞、不爱抛头露面的性格，自认无法胜任主持全局性的工作。

他认为，写作就是自己给自己打工，要具备非常强烈的表达欲，最为关键的一点，是要天真地相信它。一切与精神息息相关的生活方式，都是在与时间拔河。或许有人会说，只要一睁开眼，就是经济、消费的世界。是，没错，但抛开所有行业立场，人，最终就只剩下所置身的时空，就是人生那一条有始有终的线段。人，不是神，只有短短几十年，要非常珍惜它。

十九

一个周日下午。一场题为《共读春天》的读书沙龙，作为领读人，阿凯分享了《古诗源》中"青青河边草，绵绵思远道"这句话所在的《饮马长城窟行》一文的阅读感受。活动结束后，莫名所以，被会员搭讪，要了微信。验证通过的第一条消息，是她发过来的一个帽子表情。黑色的高帽子表情符号，像是马戏团魔术师所戴的礼帽。阿凯打出一个"？"，对方没有回应。

再接上话头，是下一期的读书会。那次的主题是关于"告别"。除了身兼主持人，拿着无线话筒，在会员间围成的一个圆圈里递来递去外，现场还有那个出版社女编辑，从稍微专业的角度给大家进一步解读。

活动伊始，全场鸦雀无声。无奈阿凯只能讲一个自己亲身经历的故事，活络活络气氛。他张开嘴，欲言又止，闭上，咽了口唾沫，又张开。过了好一会儿，这才用扭曲的表情，憋着一口气，费劲地说道：

"姥爷走时，我没来得及跟他告别。"

"所以，你起了头但无论如何也写不下去的那篇回忆性文章，就是悼念他的吗？"提问的人正是帽子小姐。

"你咋知道我有篇文章要写？"阿凯诧异着问道。

"我偷偷刷到了你的微博。"她回，"出殡前一晚，你不是一直在守灵吗？"她接着问。

……

长长久久的一段沉默。阿凯嚅动着嘴唇，就是发不了声。泪光盈盈。见此状，靳虹站起来赶忙解围，截住话茬，用嫌弃的眼神，使劲瞪着帽子小姐，让她闭嘴。

每个人都会老，老到走不动道，掉光牙齿，疾病缠身。然后——死。

死之前，要选择如何度过极为短暂的一生呢？

二十

天上有一颗明亮的星，黄昏时刻，东方已成暮色，西方还呈现出蓝紫色，但已在做最后的挣扎。不一会儿，同一方天空的东侧，便有第二颗亮星显现。两颗星尚且有一手掌宽的距离。第一颗明显过亮，很可能是国际空间站。

夜色中，网约车的车窗外，行迹匆匆下班回家的人，似乎在暗说着，家，就是最好的归宿。经过一整个白天，职场上所遭受的委屈、忍耐与煎熬，都会因为家，温暖融化掉所有的不快。世间万物，人，是最苦的了。看着归家的人们，车子却驶往了医院。在高烧四天三夜后，他决定放弃身体或许能够通过自我修复的侥幸心理，还是去看急诊吧。

疫情期间，发热就医，意味着要经过比平时更为繁琐的问诊流程。首先，发热门诊并非每个医院都设立，需要事先搜索，距离自己最近的是哪一家医院。其次，无论因何种疾病诱发的高热，都需要在专门的发热门诊待足五个小时，且核酸检测、肺部 CT、采血等指标一切正常方能离开。

对身体负起责任，与认真对待一份情感无异。无论是哪一种类型的情感，去小心翼翼呵护的程度，不亚于小时候光着脚丫，蹒跚地走在退潮后贝类大量裸露的海滩，无意间发现的一枚被太阳照得闪闪发光的鹦鹉螺。小阿凯用好奇的神情，问向身旁拉着他的小手走路的男人："是《十万个为什么》里讲的海洋活化石吗？"男人点头应道："对！就是它。"虽然多半，男人也不知道究竟是不是，但那又有什么关系呢。他开心，皆大欢喜。于是他将它从沙滩里挖出，摊平两只小手，认真地捧在掌心，看见它的吸盘在微微蠕动，抬起头，乐呵呵地疾呼："快看，快看，它在动，它在动！"银铃般的笑声，随海浪刷刷起伏的风声，一会儿近，一会儿又远去……

如今，在靠近四十岁的节骨眼上，发烧不退，烧得意识模糊，头疼欲裂，眼珠冒火，带着湿漉漉的汗水睡去又惊醒，奇奇怪怪的梦，一个未完，一个又凭空无故地闯进来，或断裂，或接续重复地做着，似乎神识想要挣脱灼热的肉身，渴望自由自在地飞翔。

一个女人，坐在开放办公室的长排形桌边，拉开碟包的拉锁，拿出一张没有标记名字的刻录光盘，放入老式台式电脑主机箱光盘驱动器的托盘中，推上仓门，待一番嗡嗡作响的数据读取后，在相隔有一段距离的白色幕布上，大约二三十米吧，清清楚楚投射着几部金庸小说的长方形视频预览：《笑傲江湖》《鹿鼎记》《天龙八部》《倚天屠龙记》《书剑恩仇录》。在并无任何言谈交流的无声意念下，他似乎知道女人最想看的一部是《笑傲江湖》。留着五号头的女人转过脸，竟吓了他一大跳：这不是自己读研究生阶段的导师吗？！只是那张脸，怎么还是少女时期的一副面孔？虽然未曾目睹过任何一张有关她年轻时期的相片，但他确信无疑！潜意识里的尊师，或是畏师，让他在脑海中转着"马上""立即""速速"这样的自我驱动。

光盘的轨道似乎是坏了，卡在一帧无法继续播出的画面上。着急忙慌之际，一心只想赶快再找一台能够顺利播放光盘的主机。此时，午休完毕的上班族陆陆续续回到工位，一个漂亮的女生见他们俩正霸占着自己的电脑，不知在瞎鼓捣什么，直接露出嫌弃的神情。他转向女孩，似乎也在用意念对她说："这是我的导师，名声远扬的大学教授。"他以为女孩会认出她，并做出相应的惊喜状，谁知却是一脸的不屑。他们似乎是隔着两个年代的陌路人，彼此都对当时的教育体系与教育名家不甚知晓。他这才意识到，自己是唐突了，这才一口一个不是，连连致歉。在下意识挪了挪显示器的位置时，却瞥见桌子上腻着许多碎土渣，里面蠕动着密密麻麻的小黑甲虫。"少女导师"表现出一脸的无畏，用含情脉脉的眼神，似乎在说："快去寻找下一台能够播放的机器吧。"于是他领着她，窜了好几个座位，一连试了好几台电脑，也找不到能够继续顺畅播放视频的主机。

突然，工位裂开一道大缝，天崩地裂般，出现一条万丈深渊。深渊底隐隐约约能见到一个巨大的钢筋大笼子，里面关着许许多多只脸面正向上看的白色"蛙人"。它们的身型介于两栖动物与哺乳动物之间，凸出的大眼珠子，张开双手上面的蹼，虎视眈眈的神情，着实令人恐惧。正当百思不得其解时，"少女导师"却纵身一跃，面向他，微笑着挥手告别。

阿凯的心咯噔一下，伴随着双脚使劲一踹，从不知所云的怪梦中猛地惊醒。"请廖一凯，到一号诊室就诊。"发热门诊的广播正播报着他的名字，把他从候诊的高烧瞌睡中，拉回到身体忽冷忽热的现实。

生命中经历的所有苦痛，都不应轻易向人诉说。一定要铭记在心。倘若不小心，如脱缰野马，将心事一一倾诉，记得以后，再也别做这样的傻事了。

经历五个小时的挂号、体温检测、量血压、鼻腔核酸、咽拭子、采血、CT、漫长的报告等待、问诊、开药、缴费、取药等等一系列繁琐的程序后，阿凯终于像刑满释放的囚犯，从发热门诊走出来。当他回头，再次端详寒夜里这座临时搭建起来的三层隔板小楼，四四方方的门诊楼，心中却升起一股隐隐的暖意，像是胸口亮着一盏泛黄却足以照亮的灯，捂得心窝暖暖的。在一份满意的微笑中，或者说在一份对自己高热仍旧不退的和解中，打上网约车，回家。夜色深沉，街上路灯点点，不时仍有晚归的夜行人。车上电台响起了一首改编版的《鬼迷心窍》。电音循环往复，有一条主轴，演唱者如同念经般，用咬字不怎么清楚的唱腔，低吟浅唱。他想，歌坛，真是今非昔比了，但也没糟糕到哪儿去。歌，还是自己年轻时的流行金曲，唱，却发生了翻天覆地的变化。挺好，并没有失望。

半小时后，车子停靠。下车，步行，穿过小区时，一只小刺猬扭搭扭搭着，突然停在半路，用一双无辜的眼神望向他。不知为何，可能是从医院检查身体并无大碍，回来后觉得无事一身轻的缘由，竟对着它自言自语道：

"小刺猬，你这是要去往哪里呀？走吧，走吧，赶紧回家找妈妈吧。记得要保佑我喔。"

小生灵就像是听懂了他的话，微微点头，又扭搭扭搭着穿过了整条马路，最后钻进草丛，消失不见。

阿凯乐呵呵地上了楼。开门，迈入房间。将所有的灯打开，本已熟稔的家，此时更显温馨。瞅瞅狼藉不堪的被窝，笑想，自己是如何发着高热在床上痛苦地翻来覆去。真的，外头千好万好，也不如自己的家好。洗手，洗脸，服下消炎药，带着发自内心的心满意足，沉沉睡去。整夜，一个梦也没做。次日，烧，竟然神奇地退了。

二十一

靳虹选择在十五岁进部队，原因听起来可能稍显夸张，但千真万确：身为初中数学教师的父亲，不允许四个孩子（她上有两个姐姐，下有一个弟弟）在放学后多在家外逗留一分钟。那时镇上正发生连环强奸案，失踪数日的年轻女孩儿从河里被打捞上岸，胳膊已经泡走样儿。

但是，一个人，被过度保护，养得会成为一棵温室植物。那份过犹不及，窒息、压抑，让她想逃。叛逆期，跟随她的月经初潮一起到来了。

晚熟的少女。然而一旦熟了，就比少年克制、理性。男人至死都是少年。冰天雪地的十二月，那时哪里兴什么过洋节，尤其在部队，更是不被允许。一个比她大三岁的男兵，双手捧着一颗红苹果，站在星星比现在多得多的宿舍楼后的天空下，寒风凛冽，等着她被感动。她站在钻风的单层玻璃窗前，用手指不时抹去哈气，躲在暗处，隔窗观察。戴着军棉帽的少年，因为太冷，踮起脚尖，不时踱步。那颗仿佛被星群照亮的红苹果，就像是暗夜里忽闪着光芒的巨型萤火虫，在类似于经由大气抖动的视效里，忽明忽暗。时间一分一秒过去，许是太冷，加之口渴，少年士兵竟狠狠咬了一口苹果，在冷风中，干脆地嚼起来。吓得靳虹猝不及防，心里惊道，俨然牛魔王转世。

夸张的平安夜，在暗中观察吓坏了的破碎期待里，让她当晚做出了一个奇异举动——躺在深夜凌晨失眠的床上，将手指，伸向了自己的下体……

二十二

在临着六合区街道一座座拔地而起的高楼中，居住着大多是从市中心回迁的老幻海人。幻海书店，就位于其中一幢三十六层的高建内。一层是带门脸儿的底商，大多是餐饮店。二层是服装、美容店。幻海在三层，隔壁还有一家健身房，以及一个由大门封闭起来略显神秘的教育机构。

几乎是每一天，下午五点半到六点之间，都有一个书包外兜塞着篮球穿红白相间校服的男孩，从那扇不对外开放的大门里走出来，紧贴着健身房纵深的玻璃墙，一边张望，看看玻璃中虚映的自己的轮廓，慢慢走进幻海书店的自习室坐下。阿凯站在吧台角落的台式电脑前，扫着被实时监控的一块块视频画面，总是把视线落在男孩所在的自习室。有时他低着头，握着一支白色的钢笔写作业。有时他将手机横过来，跷着二郎腿打游戏。不一会儿，估计是家人的微信进来，又把屏幕竖过来，看看消息，再横过去打一会儿，于是丢下手机，把白色的笔夹在鼻底，努着嘴，抬头，对着墙面怔怔发呆。

墙面张贴着知名作家与艺术家照片被放大后的长方形自制海报。有达·芬奇，拉斐尔那张好看的侧脸，大胡子的尼采，眼神深邃的卡夫卡，割掉耳朵缠着纱布的自画像梵·高，留着齐刘海怀抱一只猫的少年时期村上春树，马尔克斯，鲁迅，年轻时还未发福的周作人，在日本的萧红，晚年拿着金日成去世报纸自拍的张爱玲，沈从文，甚至还有演员陈晓旭饰演的林黛玉。狭长自习室的另一面，一个巨大的书架镶嵌在墙内，左右两侧，各掏出来一个可以落座的单人座。男孩背后，也就是最里面的那个座上，矗着一张 KT 板做成的大海报，上面印着醒目的读书会大标题"共读春天"。

注意到那个总是背着一只黑色大书包的男孩子，并非是在幻海，而是在阿凯站在阳台喝水的一个早晨。

疫情之下，小区因疑似密接者封闭。居家隔离办公的阿凯，闭门不出已经十一天了。可能是红色校服，与开始落叶的秋日形成对比，也或许是路上本就鲜少经过的行人都是长衣长裤，只有他还穿着短裤比较显眼。

打开纱窗，闷得够呛的阿凯捧着一杯清水望向街口，两只蓝尾雀停在树梢，男孩双手揣在上衣口袋，探着头，一踮一踮地走路。

男孩留着齐碎盖，发量又多又软，风吹过，额前分出一道很自然的发缝。阿凯心想，年轻可真好啊！每一个步履沉重的成年人都是曾经的少年。可现如今，除了面无血色，还总是心事重重。真羡慕那些打着哈欠，可能连脸都没来得及洗，生怕迟到，坐在妈妈送往学校的电动车后座的中学生。

看着男孩突然小跑，追上前面的同学，估计是想吓吓他。不一会儿，男孩与他的同学渐渐消失在阿凯的视线里。

"请大家有序排队，保持一米距离。"悬挂在树上的手持喇叭，不间断地播放通知。

下楼做核酸检测。乌泱乌泱的住户，从各自的家里走出房门。有的蓬头垢面，有的干脆衣服也不换，穿着厚厚的睡衣，哈欠连天。

刚下过雨，空气里有一股湿漉漉的泥土味儿。阿凯偷偷将口罩拖在鼻下，趁着丢垃圾间歇，贪婪地闻了闻。环顾四周，枫杨树还有些夏日模样。叶片尚存绿意，像是飞艇般的小碎叶，带着欢快跳舞般的节奏，一片片旋转着坠落。

本应井然的生活，却因狡猾的病毒被扰乱。除了提高警惕，戴好口罩，不给社会和自己增添麻烦的最好办法，就是少出门。

掏出身份证，包裹异常严实的检测者扫描信息，然后去排队，五个人分成一组，核实刚刚由便携式扫描器打印的二维码，再扫一下，一拨一拨地等待，然后间隔一定距离，最后坐下来张开嘴巴准备检测。

咽拭子在舌根上来回翻搅，一股腥涩的味道。送外卖的电动车一辆辆停在小区大门外。里面的铁架子上摆放着餐食与饮料。有个背影熟悉的女生撅着屁股在搜寻自己的外卖。阿凯赶紧躲闪。

"帽子小姐啥时候也住在这儿了？"他在心里直嘀咕。

手机下单，订了许多水。这才意识到，搬过来一年多，几乎就没喝过自来水。老实地封锁在房间，专心处理工作，写东西，困了睡觉，饿了点外卖，喝许多咖啡，饮下大量白水。镜子里的头发已经长很长，双颊看上去还有些塌塌。持续多日的喉咙异物感却在今天第三次核酸检测后突然消失。

阿凯倒是不担心疫情，反而觉得自己恐艾。虽然在某天突然信佛，心地善良，对谁几乎都报以微笑，但，他恐艾。或许是禁欲太久，中年遗精，又是在一场春梦里，多少令人觉得不可思议且羞于表达。这种事，像被衣物遮蔽的身体一样，都是极为私密的，更何况是双腿之间那个裸露在外的器官。已经记不太清梦的细节了，但他很享受那种有悖世俗伦理的性快感，在亲着一个暗恋的人的胸膛肌肤，射出了那些久违的略带腥甜气味的白色黏糊糊液体。在一瞬间的爽之后，睁开双眼，担忧袭上心头。他想起民间有关鬼狐与书生在梦里交媾的传说，甚至联想到外星人与地球人造娃的离谱故事，他忧心地想，自己不会借由怪梦感染上恐怖的艾滋病毒了吧？从一整个夏季，到刮起秋风，他都活在惶恐中。

一个早晨，他请假，带着沉重的心情，坐地铁，去医院抽血。挂的是耳鼻喉科的专家号，医生用木棍儿压着他的舌头，让他发出

"啊"。

"啊……"

"没事儿。上火。"医生摘掉脑门上的探灯说。

"不会吧？！"阿凯大为不信地问。

"什么不会？那你以为会是什么？"医生问。

"大夫，我想验个血。那个……传染病四项。"他支支吾吾地说。

"为什么？你没事儿。再说我们这儿也不给做。要验，去挂内科。"医生回。

"给我开个吧！"他央求道。

"这样吧，你要是实在不放心，再做个动态喉镜。"他一边说，一边操作电脑开具化验单。旁边的护士捂得严严实实，口罩上乱转的眼睛显得怪怪的。

去自助缴费机缴费，候在科室外大厅，等着叫号。又等了老一会儿，五脊六兽地盯着挂在墙上的宣传展板看：鼻咽癌，舌癌，喉癌，甚至还有口腔尖锐湿疣。越看越怕。

终于又被电子叫号器叫到名字，重回处置室。"一会儿把麻药咽下去。"交代完如何配合后，护士捏着一个长长的塑料滴管，从右鼻孔滴进麻药。

"别躲啊！"医生道。

"我害怕！"还没等做，阿凯直言害怕。

十分钟后，医生将绑着微型探针的喉镜管，顺着鼻腔深入咽部。吓得阿凯使劲攥紧拳头，扳直身子，往后躲。

"没事儿。挺干净。没长东西。"医生边做边说。

"起来吧，小伙子。我给你开点儿药。漱口水，家里有吗？"医生问。阿凯摇头。

他拿着彩色打印的"动态喉镜检查报告"，将上面的四幅喉镜检测照片，以及镜下所见的诊断文字，看了又看：

> 咽黏膜暗红，舌根淋巴组织增生，会厌形态正常，抬举自如，双侧声带边缘平整，运动对称，闭合尚可，双侧梨状窝洁净。
>
> 诊断：咽炎

廖一凯心情愉悦地走出耳鼻喉科，缴费，拿药——裸花紫珠胶囊、金嗓开音胶囊、聚维酮碘含漱液。坐在回家的地铁上，将无线耳机从电池仓取出，塞入耳窝，恢复中断数日的听歌习惯。

曾经在舌头火辣辣，恨不得使劲咬上一口的难耐晚上，他把几乎能下的所有在线问诊 App 全下了。注册，选医生，从知名医院专家，到其他三甲医院的主治医生。描述病情，将打开手机闪光灯拍摄的口腔照片发过去，隔着屏幕的医生说法各异：咽喉炎、喉癌、口腔癌。甚至这两天因哩哩啦啦地拉肚子，被怀疑会不会是艾滋病。说，还是去医院好好查查吧，不放心的话，做个"传染病四项"。吓得他频频张开嘴，伸出舌头，继续打开手机闪光灯，对着镜子一通通地检查，跟得了强迫症似的。

如今，在心里悬了一整个夏季的大石头，终于，终于是落地了。想，没常识忒可怕，胡思乱想的疑病症更可怕。一边会心微笑，一边想回到家先要好好喝上一壶咖啡。

双十一临近，因疑病而失眠的夜里，打开手机软件疯狂购物。一台早就想入手的半自动咖啡机，平时三千块，只要先付尾款，这回一千出头就能到手。快速拖进购物车，迫不及待地支付。

回到家，仔细洗过手，新撕开一袋金米兰咖啡豆，倒进储豆仓。选好研磨粗细、滴漏杯数的档位后，又打开顶盖，这次要用眼睛好好盯着咖啡豆被快速旋转的金属刀棒磨碎的整个过程。按动开关，机器嗡嗡嗡开始作响，像极了在深夜飞往异国的机舱，耳畔一直伴随着引擎的轰鸣声。

坐飞机，喝小酒，去探索感受这个精彩奇异的世界。阿凯喜欢夜航飞行中，身体被暂时锁在椅子上，冷气开得十足，盖着毯子，打开阅读小射灯，一边读一本长篇小说，一边想东想西，如同微醺一般的美妙感觉。飞机引擎轰隆隆地持续作响，偶尔有拖着长长尾音的"叮咚——叮咚"的机舱服务声。困倦时，随时合上书，将它抱在胸前，或是放在盖着毯子的腿上，闭上双眼，轻轻地眯一会儿。

据说，人在睡着时，灵魂会跟随梦境，跨越维度，没有时空之限地遨游。耳畔发动机的嗡嗡声，逐渐被另外一种持续的念经声所取代。瞬时，飞机穿越云海，慢慢变得透明起来，在以一种温柔的力量行将解体前，一群身穿红色僧服的喇嘛，围坐在一座雪山之巅，闭目，念唱梵咒。阿凯在感受不到自己身体的茫茫雪山中，听着根本就不明其意的偈语，流下热泪。

他看见，一座高大的转经筒，屹立在广场基石之上，闪闪发亮。是的，他坚定，这应该就是传说中的香巴拉王国，如今，被称作独克宗月光古城。

低矮的房屋，木制的客栈，泛着青苔的石板路，起伏小山上的庙宇，一座座相连。或厚或薄的云朵，在湛蓝的天空，向寂静的古城大地，照射出一道道云柱。

不知为何，本应真切的身、语、意，面对苍茫壮美的景观，竟然在慢慢消解。客观存在着的血肉之躯，正在神游着的智识，虚虚实实，掩映在无形无状的心海，亦真亦幻。

他轻轻地想，这，才应该，而且就是——幻海。

二十三

醒来后，机舱外继续暗夜阑珊，行将抵达夜航的目的地——迪拜。盯着嵌入在前方座椅靠背中的显示屏，飞机航线图上的地理坐标，一个个国家，一座又一座城市，在浑然不觉中飞过。机下，很可能是一片没有尽头的沙漠，也或许正飞在波斯湾与印度洋上空。他很困，夹带着有气无力的兴奋，眼前所直视的地球动画与脑中所想各自行事。作为一名靠撰稿与摄影维生的新媒体运营编辑，无人知晓，很多时候，他都有阅读障碍，常常因久坐在电脑前专注工作，沉浸在思维的火花中，从而越来越不喜欢真实的现实世界。屏幕文档闪烁的光标前被他慢慢敲打出一个个汉字，然后排列组合成一个个词，之后成为一个个句子，直至最后变成一篇文章。所以，究竟是沙漠还是海湾呢，真是傻傻分不清。这是一个人旅行时，能够给自己安排的一份可爱伎俩。要知道，他终于脱离了表演的职场，拙略的演技，需要自行加戏来弥补现实的苦涩。

苦中作乐的生活态度，很像在下机后，他所看见的那些穿长袍的阿拉伯当地人。女人面巾遮脸，一袭黑袍。人高马大的男人套着白袍，推着满满堆放着行李的手推车，晃晃荡荡，来来往往于气味儿混杂的机场大厅。就阿凯而言，对比欧美，或是东亚、东南亚，眼下，置身阿拉伯世界，完全是一个崭新的地理疆域。脑海里，他对这片土地的知识掌握犹如沙漠一样贫瘠。带着一颗新鲜的心脏，索性就去看、去听吧。

每次抵达一个新地方，机场、火车站、汽车站，是永远绕不过去的一种类似于"上岸"的原点。他几乎没有坐过渡轮，对于码头也不了解，想，应该与其他口岸一样，也会令自己不知不觉被一种匆忙的慌张感所裹挟吧。迷迷瞪瞪，茫然无措，没等缓过神儿，已经坐在地接安排好的柠檬味车子里，驶往预订酒店。

　　周全地计划好一切，提前做好日程，去哪里拍摄，每次用去多长时间，像一张 rundown①表，试图做到滴水不漏。入住的酒店就在机场附近，旁边有一处别墅般的低矮建筑，一枚月牙形的标牌，悬挂在房顶。白色的墙面外，一棵开满红花的树，香味扑鼻。办理入住，地接与服务员用阿拉伯语交谈，耳边、眼前，以及鼻子嗅到的窗外香气，都是强烈的中东异域风格。

　　长时间飞行造成的疲劳，并没有通过睡眠休整过来。晚上，躺在并不宽敞的硬床上，身子像烙饼一样翻来覆去，脑子里想东想西，然而具体想了些什么，又都飘忽忽的，抓不住头绪。剪不断，理还乱，这是长大成人的代价。人在心事重重和空无一事的两个极端状态下，太烦与太闲，其本质是一样的。要么嗜睡，要么失眠。显然阿凯属于后者。为了缓解失眠，酒，在喝了戒、戒了喝的反反复复中，不但让心里没有变轻盈、被充实，反而还越喝越空虚，身型越喝越走样。为了遏制自己在食欲上的失控，他下定决心，真的要好好戒酒了。这是一个有斋月习俗的国度。在这样一个令身心自然轻快、充满高度信仰的国家，饮酒，那是万万不能去做的禁忌。可能是天意安排，那就试试看，适时的禁食，到底会让身体发生怎样的变化。

　　红色花朵的暗香一直在房间浮动。打开灯，穿着一件白T恤，踩着夹脚拖，走出房门。按下电梯按钮，电梯厢咕咚咚上来的声音，停下时叮的那一声银针一般掉落的细碎金属声，以及门打开的刷啦声，在异国他乡寂静的深夜，与持续的花香一道，变为一颗无形的

① 流程表的意思。通常标有详尽的时间及其与之对应的具体执行工作环节。

安神药片。他并未打算真的到楼下去。于是他折回房间，掀开白色被子，再度躺下。

他一直思索那红花是什么植物。月牙形的建筑装饰物又有何寓意。在有限的知识储备中，他记得迪拜的藏红花非常有名。大自然的神奇之处还在于，花，竟然是被子植物的繁殖器官。

突然，一个男人念诵的声音，如麦浪，一声声，一阵阵，由远及近。寂静的城市，大喇叭响起祈祷的声音？难道这就是《古兰经》的声音？阿訇的声音？阿凯在一连串平和的疑问中，在那股完全听不懂听不清楚却被抚慰的声音中，沉沉睡去。

次日，一个风和日丽的上午，阿凯与地陪一行，去往位于阿布扎比的卢浮宫。车子高速行驶在从迪拜到阿布扎比的柏油路上，道路两旁，是茫茫黄白色沙地。天干热。没来这里前，记忆中有一种错觉，以为迪拜就是阿联酋首都，是一个遍地黄金，富豪云集，摩天大楼高耸入云的超级现代化城市。石油大国所造就的都市传奇确实如此，然而并未达到处处开花的地步。这里依旧有最原生态的风景，就像依然有最穷苦的百姓一样。女人们的身材大多很瘦，他好奇面巾下那一张张神秘的脸。只有明亮又小心翼翼的眼睛，在躲闪与回避之间，暗暗诉说着言语不通只能靠猜的心事。

车子经过在建新地标——迪拜之框。楼宇一样巨大的金色大相框，已经初具规模，横跨在车来车往的马路之上。又过了一会儿，地陪提醒阿凯赶快望向窗外，尖如外星战舰的著名建筑哈利法塔，像是通往云端天堂的现实巴别塔。不一会儿，出了城，便是满目沙地。旅行之所以美妙，在于想象前、抵达时与离开后，各个阶段的不同感受涌入身体。身处其中，可能完全会因一种举目无措，对它知之甚少反而丧失探索的热情。此时此刻，静静观望眼前景观的具体存在，就是对它最好的赞叹。

计算时间的沙漏，摆放在阿布扎比卢浮宫一个奢侈品艺术展的结尾。很不起眼的一个沙漏，玻璃窗外，就是宫殿地基深扎的碧绿海水。云朵很多，天很蓝，很漂亮。极力眺望，能看见户外圈层石阶上星星点点落座的游人。这个不惜花费重金，从巴黎卢浮宫租借各种珍贵展品的另外一座同名博物馆，被海水拥抱着。龟壳一般有九重天寓意的银色穹顶，经由阳光照射，投下一道道光柱。许许多多的光柱，或直或斜，交叉着，汇聚成无法言说的光雨，隐隐约约，显现出毛茸茸的光芒。阿凯仰着头，站在大厅，内心震颤。

真真实实存在的它们，他们或是她们，如果没有射进心里，再有形，也犹如空气，只是过眼云烟。去过的地方，看过的风景，遇见的人，无非是与自己的心相连。

卢浮宫任何一款展品，都抵不过那个不起眼的沙漏。世间最奢侈的物品，不是别的，正是时间。

二十四

嘀嗒，嘀嗒。

鼓楼不应响起砰砰的擂鼓声吗？怎么却是秒针走动的细微响声？仔细听，好像有人躲在暗处，捻动表冠，正给一只机械手表上劲儿。吱吱的声音，像小时候住宅楼间隙，藏在里面倒挂的蝙蝠。亮亮小小如同豆子一般的小眼睛，警觉地观察着小阿凯。

"你看，你也不提提他们。"靳虹说。

"没什么好说的。各自都好，就好。"他回道。

"是有什么深仇大恨吗？或是误解？"她又试探性地问。

"真的不想说他们。他们把我生下来，我一直跟着外公生活。我的亲人就只有他一个。这样回答，可以了吗！"阿凯开始有些激动。

靳虹见此不妙，转移话题，扯起阿布扎比之旅结束后，回国所买的阿拉伯裔美籍学者菲利浦·希提所著的《阿拉伯通史》一书。书中提到：斋戒是自黎明到日落，整天戒除饮食和性交。

嘀嗒，嘀嗒。

机械手表秒针走动的声音覆盖了记忆之海。同时，又穿过它，潜入它。

在类似产生出一种电视雪花信号故障的模糊视野中，他看见邋遢的自己躺在床上，捂住肚子，翻腾不止。不一会儿，光着身子，赶忙跑进卫生间。屁股刚坐在马桶圈上，急促的刺啦一声，竟拉出一只巨大的飞蛾。他牢牢地继续坐着，按常理讲，是无法看见被下体坐住的马桶内部的，然而他却看得见。

蛾子很大，有握紧的一只拳头那么大，扑棱着，乱撞了一番，顺着冲水马桶的水涡，没有丝毫受抗阻的物理性束缚，轻盈地被水流卷走。

哗哗的电视雪花声逐渐变大，与此同时，又伴随着似乎从下水道向上返的金属质感的对话声：

"你真的没有结婚吗？是不是早就结了，甚至连孩子都有了，一直隐婚？"

"结不结的，这个问题重要吗？"

"当然。不然别人以为你不正常。身体有缺陷，性无能，甚至不喜欢女的。"

"都什么年代了！你竟然还有这种封建思想。"

"什么年代，人也得结婚。人类总归要繁衍。"

"看来，我们不是一个星球的，无法说到一起。"

"别！不要这样说。别这么对我，好不好？"

嘀嗒，嘀嗒。

此时，不怕冻的年轻人聚在鼓楼下方的小广场，伴随着齐刷刷的倒计时大声呼喊：五、四、三、二、一，新年快乐！

新的一年终于到来。烟花绽放，情侣们紧紧相拥，热烈亲吻。

嘀嗒，嘀嗒。

天空阴沉，像是在等待一场迟迟未降的初雪。四季继续流转，该是冬了。曾经在一个口渴的深夜，阿凯一边咕咚咕咚大口喝着水，一边想，人应该像植物一样，在冬天，停止一切外出活动，就待在温暖的室内。蚂蚁和其他小昆虫已经藏在地下，大树掉光树叶，寒冷所到之处，一片寂静。外面没有人的痕迹，因为停止了生产制造，也便没有多余的声响。顺应自然，顺应时令，遵循日出而作，日落而息，像天地生出的万物一样，没有骄矜。

机舱灯光逐渐亮起来，如同空中小姐抬起舷窗遮光板的瞬间，光线耀眼夺目。轰隆隆——轰隆隆，嗡——嗡，飞速转动的发动机声继续萦绕于耳畔。他曾很认真地想过，这个单调、熟悉的声音，它们是属于想念的。

哦，原来都只是脑中的一个个闪念，却经历了长长久久的时间之旅。梦不就是这样，感觉做了好长时间，却是醒来前的须臾片刻。

要允许身体在某一刻突然转向甚至停顿，就像季节变换所呈现的外观，太阳光线变得强弱不同一样自然而然。可能卡住了，堵塞了，疼痛或如丧尸般感受不到自己的存在。

二十五

要么闭门不出，心无旁骛，不为别人变着花样的玩乐所动。虽然那时在旅游公司上班，但阿凯不热衷享受。是，能够因出差，随总监入住高档酒店，在高级餐厅用餐，但住就是住，吃就是吃。不拍照，也不发朋友圈炫耀。总监很喜欢他这种低调的做派，愿意栽培他，放心交办一些重要的大事让他跟进。

有一次，他跟着他出差。清晨，坐在阳光洒进来的餐厅，挨着落地窗，坐在最靠近玻璃的一个位置，说："总监，您先去拿。我坐在这儿正好先晒会儿太阳。"

他回："以后别叫我总监。没人的时候，就喊我哥。"

他不说话，眯起眼睛就是笑。窗外的阳光照在他的脸上，显得很好看。

他不怎么吃东西，就是一杯又一杯地喝咖啡。

他说："你慢点。"他依旧不说话，点头，继续笑，然后捧着一杯新咖啡，沉浸在一种独享其乐的幸福中，继续喝。

阿凯跟着他，改掉了早晨吃油条喝小米粥就咸菜的饮食习惯。他开始改成抹黄油，涂蔓越莓酱，吃烤吐司，硬面包，煎培根，单面烤蛋。他问："是不是你地理学得最好？"他略显惊讶，慢吞吞地回道：

"念书时，最好的科目还真是地理。生物也不赖。如果不是因为数学、物理成绩太烂，仰望星空，躲在天文台的穹顶潜心做研究，那应该是一件非常令人开心的事吧。"一边说，一边眯起眼睛，瞅着太阳。

"这么说，你还没去过天文馆？"他问。

"嗯！还没去过，哥。"

他改掉在"海上花"这座城市的出差行程，带他去往刚刚开业的迪士尼乐园。他也接受他对他的称呼，将廖一凯，改为阿凯。

他问他："阿凯，你的梦想是什么？"

"做与文学相关的一切事吧。"

"当作家？"

"是，也不是。总之，能和文学沾边儿就行。"

"所以，你做新媒体运营，不也算一直在从事笔杆子工作嘛！"

"不一样。差远了。文字，文学，能一样吗？"

"我知道。我的意思是说，趁年轻，身体有精力，多赚一些钱，给自己和家人留一些后路才最要紧。毕业后，我就几乎不看书了，准确说是不再读小说，觉得这种书可有可无。所以我很难理解，三四十岁还在苦苦追寻文学梦的那些人，究竟是为了什么？文学的路，就那么重要吗？如果写了那么久，都无法'出圈'，干脆就换一条路走呗。"

阿凯知道，这些话里所言的"那些人"，其实就是指他自己。一时间，脸色开始变得不怎么好看。

一道道光柱从天际的云团中打下来。他说："阿凯，快看！"两人一起伫立在过山车的门口，顺着他所说的方向，眯起眼睛看云。一米八几的两个大高个，从后面望去，熠熠生辉的背影，不输天上的丁达尔效应。

阿凯说要去趟卫生间，两人相约了一个地点集合，但他走着走着，却迷了路。许许多多的人变得模糊起来，此时，他已站在一个高大无比的矿堆上，下意识地右盼，想，那边应该是集合地点吧。于是鲁莽地滑了下去。熟料，自己已经完全脱离开了游乐园，心里着急，见眼前有一个S形的长筒状电梯，问也没问，进去，按下开关。忽地一下，扭曲了身体，不知窜往何处。他下意识地想，完了，这下可完了，离他竟越来越远了……

他轻轻唤醒他，说："阿凯，夜里你烧得可不轻。"此时，曙光微起，但天地仍旧沉寂在夜晚般的宁静中，冬雨滴答滴答，落在酒店露台的金属烟灰缸上。原来，是一场梦。

他们住在峨眉山半山腰一家酒店，倘若不发烧，此刻应该起床，走在登顶的山路上。躺在虚弱中的阿凯叹气道："都怪我，这不争气的身体。烟雨中的大佛，应该很美很殊胜吧。对不起，哥，连累你不能去拜佛了。"

"别这么说！大佛我已经看到了。你不也一样看见了吗？"他说。

阿凯点头，继续道："嗯，好像真的看到了。虽然，或许仍是在梦中见到。"

"梦不梦的，有什么关系吗？反正，人活一世，都只是活一种感受而已。"话说一半，他欲言又止。

房间里弥漫着生病的凝重气氛，在他的话语之中，似乎又渗透着一丝丝半遮半掩的迷幻气息。温暖的体贴也好，没有上下级身份的坦诚相待也罢，阿凯看着他赤裸上身结实有力的肌肉轮廓，在微微逆光的阴影中，舒缓了好长一段时间的压抑情绪。房间安静极了，伴随着咽了一口唾沫咕咚一声的清脆声响，抿了抿上下干燥的嘴唇，继续感叹道：

"时常在小区里见到一些下象棋的老头，还有站在他们身后围观的人群。那天经过，无意间听见有个老头说，谁谁许是快不行了。当时我就在想，人老了，身体真是脆弱，很可能生一场病，或者仅仅只是得了一个小感冒，连带的一些并发症，可能就会要了一个人的命！这回自己病了，平时觉得好端端的身体，也感到折磨得不行，就更别说那些身子本就脆弱的老人了。"

"何尝不是！但是阿凯，你知道吗，你有一个最大的问题，我不知当讲不当讲？"

"但说无妨！请讲。"

"你呀，就是太悲天悯人了。或许当事人并不觉得惨，你却先让自己感动到不能自已。或者说，下意识按照自己的想法，去想别人。这个，得改改。"他提醒道。

可能是出于礼貌，也可能是瞬间告诫自己，眼前这个人无论能怎么推心置腹，他始终都是自己的上司。阿凯不作声，脸上的表情似乎其实回应了他并不太认可的这份善意提醒。他只是在努力微笑。他清楚，笑，是可以练习的。在经过一番细微的内心调试后，抿起嘴，冲着他使劲傻笑。

阿凯一笑，他就没辙，似乎天生对笑没有抵抗力，尤其是对长相人畜无害他的这个"弟弟"。

"好啦，王宇泽先生，谢谢您善意且及时的忠告，我都悉心记下。有则改之，无则加勉。"说完，又是莞尔一笑。

"嘿！臭小子，什么'您'！用'你'！"他有点急了。

"是是是，谢谢你啦！"

"真是要命！得了，下次我可不随便建议了。你这声'谢谢'，怎么感觉阴阳怪气的啊。哼！"王宇泽装作生气道。

他不怎么出门，倒也不是因为宅，毕竟生在南方小镇，一座有年头的古镇。从小跟着外公上山过河。他对王宇泽说："时常会有一种羞耻感袭上心头。就是不想表达心里面的感受。喜欢翻阅纸张，即使不看一个字，但能迅速恢复平静，心里会再次变得舒服。非常爱书，所以买了很多，虽然不一定本本都看。没有力气的时候，总觉得自己是不是得了肾病。腰很酸，一股气堵在尾椎乱窜。什么都干不下去，眼前低了一个亮度，黑乎乎的。记日记的习惯也丢了，但却在褶皱的心里，写下一个又一个字，'难受''沮丧''无能为力''兴趣丧失'……更不能将它们示人，否则会被误解为传播'负能量'。但那些低落的情绪，在有一段时期，真的是长长久久地包裹着我。"

于是，当没有别人在场的时候，阿凯继续轻轻地喊他——哥。

"阿凯，你应该大胆表达，而不是将心思沉下去。做你这个年纪该做的事。准确说，做与你这张脸相吻合的事。"他的"哥"，阿泽说。

他被他的"哥"频繁派往境外出差。可能是想圆他环游世界的梦。也可能只是因为"我地理确实不赖"那句话。

阿凯站在轰隆隆作响的咖啡机旁，继续想着往事。

二十六

都说念念不忘，必有回响。现在，能够让阿凯念念不忘的，除了阿泽，还有幻海这座城的幻海书店。

上一次出境旅行，还是两年前，去往阿联酋首都阿布扎比。而之前，另有五年时间，他真的在到处飞行。有时是火奴鲁鲁，有时是京都与奈良，有时是小城清迈。一台用了五年的 MacAir 笔记本电脑，电池动不动就没电，闪存盘里却存储着大量还未及时整理的照片，它们大多使用阿泽送给他的 FUJIFILMX-M1 型号微单相机拍摄。他有预感，这些数量惊人的风景照片，会在某一天因电脑部件的老化不翼而飞。

可能是缘于懒惰，他一直疏于备份，直到电脑在一次搬家途中不翼而飞，连同五年前阿泽在说完"你应该大胆表达"的这番话后，开始动笔的一部未完成的长篇小说书稿一并丢失。他谁也不怪，只生自己的气，气到一整天不吃不喝，只是一杯又一杯地喝下黑咖啡，且对自己说：

"活该！"

"难过的时候，就吃一块巧克力。嘴里甜了，心也就跟着不难过了。"他对他说。

他说："不！我不能纵容自己的温柔。以前，我让自己过得太舒服了。"然后继续说："我要开始练习。练习对别人狠。对别人狠，这样，对自己才能更狠。"

阿凯用他自己的方式，开始有意疏远阿泽，虽然他尚未察觉。一个表面看似平和的人，内心很可能在凶猛地翻涌，否则也不会有那句古话，人心隔肚皮。

在没有背景的南方城市，先跟着他。跟一个对的人，安身立命，之后，全身而退。

二十七

幻海陡然降雪，令所有生活在这座城市的人措手不及。阿凯尚未去过那个大湖旁的古寺拍下千年银杏，天空就飘起飞雪。气候反常，仿佛这颗星球就要再度进入冰河世纪。

疫情没有丝毫消散的迹象。臃肿的防护服、口罩、手套，像一次回家途中被陌生人的跟踪，避之不及。阿凯想，应该克制表达，在这秋日微寒的夜里。

下楼做核酸检测。迎面吹来一股冷风，树上挂着一串风铃，叮叮当当，发出好听的声响。旁边停着一辆蓝色卡车，占去了本就狭窄的过道。一个男人手拿对讲机，因为距离太远，听不清他在说什么。

一个蹬着三轮车的老太太，脸颊消瘦，皮肤皱皱巴巴，穿着一件红花袄，叼着一根烟，逆风前行。车轮许是老旧，链条咯噔咯噔，发出因缺少润滑油的磨损声。风烛残年的姿势不够优雅，或是拥有一手好牌却打得稀巴烂。

　　检测的排队中途，天空下起冬雨。他戴着灰白色的鸭舌帽，挺拔地站在队伍里。扎眼的身姿，和十五岁进军营的靳虹还真有些像。

　　她看上去有些害羞，扎着两条麻花辫，随身只背着一个大大的黑色书包。下公车，站在部队大门外稍远的一处小卖店旁。右手遮住太阳，停在那儿，踮起脚尖远望军营。

　　一位郑姓首长，手握新望远镜，站在办公室，隔着玻璃窗远望。看见她，想，这女孩儿，个子还挺高，不当兵，真是可惜了。

　　"首长，您的碧螺春。"女秘书敲门进来。

　　"放在那儿吧。等等，你去'利民小卖店'门口，去问问那个姑娘是怎么一回事。"

　　编着两条麻花辫的靳虹，向小卖店老板模样的人问道："请问，这里，去哪儿，能够，租房子？"小心翼翼试探的询问里，娇嫩的声音在瑟瑟发抖。

　　老板打着哈欠，上下打量她一番，指着马路对面的另一条马路，不咸不淡地回："那边。"

　　小靳虹一头雾水，似乎没太搞懂。她缓慢转过身，只见十米开外，蓝色铁皮围挡，里面冒出类似拖拉机的嘟嘟声。

　　"那边，在修路？"她又问。

　　老板没有应答，但迷惑的眼神明显是在表示真不知道她在说什么。

　　她背着包走过去，嘟嘟的动静变得越来越大。似乎有什么自行发电的设备，驱动着挖掘机在翻凿路面。无奈被围挡阻隔，无法确认。她还发现一个奇怪的现象，马路两旁的杨树下面，几乎没有落叶，明显是因秋天，被精心清扫过的痕迹。但，唯独围挡外的那一棵，枯黄的叶子散落一地堆满四周。"莫非，有谁在掩饰什么？"小靳虹下意识地想。

五点，六点，七点，八点。一过九点，太阳高起来，一切就都变味儿了。秋末暖阳，驱散了每个早晨都会弥漫在月光古城的大雾。九点就像是一个时间开关，将雾气烘托的神秘气氛撤销，世间又恢复至如昨日一般的现实秩序。

"校车将在七点半准时出发。你的工作很简单，只需确认孩子们都上车了没有。把他们安顿好。有时家长会给孩子们带些吃的，或者额外多拿一两件外套，你帮他们收好，下车时，提醒他们别忘记。"女人叮嘱小靳虹一些工作注意事项。

她是利民小卖店男老板的"女人"。对于夫妻关系是否属实，她没确认过。见两人平时走得近乎，言谈举止，目测，应该是吧。

吃完泡面，小靳虹开始犯迷瞪。活动板房墙上的挂钟，显示为九点零四分。作为接送孩子上学的"阿姨"，回到镇子，此时用过早餐，非常困。她想去睡一会儿，但是要在中午十二点之前，把一麻袋的长豆角用刀片从中间划开，晾晒成干菜。

月光古城，是有冬储这个习俗的。它位于西南省份，是一个年代有一千多年的古村落。古城之所以尽人皆知，不是因皎洁的月光，而是因为有龙的传说。然而，浪漫动人的传奇故事之外，最夯实有力的，要属战争年代时，为了戍守边关，所驻扎的一支部队。如今早已是和平年代，为了时刻警惕边界线冲突，一直保留驻军，以应对突发事件。

小卖部旁，有一个养蜂人。他很敦实，小矮个，上午十点，准时坐在一张小折叠桌前吃泡面，手里握住一只怀表。除了不远处那二十来箱蜜蜂，一顶平时居住的蓝帐篷外，当属坐着的小马扎旁，那辆家伙事儿齐全的敞篷小电动车最亮眼了。

米老鼠的石英钟，二十世纪八十年代的暖水瓶，鸡毛毽子，空竹。其实敞篷车上还有其他物件，只是小靳虹脸皮薄，觉得一直盯着看，太不礼貌。她很想靠近他，听听他的故事。许是每次抖空竹，她都站在一旁静静观看，他悄悄记住了她。这回坐下泡面时，他没抬头，招手，示意她过来。慢慢走过去的靳虹这才看清楚他。

养蜂人长了一张五官挤在一起的脸，蒜头鼻，上额宽大，头发是真的，却像是戴了一顶假发套。努着嘴，试图嘘散从圆饭盒冒出来的面条热气。他坐在小马扎上，腿显得短粗。

"每个人都有一个黑盒子，不要轻易往里看。"

这是养蜂人对靳虹说的第一句也是最后一次话，吓得她赶忙起身跑走。之后便远远躲着那些蜂箱，再也不靠近敞篷车。现在想，除了刮风下雨，养蜂人几乎是天天抖空竹。白色的绳子绕在圆滚滚的上身，缓慢且有节奏地交替双手，穿着一双黑色布鞋，同步灵活地倒换着步伐。

旋转的空竹在白色的绳子上发出好听的蜂鸣声。

抖完，估计是饿了，就用自热壶烧好开水，泡面吃。有时也能听见他使劲抽打地上旋转陀螺的鞭子声。嘹亮的抽打声，让她更想躲闪。

她觉得只要一上床，盖好棉被，就能迅速进入梦乡。她从来没有体会过失眠是什么滋味。她睡得沉实。梦里，出现一只狗熊。

它躲在一辆房车后，见不到黑熊作为森林之兽的凶狠，反倒露出一副怕人的温柔目光。它似乎在等待着什么。

她径直走过去，心里没有一丝一毫的害怕。手伸进裤兜，找不到开车门的钥匙。不会是丢了吧。她在梦中默言。

"给你。"一个男人不知从哪儿突然出现，摊开掌心，手里正握着一把车钥匙。

"你是谁？"小靳虹问。

"我是谁不重要。你不是很困很想睡觉吗？赶紧进去躺下。"男人说。

"你总归有名字吧。告诉我。"她执意想知道。

"庆喜。"他说。

醒来时,她被耳畔"嘿"的一声低语吹醒。是的,像是有一个年轻男人,在她枕边轻轻吹了一口气,并"嘿"了一声。环顾四周,除了左脸旁摆着一个空枕,便什么也没有,何谈会有别人呢。然而那声音真实无比,莫非,许是太累,出现了幻听。

二十八

阿凯一句话也不想说。不想看手机的决绝之心,与努力戒酒的毅力相当。远离几乎长在人身体上的那副"电子器官",远离貌似饮下就能带来快感的乙醇。清醒,不好吗?

人活人的,龙活龙的。

站在窗前,看被大雾弥漫的街道。路灯尚未熄灭。

比起对于疾病的无名隐忧,更应好好珍惜此刻已经拥有的健康。不要疑惑是否病了,焦虑是否正在失去健康……这才发现,原来拥有一个健康的身体,就是莫大的幸福啊!

下肢酸疼,像是刚去过另一个时空神游了一番。身体开始像熟透的果实肿胀。

除了应该用力书写错落有致的文字,阿凯想,还应该把发生的现实,尽可能多地用文字记录下来。比如,疫情。

靠近冬天。他又困得不行。他觉得自己上辈子可能是一只考拉,否则不会吃完就想入睡。或者是一只猫,小小的睡猫,安静地躲在沙发底下,眼睛眯成一条缝,身子蜷缩成一团肉球,一直睡。他甚至也想过自己是一朵逐渐合上花瓣的小花。一直睡,一直睡。睡眠能带给他莫大的安慰，尤其在心情不好的时候。

二十九

阿凯的工作看似简单，推敲起来，却容不得半点马虎。有时故作轻松，表现出一副无所谓的样子，瘦瘦的骨架，套着一件松松垮垮的大号白 T 恤，走起路来晃晃悠悠。

还记得那天吗？区委书记到店视察工作，接到靳虹召唤他回店的微信，只能在雨中奔向地铁站。那道突然裂开的口子，白色的光门，像是果冻般的记忆大门。

雨线陡然变成鹅毛飞雪，不过是五六秒的工夫。空间跟着发生位移，声音退去，一片万籁俱寂的银白世界。

一只雪兔警觉地一动不动，用直勾勾的眼珠，盯着突然闪进森林的不速之客。旁边有一只停下脚步的麋鹿，天空苍鹰盘旋。雪，真是大极了。

阿凯看见一个熟悉的身影，远远地，站在没过小腿的雪地，微微向他挥手。他听不见任何声音。狠狠地扇了自己一个耳光，告诉自己，这只是虚幻的梦境。醒过来，赶紧醒过来，不要跟死人对话，无论有多想念。

三十

发现幻海有蟑螂，是在对归去来兮的墙体做吸音处理时。从一只，到几只，再到不想再提。阿凯这才真切地发现，原来在这个世界上，除了没有遇见过的飞禽猛兽，最令他不寒而栗的生物，竟然是蟑螂。据说对付它，不能踩，只能烧。无论用哪种方式灭蟑，倘若用对众生要慈悲的角度看，这，算杀生吗？这是他的疑问。

每逢周末，教育机构门外，坐着一个个握着手机，等待孩子下课的家长。王叔叔，便是其中一位。今天，他作为参加书店开放日的会员之一，坐在归去来兮。阿凯正在向郑书记汇报工作：

"文学是开启另外一层空间的浪漫钥匙。文学创作者在安静的房间里写作，仿佛能够连通肉眼所看不见的心识世界。小时候，听上个世纪八十年代末的磁带，转着《美酒与咖啡》，当时的唱腔、编曲，现在听，很古典，令人怀旧。文学用浪漫或是奇妙的文字，记录着每一个时代的新事物。回头去看当年的'先锋'，三四十年过去了，当时不被人接受甚至否定的实验性文本，如今早已褪成为一种旧。怀古与对经典的致敬没有错，但不能不接受更流畅、更轻盈、更为新颖的语言与跨界文体。我总觉得，在跟随新时代脉搏的大背景下，用崭新的语言去记录新时代的变迁应该报以热烈掌声。立足于新文学的幻海书店，希望能担当起这个使命，否则我们所有的文字都应该永远停留在古代。就我个人的一个感受，把磁带把黑胶写进正在创作中的长篇小说，是跟有人把苦难把农村乡土把铁马金戈写进去是一样的。这是我们这一代人在和平年代所经历着的新语境。我知道有些文学刊物主编看不上'小花小草''情情爱爱'这些主题，更偏爱时代大背景下的宏大叙事与小人物'民族性''深刻'的'史诗般'写作。没关系。这都没关系。怎么说呢……嗯，它很像那种感觉——明明可以掏出手机，立竿见影地拍条视频拍张照片，非常快速地记录还原。嘿！文学创作者偏不！非要给自己制造麻烦，费劲巴拉，'曲线式'地保存这个时代。这，就是文字永恒的魅力。它比照片更具静态的美感。何时何地，都能品读出一番动态美。"

架设了二十多万高配置的舞台灯光，对吊顶与墙体做了吸音处理，更换了红丝绒幕布，归去来兮宛若功能齐全、高级感十足的小剧场。廖一凯站在重新铺就木地板、被加高十厘米的小舞台上，背后 16：9 一整面墙的 LED 显示屏放着 PPT，穿着一身轻奢款黑西装，一双 Nike 的 Air Force1①，落落大方，向坐在下面的领导作演讲。PPT 的文件名是"文学书店，星辰与大海"。以郑书记为首的视察组听得频频点头。坐在最后一排的靳虹更是热泪盈眶。

"小王，幻海明年的补助，你格外关注一下。这样有特色的书店，这样有作为的年轻人，我们都要大力扶持。"郑书记一边布置任务，一边把专门负责文旅工作的王局长介绍给大家认识。

自此，靳虹更加欣赏阿凯，信赖他。而沉浸在文学抱负中的阿凯不会知道，大雨初歇，挤满归去来兮的观众席里，还有靳虹的女儿 Gracy。

春秋中学，不敢说是幻海最好的高中，但能去就读的，没有一个人是通过关系背景，而是凭借真才实学。学习成绩占比百分之六十，其余那四成来自所擅长的专业，并非是大家习以为常的唱歌、跳舞、足球、篮球、绘画、乐器这些兴趣爱好。物理、化学实验，发明创造，动植物习性观察，甚至是完完整整通读过乔伊斯《追忆逝水年华》这种大部头著作而过目不忘的能力。总之，每位学生除了文化成绩优异之外，还拥有特别过人的本领。除了像普通高中一样具备上课的老师外，同学之间，也是彼此的"老师"。所以在春秋中学，没有明显学生与老师的界限，几乎也从未听见谁喊谁老师啊校长诸如此类的称谓。大家直呼其名。可以用小名、花名、英文名，甚至任何想被外界称呼的代号。很像在幻海书店，帽子小姐从来不

---

① 是耐克（Nike）在 1982 年出品的一款运动鞋。

许人喊她大名，也根本就没人知道，她姓何名甚。

在春秋，在别人所谓的"高考"前，有一部分人选择出国留学，有一部分选择去往各个乡镇，经过严格认真地调研，详细制订当地最独一无二资源的开发与利用计划，用聪明才智，带领大家一起走上致富之路。Gracy 目前选择出国，与其说读书深造，不如说凭借对音乐的感受力，在外面的世界先游历一番。家里有这个条件，可以多去看看，总归是好的。

她最擅长的是唱歌。原创歌曲，曲风大多是灵魂布鲁斯与抒情摇滚。国外疫情迟迟未见好转，干脆回来避避风头，也正好用大块时间创作。玩耍的乐团之所以命名"秋日团伙"，只因团员都在秋天出生，且无一例外都是天秤座。Gracy 是贝斯手，双主唱之一。另外一位主唱是个男生。

在一个比黑胶唱片封套稍小一圈的正方形笔记本上，男生用铅笔将昨夜又梦见的话记下来。那是几句并未发出声音，像是用意念传递的话语。他一笔一画，用力地书写。记录的理由很单纯，首先这两年听见奇怪声响的频次增加，然后或许可以将这些神谕一般的显现，变成歌词或是音符。寂静的房间，只有笔尖划过纸张唰唰的书写声。记录完，继续把本子藏好。

靳虹曾对阿凯说过，女儿乐团的另外一位主唱，跟他的感觉非常像。在她话里话外没有透露任何关于 Gracy 的经历前，她就三五不时地提起他。

"如果他是我儿子，那该有多好。"她说。

"可是，有女儿不是一样吗？如今，她也搞音乐，想必一定是继承了你的基因。再说，这话要是让 Gracy 听到，不太好。"阿凯说。

靳虹的故事还有许多，就像伴随着她目前业已来到知天命的年纪。用经历岁月的洗礼形容，虽然老掉牙，然而的的确确就是如此。

每一天的经历，一天之中固定的二十四小时，分与秒，组成的一天一天，一年又一年，飞速过去。即使物理学家称，时间放眼于整个宇宙，根本就没有所谓的过去与未来。比如当一个人在尚未出生前，过去的天文学家就已经精确计算出了下一次哈雷彗星回归地球的时间。那，是否可以说，一个人的命运，其实早就注定了呢？

"我就是很想知道，你开书店的真正原因是啥？"

阿凯问靳虹上面那句话，言外之意是说，你又不差钱，完全可以靠收租，就把日子过得很滋润，为什么还来蹚实体书店这个夕阳产业的死水。

幻海门口有一间面积不大的玻璃房，里面架着九副古筝。会员能够选上的古筝课便在里面进行。比起堆放书籍与黑胶唱片的书店大厅，升级改造的归去来兮，这一个月，靳虹更爱往玻璃房里钻。除了每周固定时间，带领报名上课的会员练习古筝，平时自己一坐，就是一上午。

她有早起的习惯。准确说，是失眠。这也是在医院上班后落下的职业病之一。当大多数常人还在梦乡沉睡，她已经醒来。打开手机，耀眼的屏幕哗啦一下，像由光粒子组成的瀑布，刺进双眼。稍微翻一下朋友圈，刷几条短视频，便速速起床，洗澡，化好精致妆容，不吃早点，开车，四十分钟后，大约在凌晨五点，准时坐在玻璃房里练习古筝。

许多问话的答案，别人想要了解的疑惑，大多无需通过当事人直言。你就去看那个人的行动，每日所做，而非凭借上下嘴皮子吧啦吧啦去说。倘若你是一个细致观察生活的人，答案不言则明。

幻海书店在大楼三层，她只把支配玻璃房电力的电闸推上去，黑暗中唯独被照亮的那一块空间，像是舞台上打出一束静静的追光。只是在那幢楼里，响起此起彼伏的琴声，慢悠悠的旋律也好，激昂澎湃的弄弦也罢，只有当事人自己，还有能够深入到那份场域，微微洞悉出能量光谱的天赋异禀者，在看不见摸不到的光波中，沉浸，或是安静到不想多说一言一语。

帽子小姐一直坚定地认为，靳虹之所以卖命练琴，一切都是为了表演给众人看——缴费的老会员，想拉新的潜在会员，图书产品与黑胶设备供应商，最为关键的是表演给前来视察的郑书记看。

倘若这些一己的猜测都是对的，那么这些无比累心的筹谋，究竟是跟谁学的呢？她总要有师承吧。

靳虹的原话是："快退休前，我每天很早就起床弹琴。弹到不得不出门上班才停止，但是心里依依不舍。弹不够。索性就开个书店，慢慢弹吧。想弹多久就弹多久。"

"所以 Gracy 的音乐细胞来自你。"阿凯说。

"也不一定。要是这样的话，那我的音乐细胞来自哪儿？家里面没有一个人喜欢音乐、擅长音乐。"她说，然后接着问：

"你有什么心愿吗？从小到大一直梦寐以求的愿望。"

"有。只是说出来怕让人笑话。"阿凯道。

"说一说。万一能美梦成真呢。"靳虹道。

"作家梦。"在片刻的停顿后，接着说：

"你知道吗？有人说你弹古筝是为了演给外界看，但我却相信这一切都是真的。因为我也是很早就会起床的那种人。很早很早。每天凌晨，四点半吧，就坐在电脑前开始写。每天要写满预设的字数，才会感觉这一天没有虚度。但是我既不抽烟也不喝酒，一个人深入那片万籁俱寂里，特别特别寂寞。那种寂寞是能杀死人的。后来我发现，只要在电脑旁摆放一盒磁带，写累时，拿起来，晃一晃，听听咔啦咔啦的撞击声，手指能真实地触摸到磁带盒，翻开歌词拉页，心里就会逐渐趋于平静。好笑吧。"

"一点儿也不好笑。很令我敬佩。"她说，"那你就继续写吧。按照这种感觉。时间说长不长，说短也不短。你们年轻人不是有句话——活久见。未来，谁知道呢！"

"嗯！我会的。肯定会坚持写下去，一直写下去。但是我也需要生存，否则连房租都付不起。我还是得工作，不然我也不会留在幻海，不是吗？有一份工作，就能让自己不跟这个社会脱节。其实只有自己清楚，是为了不想让自己太寂寞。"阿凯说。

"要不，你来做店长。"靳虹的这句话，把他弄得措手不及。

"不用马上做出决定，也更不要先拒绝。我给你时间，好好考虑一下。"她说。

三十一

橘黄的磨盘柿结满一树，无人问津。有的熟透，坠落在地，摔得稀烂。阿凯背着黑书包慢悠悠地走，路上的爬山虎已经变得火红。他很冷，双手插在上衣口袋。好久没有出门，十字路口违建的小门脸已经拆除，工人正在砌墙。四周临时堆着十来只表情迥异熊猫造型的垃圾箱。没有力量的时候，就漫无目的与路上的行人擦肩而过，即便感受着深秋的潮湿，也总比躲在房间睡得暗无天日强。

打开手机，一边听歌，才发现日历上写着：

十月初一　寒衣节
忌：出行　理发　安葬　安门　作灶　伐木　上梁

怪不得感觉这么冷，阴冷阴冷的，原来是寒衣节。阿凯一边在路上走着，一边时不时考虑着要不要接店长这份工作，还是自己吃饱，安然地做一个小店员。要记得，当初之所以决定留在幻海的原因，是为了寻找白衣女孩。留下来，静静地等她出现，就好。他的心里早已有了答案。只是拥有一家属于自己的店，假装拥有，竟然在心底泛起不小的涟漪。

对俗世满不在乎，当眼前充满诱惑，曾经决然地疏远阿泽，那个内心寂静无波的阿凯，跑到哪里去了？

耳机里的欢快音乐，把他从抒情歌曲的温柔海洋，准确说靡靡之音，拉到精神抖擞的现实。靳虹说过，他与秋日团伙里另外一位主唱男孩很像。许多人一辈子不能圆梦，除了自己不够努力，关键还是缺少一个环境，甚至，只是因为缺少——钱。

靳虹的观点是：通往未来的路，是没有尽头的。别停止做梦，更不要轻言放弃。什么时候开始都不晚。万一，它实现了呢。

阿凯说不上悲观，随遇而安，生性佛系。这个世界是不会发生什么奇迹的。只有井然的秩序才是永恒。闭上眼睛，你可以看见，在同一条马路，曾经笨拙缓慢的马车，变成现在的高档汽车，然后它还会再变化。人也是。来来往往，身着时代之中的服饰，为了生计奔命，或者仅仅只是因为被生下来，活着，把日子安安稳稳地度过去。地球从未因少了什么大人物而停止转动。它最残酷，也最客观。

人潮刷刷而过，倘若一个人不在了，就是永远地不复存在了。最为现实的，是有朝一日，阅读这些字的人，也就是所谓的"读者"，还有书写这些字的人，也就是"作者"，都将不复存在。你会不在。我也会。新一代的人继续层出不穷地涌现，带来超越以往的崭新科技。一代又一代，生生灭灭。

先不去想了。头疼。

　　他注意到，尚未有人在路口烧纸，估计一会儿天黑，就有了。

　　燃烧的纸张，在湿寒的秋日深夜，随着窜起的火星升起、飘摇。除了是一个怀念故人的节日，也会自动想起还健在的家里人。但他决定，对他们，依然只字不提。

　　想念外公，倒是真切无比。湿漉漉的秋雨，终于下起来。寒彻骨的潮湿气，不知是否会随着节日的邪祟，悄然入体。

　　南方没有暖气。不像幻海，如果遇见寒潮来袭，市政会灵活安排提前供暖。待在有暖气热乎乎的房间，温暖本身，就是最真实可以直接感受到的幸福。他太怕冷了。身体一冷，就容易心情低落。一难过，就特别容易想念。

　　离开南方，或许就不会再感受到难过吧。

　　接到外公去世的噩耗非常突然，那是刚从东京出差回到南方城市的次日，一向晚睡的阿凯根本没心思收拾行李，翻出身份证，抄起书包，打上网约车，一路狂奔到车站。古城老家那头的电话说，是跳楼，自杀。

　　一个干瘦的老头，当挪着不利索的身子，踩着凳子，将一条腿费劲地迈过窗框，之后是另外一条，然后在风中缓缓地坐下，几乎已经没有肉的屁股坐在窄窄的窗台外沿。十分钟后，将身子一倾……

　　在贯通不久还在试运营期的高铁线上，车厢晃动得特别厉害，阿凯塞上耳机，一遍遍循环播放齐豫唱的《六字真言》。除了用颤巍巍冰凉的双手，搜索人横死后灵魂将会去往何处，根本就无法集中注意力。本来想好好地读一读很久前就收藏在手机里的文章，那是一篇南怀瑾有关灵魂将如何从七窍散出去的文章，然而今时今日，就只能默默地流泪。

　　真是，好难受……

三十二

"知道不，有些女人每天把自己捯饬得花枝招展，她们的目的非常明确——招蜂引蝶。你甭摇头，还真就是这样！"帽子小姐信誓旦旦地说。

"你可拉倒吧！"阿凯摆手道。

"真的。你就是其中一只大蜜蜂。当然，你要是认为自己是大黄蜂我也没意见。她们啊，就是为了招你们这种小鲜肉，哦，不，你应该算是老腊肉了……的欢心。"帽子小姐接着说。

在距离书店不远处的一个夜宵摊儿上，阿凯听着帽子小姐的谬论只能连连摇头。虽然最近两周几乎每个深夜，他都与靳虹聊得火热，准确说是不得已为之的陪聊，把自己烦得够呛，在活动结束的聚餐上，两瓶啤酒下肚，一向行事谨慎的阿凯，竟不小心吐露了内心的困扰。

愈发醉意的阿凯，无可奈何地讲述着深更半夜，抱着手机，特别认真回复她一个又一个长长的消息。长篇大段的文字不过瘾，干脆发来六十秒语音，一连串狂轰滥炸。胸口堵着一口气，刻意压制着暴躁，有好几次，干脆直接摔掉手机。在不开灯的黑暗房间，只有屏幕泛着亮光，嗡嗡的震动声，此起彼伏。无奈，只能继续捡起来，在根本就不想去看消息的愤恨中，在七上八下的复杂忐忑中，困得滴溜当啷，然后不知不觉睡去。后半夜醒来，摔花的手机屏幕满满的未读消息提示。

"听你这么一说，十之八九是有社恐吧。倘若换作别人，巴不得想被富婆包养呢！"帽子小姐话音刚落，阿凯把刚灌进口腔的啤酒喷了一桌子，尤其是听见"包养"二字，对着她就骂：

"包养你个脑袋！有病吧你！"晕晕乎乎地骂完，瞬间趴下。

当他慢慢睁开眼睛，渐渐恢复意识，已经躺在医院抢救室的病床，右手扎着输液针头，整条胳膊像是触电一般，泛起阵阵凉意。谁也料不到，不胜酒力的阿凯，连第五瓶啤酒还没下肚，就因酒精中毒不省人事。小范围聚餐的五个会员一时慌了神，现场中，只有帽子小姐镇定地拨下120，约莫十分钟，刺耳的救护车警报声，带着听上去就让人心神不宁的紧迫感，停靠在草丛旁。原来，两个会员见他喝倒在酒桌，手忙脚乱，左右一边一个，架起胳肢窝，就将他往外拖。多半是出于慌张，一个狗啃屎，把阿凯摔进饭馆门口的草丛里，反倒吓得帽子小姐尖叫："你们这是作死呢！人没喝死，倒先被你俩给磕死了！"

说完，惊得两个会员也是提心吊胆一阵后怕。频繁呕吐所造成的低钾反应，得赶紧通过输液弥补，所幸一切都刚刚好。阿凯的身体并无大碍，只是因喝酒而闹出抢救这回事还是人生头一遭。几个人并非过来人，都没成家立业，周末去幻海参加文绉绉的读书会，车祸现场般的慌乱，也就在所难免。

监控身体指标的动态仪器发出嘀嘀的声响，线头一端连着阿凯的胸脯，另一端连着机器。墙上的指针显示刚过午夜三分钟。急诊走廊传来一个老头哎哟呼哟的痛苦呻吟。吊瓶里的镇静剂让阿凯介于似醒非醒的迷糊中。伴随着听上去有些诡异的老头挣扎声，在虚无缥缈之间，阿凯似乎仍旧卖命地回着靳虹的微信。

三十三

帽子小姐，这个名字当然只是一个微信昵称。倘若谁要是直呼其名，她就跟谁急。

头一年，还是阿凯三十九岁生日那天，她拿着三张绝版黑胶唱片 *Cut the World*[①], *The Crying Light*[②], *You Are My Sister*[③] 突然出现在驴肉火烧店。阿凯皱着眉，瞬间食之无味，低着头，假装盯着演唱者 Antony and the Johnsons[④] 的夸张造型，以及使用日本舞者大野一雄照片做的唱片封面看，试图避开她花痴状的眼神。

"她还真敢！进价两元一张的黑胶洋垃圾，竟然标价一二百！这是欺客！"帽子小姐心中不忿，将靳虹偷偷告诉她爸的秘密抖出来。阿凯见此状，丢下驴火，忙用自己的大手去堵她的嘴。

"哎呀！你要干吗！把我弄疼了！"帽子小姐挣扎道。

"我说，你是会遁形术吗？跟屁虫，烦不烦！还有，请闭上你那张狗嘴！"阿凯倒是先不耐烦地说道。

"是！跟屁虫在！那个……不烦。不烦。"帽子小姐乐着回道。

"无聊！"阿凯斩钉截铁地说完，咬牙切齿地又咬下一口驴火，压低帽檐，懒得再理她。

三十四

现实生活里，颇为可怕的要属拥有欲望与欲望满足之后的纠葛粘连了，果真会印证"得不到的永远在骚动"这句箴言。人最大的敌人，终归是自己。与别人做比较没有任何意义。你得先成为自己，要隔三岔五地问问自己：随波逐流了吗？变俗气了吗？善良和敏感，都还在的吧？

---

① 专辑名《切割世界》。
② 专辑名《哭泣之光》。
③ 专辑名《你是我妹妹》。
④ 安东尼和约翰逊，一支由九人组成的美国独立乐团，在英国发展。

对生命意义地过分追问，活得过于认真，多多少少是烦恼的来源。要尽量举重若轻。其实生命很短暂，短到还来不及感叹它的百感交集，就要面临从心底时常袭来的压抑。这，也兴许是生活、工作在一线大城市，大多数年轻人所共同面对的常态。从百感交集，到百无聊赖，直至像三伏天，闷热潮湿的低气压所造成的烦躁不安，直到就连这份焦躁，最终也化为了一种看不见摸不着的虚无。

涂涂写写，可以让阿凯迅速从虚无中抽离。正如当他记到"一花一世界，一叶一菩提"这些貌似老掉牙的句子时，想，道理早就在那儿摆着，只是等着有缘人自悟罢了。写着写着，他突然想起套娃，觉得小到每天的日常，大到不着边际的宇宙，都有可能像套娃一样无限循环地套下去。没有大，没有小。没有开始，没有结束。

他让王迪量一量尺寸，去重新定做被遮挡住天窗那一侧墙面的书架。交代，要桃木色的，厚度最深别超过一本大三十二开的书，每一层等分，架满一整面墙。分门别类的书籍标示牌做成竖条状，也用桃木，选择尔雅胭脂体，字号加粗，黑色。地上摆一些蒲团，供读者席地而坐。

最近他有些累，感觉肉身、脑袋里的念头、灵魂似乎在分道扬镳，各行其是。胸前抱着一本厚厚的画册，并没有翻看的打算，只是垂下头，屈腿，静静地坐在地上。他想起曾仕强教授说过，灵魂也需要睡觉，它在心脏里面休息。

很难想象，如果将四十六亿岁的地球从诞生到毁灭划分为二十四小时，此时此刻的地球，正好处于正午十二点。生命在这颗星球诞生本就令人叹奇，更何况在经历那么庞然大物的恐龙统治时代后，具有思维意识的人类出现，身体与智慧进化至今。一想到人类将何去何从，地球的未来，阿凯就有一种本不属于他操心的使命感。无论是毁灭还是星际迁徙，都不该是他现在所该担心的。这些忧心，还是留给后人去应对吧。但，一想到曾经在这颗蔚蓝色的星球上，人类繁衍生息，拥有一步步提高的文明，用文字、书本、影像保存历史记录，终有灰飞烟灭的那一天，除了悲观，其实是有一种可惜的心情。

有没有想过，一千年前，只是北宋，但那时却是真真实实的古代。时间上似乎有一种错觉，好像一千年也并不是特别遥远。人，倘若真会投胎转世，以每一世活八十岁计，也就十二三世。可别小瞧这每一段的七八十岁，人类的科技水平，却以几何的 N 次幂加倍升级。不只是海洋，还有陆地，仰望的星空，以及微观世界。

书店真是一个有意思的地方，它就是一个微缩的人类社会，不知道那些不会说话，摆放在书架静止不动的书籍，它们怎么看。家长气哄哄地找上门来，直指海洋课堂的女编辑讲错知识点。泼妇般的言行，不知被自己的孩子看见会有什么不良影响。阿凯上前摆平。

女编辑闻讯赶到幻海，脸上左侧颧骨处有一处瘀青，好事儿的帽子小姐先把阿凯拽到归去来兮，压低声音说：

"一会儿，你说话悠着点儿。"

"什么情况？"阿凯不解。

"家暴。最近正遭家暴呢。"一边说，一边指着自己的左脸颊，隔着玻璃门，瞅向六神无主的女编辑。

连续按了六个 8 外加一个 # 号，自动门打开，气冲冲的妇女踮着踢里踏拉的高跟鞋，径直走进归去来兮，将手中一本精装书狠狠地摔到地板上，骂出祖宗八辈难听至极的话。

是不是，高人都住在山中洞穴，就像雪豹，不会轻易被人遇见。

大风呼啸，也不知摔向地板的书，犯了什么不可饶恕的罪。

在逼仄的一线大城市生存，无人知晓的心酸，简直多如牛毛，多到只能旁若无人乐观地吞下去。在报刊亭骤减的幻海，每个月固定买上一两本纯文学期刊，手机里没装有任何一款游戏。其中《秋收》是尤为偏爱的一本杂志，只是这些年过去，它仍旧以上世纪的姿态——比如两栏式的排版，用毛笔题写每期稿件的题目，再配以版画的设计样貌，与插在架子上的其他刊物相比，风格迥然，准确地说是土里土气。他曾认真思考过造成这个问题的缘由：其一，在文学杂志社担任美编的员工，审美能力与设计水平有限；其二，用文字谋生的编辑，性格多半胆怯害羞，逃避创新，抱着多一事不如少一事的工作原则；其三，文字是一切艺术门类的母本，诸如剧本之于电影艺术，台词之于话剧，无不是用一个一个的文字搭台唱戏，所以刊物也就力所能及地追求简洁。阿凯说，如果我是主编，首当其冲，就要把刊物开本改成书籍大小。之后在选稿上，真正选用一些描写当下年轻人真实生活状态的作品，像是大众广为收听的歌曲，底下写满发自肺腑的留言。总之，就是要胆大心细。

三十五

　　时间仿佛凝固了一般，在一年之中最为闷热的夏季，在夏季里又最为潮湿的伏天，让整个幻海的大街小巷，充斥着令人忍不住想要干呕，湿漉漉臭烘烘的气味儿。这股刺鼻的臭氧味，搅得脑袋昏涨，身心紧绷，尤其在碰上工作压力巨大时更甚。这让阿凯瞬间想起那时人在南方，每天依旧乘坐地铁上下班，有一年四月，因为春寒而晚开的杏花刚刚吐露花苞，从地铁站到公司步行的短短五分钟路程，竟成为他心里所感受到的第五个季节。在大地开始真正回春本应感觉蠢蠢欲动的时节，阿凯反而陷落到一种泥沼般的心情一连好几天。深呼吸，深呼吸，再深呼吸，成为走出地铁后反反复复对自己做的积极心理暗示。被一只无形的手拖住双脚寸步难行的滋味真是太难受了！平生第一次，阿凯觉得自己的心病了。

迟迟开不出去的地铁停靠在站，车门已经关闭，但隆隆作响的嗡嗡声持续回荡在空无一人的站台。此时此刻，除了依旧躲藏在大柱子底下的阿凯瑟瑟发抖外，无人知晓在这座声势浩大的幻海，地上的世界依然车水马龙。据说心里很"瘦"的人都畏寒，无论身处的物理空间多么炎热，冷，很冷，是一种心理患病的症状。不过说来也怪，同样是冷气开得很凶的花鸟市场，只要一到那儿，他的心就能立刻安定。

阿凯看着一家专卖鹦鹉鱼的门脸儿，满满一水缸的鱼儿吐着可爱的泡泡。

卖鱼的隔壁，专卖虫子。身穿一身黑的男子正在组装一个白木书架，用锤子钉钉子。他想起板上钉钉这个词，进而想起某个死了的人，在土葬时，不忍阴阳分隔活着的另一方，怕躺在棺材里的故人万一复活了出不来，别再憋死，索性只将棺材盖儿轻轻虚掩上。

还记得在山上，守灵的那晚，他没有一丝一毫的害怕。坐在灵堂，听着冰柜式的棺材一会儿启动，一会儿熄灭，一会儿启动，一会儿又熄灭。掏出手机，对准灵堂外公的遗像，下意识地拍下一张照片，想了想，觉得这样做大不敬，随即迅速删掉。

"所以遗失的那部小说书稿，名叫《舍不得你走》？"靳虹问道。

阿凯在微信里回了一个"嗯"字后，接着又发来两条：

"舍不得，就是舍不得。"

"虽然我知道，每个人都有死的那一天，但只要一想起对你来说那么重要的一个人离你而去，一时半会儿，还真是难以接受！"

许是过于思念外公，阿凯才想到别在板上钉钉压根儿就不会发生的事。关于外公的意外离世，成为四年过去后，只要轻轻想起，心头仍会隐隐作痛的莫大遗憾。有时只单单想着，他便不由自主地掉眼泪。

三十六

老刘头将右手五根手指攥在一起，下意识缩成了划拳比画的"七"，凑近鼻孔，又使劲闻了闻。好像跟武侠小说，因常年饮酒，指尖能逼出酒气似的。"还好，现在没味儿了。"他在心里想。松开攥紧的手指，抓了把瓜子放在左手掌心，像猴子一样，动作娴熟地嗑起来。这就是阿凯身型干瘦的外公。那张布满褶子的脸，看上去与南方山寨里其他老头也没什么两样。

酒精对血液的麻醉似乎又算告了一个段落。很难想象，一个人的大脑数十年几乎整天浸泡在酒精中，倘若撬开脑壳，会不会是一股早已发酵的酒糟味。发誓戒酒，已经喊了十几年，每次只要喝完，就趁着酒劲儿，对自己说："不喝了。真的是再也不喝了。"然而，发向自己的毒誓，屡屡食言，好像没有酒，日子就无以为继。除了阿凯，根本就没人在意他喝不喝。打有记忆之初，他就拿着蘸了白酒的筷子，往他的小嘴儿上蹭。小小的年纪屁也不懂，吧嗒着小嘴儿，竟然咯咯地笑着抿进去。

一个人再努力，也不一定得到好的果报。心里要时刻做好这方面的准备，否则崩溃后是很难让人再振奋起来的。时间倒是能冲淡身体里的哀愁。

坐在逐渐变冷的房间，蠢蠢欲动的身体，似乎在召唤酒精。阿凯想，或许稍微抿一口，身子就会立马暖起来。但转眼间，他用极其鄙夷的眼神反观自己，似乎在咆哮："怎么，你也要变成像他那样的人吗？一个酒鬼？"想罢，穿上衣服，决定马上到外面走走。也不用远去，就到楼下，在太阳底下站一会儿。好像被太阳照一照，就能拯救被情绪的泥沼往下拖拽的危险。这并非是自我催眠，起码对他来讲，这种自救般的积极心理暗示，非常奏效。

温暖的冬阳很短。要抓住一天之中阳气最盛的时刻。他认为，或许在下午两点到三点之间。离太阳照在南回归线尚有一个半月。今年的冬天似乎来得特别早。橘黄的柿子，挂满树叶掉光的枝头。满满一树的果实，经历一整年的孕育，其中就包括去年的冬，以及今年的春夏秋。在结成饱满果实之前，甚至在嫩叶还未抽芽的早春，就已经储藏在大树之中了。从　枚种子，到硕果累累，乃至漫长人生，只需自自然然地生长，接受阳光的照耀，风雨的洗礼，静候命运的安排。

三十七

去买两枝荷花吧，一枝粉色，一枝白色。就插到那只青色的小花瓶里。他想。

上次休息，逛鼓楼旁那条窄得只能容下一个人通行的胡同，阿凯发现一家新开的陶器小店，专卖一些老板自制的瓶瓶罐罐。阿凯一只胳膊夹着电脑，另外一只手小心翼翼地挑选陶器。仔仔细细地端详，反反复复对着阳光旋转瓶口，半个小时后，从备选的五件里，最终确定下三件。一只青色的，就像是一个行将收紧的布袋子，瓶口处有恰到好处的开片，不深不浅，不多不少，碎裂得刚刚好。老板是个描眉画眼，脸色惨白，如同日本艺妓一般化妆风格的老太太。她话不多，示意扫码付款，然后用牛皮纸将三只小花瓶一一包好，最后连同一张宣传卡片，放进手提纸袋里。"慢走，欢迎下次再来。"
她用一种极其缓慢的慈祥声音，向阿凯道别。

　　胡同尽头，一间不起眼的花店。推门进去时，花艺师正在给几
枝插在高高玻璃瓶中含苞待放的荷花换水。一只脸上黑白相间的蓝
猫，不怕人，迈着优雅的步伐，凑到阿凯脚边，喵喵叫了两声。

　　"阿凯，回来！"男花艺师用围裙直接当手巾，一边擦手，一边
向猫咪喊道。

　　阿凯怔住："怎么，猫跟我同名？"

三十八

　　刚来幻海时，他曾专程去往西郊看荷花，就是那片不能提及名
字的大湖。据说提了晦气。对于无从考证的民间传说，他多半抱着
一种浪漫心态，愿意相信它是真的，说明在那个节骨眼上，他正在
度过一个心情惬意的时光。

　　"你可知道'暂借好诗消永夜，每逢佳处辄参禅'——苏轼的这
首诗作，名字很长很长吗？"

　　"知道！不是叫《夜直玉堂携李之仪端叔诗百余首读至夜半书
其》嘛。"

　　遥想当年，文人墨客的情谊，读书到深夜的吟咏，对比今时今
日，简直是天壤之别。当别人热衷于互联网、智能 AI、行业赋能、
区块链、元宇宙、短视频、直播带货时，还有一撮人在继续高谈阔
论着诗歌、散文、小说，真是无与伦比美好的一件事。文学，让人
永远天真无邪。它是人世间最为干净的一处伊甸园。

　　阿凯站在荷花池旁，静静看着远处。粉白相间的荷花开满一池

塘。弯曲向上生长的莲蓬，从茂密的大大荷叶中钻出头，没有风，湖水寂静无波。春季，成群的丹顶鹤迁徙至此，展翅高飞时，他按下单反快门，拍下一张张照片，洗出来，夹在出租房的麻绳上，在说不出来的寂寞袭上心头时仔细端看。

准确说，这应该是一种侘寂的心情。他把源自建筑美学的这种风格，融入到自己的真实生活里。这些年，他观察着自己的改变，性格似乎变得开朗些，以为对人生的态度也同时变得明朗。其实并没有。阿凯回到家，关起房门。独处时，还是能感受到十一岁就喜欢独来独往的小阿凯依然住在自己的身体里。喜欢穿黑白灰洗得褪色的衣服，不希望自己在人群中显得扎眼。不只是低调，可能还有一些说不上来的羞耻感吧。头发很黑，发量很多，这么多年过去，依然留着碎盖。风吹过，或是塞着耳机快走，垂在额前的刘海，跟随身体轻轻飘摇。

就像《红楼梦》开篇提到的女娲补天唯独弃用的那块灵石，自一番历练后，作为前世的神瑛侍者，与绛珠仙草还有其他金陵十二钗们一道，通过太虚幻境，各归其位。耽于这份浪漫的幻想，阿凯在其实特别复杂的幻海，像一头倔强的小牛犊，竭力天真烂漫地活着。从早到晚，经过一整天辛勤工作，从书店再回到家，认真又孤单地活着。用他文弱却古灵精怪的口气说：那不然呢？要苦哈哈一个劲儿地抱怨命运的不公吗？

许是中了《红楼梦》的毒，幻海在他眼里，俨然就是一处温柔富贵乡。他记笔记，有时是摘抄书中优美的句子，有时是记下只言片语的阅读感受。无聊至极时，随手列一张人物关系图谱。

虽然多半在中途戛然而止，然而这并不妨碍他对于这部多数人都没有读透的文学作品的痴迷。怎么形容呢？这部优秀的古典文学作品，在去年生日前后系统地读起来便一发不可收拾。读了几遍，准确说听过几个来回，已经记不太清了。人心不古。这个词最近一直在他脑海中盘旋。不古的解决之道，对阿凯来说，就是钻进文学的书堆里，继续浸泡，甚至沉沦。他太爱"文学"这个词了，只单单凝视，就能产生拥有整个世界的幸福错觉。

并非努力，就会有结果。好的结果，需要运气。但是，活久见。先好好活着。活着，就有机会翻身，出圈。

那么，先如何好好活着呢？先从好好地善待肉体做起吧，而不是沉溺于喝酒撸串所一时带来的味蕾快感。人生那么短暂，想要体验、想要感受、想去经历的事情太多了，没有一个结实的身体、一个清醒的大脑，过好这一生的想法都是虚妄，生活品质也会大打折扣。

三十九

"有没有想过，在今年冬天，让自己彻头彻尾来一次改变？"

"此话怎讲？"

"比如说，好好地冬藏。"

"具体说说。"

"平衡饮食，运动，睡眠，工作。最为关键的一点，不自慰。"靳虹说完，从茶桌底下拿出一盆小小的吊兰。

阿凯听她说出这种话，一时半会儿不知该怎么接，除了心里万分讶异，就顺势用手捋着小吊兰垂下来的叶子。

"给你，这是送给你的礼物。本来想送个特别实用的物件，挑来选去，也不知道什么最适合你。那天撞见你拿着两只荷花，那个画面特别美。又想，文人大多爱竹啊兰的，干脆把家里那一大盆揪出一撮儿，种在这小花盆里。"说完，阿凯只能用不可思议的神情道谢。

"你别客气。好好干。这才刚开始。"阿凯一愣，心情本就复杂，此时更不知如何是好，眼神躲闪，一直低头捋着那些小小的长叶条。

一切都是权宜之计。

五十岁的靳虹，总爱穿一身草绿色套装，那种垂垂的面料。有腰身的上衣，衬得她果真还是有几分姿色。帽子小姐说，她走道时屁股一扭一扭的，难道是卖屁股的吗？阿凯觉得这话说得有些过分，提醒道："小心你这是在造口业。"她不以为然，深谙靳虹就是一个名副其实的交际花。

靳虹有一个观点，大意是，倘若心里始终想着一件事，那么，这个事大概率就能成。当兵时，立过二等功，开书店，顺利拿到首批补助，都是因为念念不忘，终成回响。她甚至想过开神通。心剧社，有个著名的舞蹈，跟石头一起共舞。就连平时沉浸在历史书本不爱评论会员的王迪，都感慨，心剧社哪像一个社团，简直与邪门歪教无异。靳虹当然不爱听。束着道家发髻的团长，那可是她的风水大师。

道长很黑，脸很方，白袍一套，人高马大的。靠近时，有一股体味，并非难闻，但阿凯不喜欢，觉得那是一股浊气。某天，在他现身心剧社前，在附近的公交车站，他背着一把木剑，低头看手机。

"幻海来的都是些什么妖魔鬼怪！"一心喜欢历史读物的王迪有时在低头做咖啡时会突然叨叨出一两句真理。

咖啡机有两个萃取口，他习惯用左边的那个。萃取前，手柄卡在研磨机上磨豆粉时，嗡嗡的声音，堪比电锯声。归去来兮装修时，书店虽然照常营业，但客流量骤减。

四十

实在觉得过于迁就而烦她时，阿凯就掉道："你是一个识时务持有双重标准或者多重标准的笑面虎进而说是那种八面玲珑的交际花吗？"

为此，她除了讶异之外，便接着发微信："抽烟的女孩都很脏。比如，你的那位帽子小姐。"相差十一岁的两个人，简直属于两个宇宙世界。

夜色深沉，离中元节又近了一天。阿凯没再回复，想着那个"大头虹"，可以确定是近些年所遇见的一颗头相当大的女人了。头一大，脸盘就大，说圆不圆，说方不方的，有一股二十世纪八十年代那种爱捯饬的中年女人的风尘味。

幻海书店的会员还是有一定规模，大约有一百五十人。王迪，这个戴黑框眼镜，鞋拔子脸，挺着大肚腩，一连好几天不换衣服的油腻男生；王筱，一个皮肤粗糙，儿子将要中考，从南方北上的梨形身材女人；赵丽现，一个自称只有初中学历，自信到自负，每天不是做瑜伽就是喝茶，说自己有N多传奇经历的茶道老师。

幻海距离阿凯的住处只有差不多二点五公里，每天，他走路上下班，街边小店的名字，已经倒背如流。上班前，他晨练，不跑步，只是健步走五公里，大约用去一个小时。

清晨五点，甚至四点半，自动醒来。与其说早起，不如说是自然醒，且数十年如一日。他未曾去医院看过这种奇怪的失眠症，反而觉得庆幸，想，早起，总比嗜睡要好得多吧。醒来，用新买的自动咖啡机研磨咖啡，滴漏给自己喝。在这之前，会有一个短暂又肃穆的许愿仪式。双手合十，心中默念：

唯愿写作心流的这盏灯，永不熄灭。

阿凯并非是一位职业作家。白天，他要去上班，是幻海的理货员。周末举行活动时，变身为电影放映员、图书导读者甚至是心剧社的舞者。夜晚，他便做回一个写小说的人。

小说家，是他自诩的一种身份。在这个世界上，有无数种职业，但他却选定要将写小说这件事进行到自己生命的尽头。用他的话说：活着没有任何意义，一个人撑死也就活到一百岁。一百年看似漫长，其实非常短暂。好好地感受，就是这一世活着的意义本身。感受进入到身体里，需要通过写作释放。

最近几个早晨，他手捧《饥饿艺术家》这本书，是卡夫卡去世前在病榻上校改的一个小说，爱不释手缓慢地读。读着读着，困意袭来，在挣扎要不要合上书去小睡一会儿时，想，睡着之际，就是穿越之时。

四十一

两个穿税务制服的男人，拎着公文包迎面走来。那种淡蓝色，接近于灰色的制服。擦肩而过时，空气里有一股提振人心的颗粒物，让人情不自禁像是走在晃动的绿皮火车上，午饭的时间已到，车厢里满是泡方便面的民工。车窗大敞，呼呼的大风倒灌进来。

起风时，他想起在黑暗中不小心触碰到阿泽的身体。腿和胳膊因长时间暴露在被子外，轻轻一碰，凉凉的。一次出差，房间客满，只剩一间大床房。红眼航班降落山城，酒店在火车北站附近。出租车上，因为太困，没有任何表达欲，阿凯不说一句话，闷不吭声跟他一起坐在车后座。在前台办理入住，训练有素的女服务员让两人出示身份证，敏感的阿凯捕捉到服务员眼神的停顿，读出她心里的猜想：两个人是何种关系？……侧拉着小号行李箱，进入房间，脱掉皮鞋，阿泽赤脚走进浴室，门敞着，传来淋浴哗啦哗啦的水流声。

洗完，湿湿的头发一缕一缕的，并没有吹干。腰间围着白浴巾，上身赤裸，说："你也去冲一下吧。"孰料阿凯已经因太困和衣而睡。

半夜醒来，阿凯发现自己的白衬衣已被脱掉，穿着一件跨栏背心，胳膊下意识地放在他平躺的胸口。用害羞、复杂的心情赶忙抽回来。枕边，那股好闻的浴液味儿一直留香。其实，那是阿泽的体香。

窗帘没有完全拉上，中间留着一道缝，路灯的光亮微微透进来。阿凯睡意全无，睁着双眼，看着黑暗中他的轮廓。公司里上上下下那么多领导，有的大腹便便，早已变成油腻大叔，只有他，在四十五岁的年纪，坚持去健身房撸铁，头发漂成奶灰色。没有人知道他结没结婚。

早上七点，手机闹铃响起。冬季，天色仍显暗沉，但能依稀听见窗外车子喇叭的鸣笛声。多年来的兢兢业业，让他瞬间坐起来，侧过脸，问："你睡得可好？"阿凯应道："挺好的。"阿泽并不知道，半夜醒来后他便一直没有睡。

上午去给西南区域的代理商培训营销通案。这个足足有七十多页的PPT都是阿凯独自完成的。他不善言辞，阿泽讲，两人搭档着，正好互补。中午客户招待，拿出窖藏白酒款待。

戒了一年半的酒再次复喝，是在疫情迟迟不见好转的冬天。他察觉身体似乎需要酒精来让漏气一般的皮囊变得结实有韧性。心想："还好自己没有毒瘾，否则一定是那种来来回回戒毒的瘾君子。"

四十二

大雨过后，总归是好的。就像每一个清晨，都是崭新的，有一种一切都可以重来的错觉。烦闷袭来，写不出一个字，读不进去一个句子的阿凯，便坐上地铁四处晃悠。念书时，他曾读过一本叫作《晃晃悠悠》的书，还有一位很瘦的叫作陈染的女作家。两位作者似乎都销声匿迹，但他和她的书还在。书，让一个人比自身活得宽广且久。每当想起陈染时，心头总会　紧。在偷懒时，在写不出字时，只要轻轻一想起她，就像是有一束光在引领着他。

阿凯还记得小时候，依旧是一个乌云密布的正午，云层中似乎有一条飞龙，顽皮地左右摆尾，与他捉迷藏。说来奇怪，终年干燥的幻海近来阴雨不断，芒种已过三日，早晚的气温却依然飕飕的凉。

不知从何时起，高级感的阿凯竟然喜欢上了驴火这种民间小吃，用他自己的话说：爱上的，并非是食物本身，而是长条形状的馍里所夹着的酥脆的驴肉香吧。

阿凯撑开一把湖蓝色的折叠小伞，瘦瘦的身体被很好地藏在其中。在这只能真切感知一次的人生中，选择拼搏的人生，不好吗？牛顿一生笃信造物主，所有的科学，不过是求证其造物。一片树叶，藏着一整个宇宙的奥秘。

皮囊总有一天会用皱、用旧、用坏，但，心不会。因为心是承载灵魂的器皿。它经历累世的流转，在当下的这一世，做属于它进阶的功课。

雨越下越大，阿凯想着上面那番话。抵达不是目的，过程就是追寻意义的本身。哪里也不想去。只想回到阿布扎比。对于你来讲，安静不下来，就是最大的问题。

据我观察，但凡那种"有事言一声"先前热情殷勤的人，倘若后来真的有事相求，不一定理会你。屡试不爽。万事，还得靠自己。强大到他们后悔当初没有稍微帮你一把。

把所有的亢奋、低落与无法言说的秘密，写在书里，让文字一一将它们消解。

很多时候，阿凯都觉得没意思。没意思，就是没意思。丧感袭来时，就连素日里最爱的运动都提不起精神。他不想去寻找多余的形容词来形容这份丧。嗯，没意思，就是没意思。他在心里反反复复地说。当然，并非是某种疾病，而是那种多数人都会经历的无聊吧。

于是他拧开床头台灯，写下"夜航"这个词，之后是一个句号，然后心中翻滚，又写下这些字：

> 夜航。
>
> 机舱冷气开得很强劲。被迫锁在椅子上，打开阅读灯，专注阅读一本长篇小说。机场混杂着香水的气味儿。你去看吧，吵吵巴火的，大多是国人。而三三两两，安静坐在高脚杯倒挂在吧台高脚椅上喝起泡酒的，多是金发碧眼的鬼佬。

......

轰隆隆的地铁一号线年久失修，穿梭在早高峰的城市地下。阿凯塞着耳机，歌声渐渐远去，待头皮阵阵发麻后，他却一个冷不防，像是驶入了一个新世界。他看见自己正盖着一条夏凉被午睡，房间里依旧是自己再熟悉不过的摆设，空调正开着，否则不会感觉身上冷冰冰的，刻意提醒自己好好看看时间，按照熟悉的记忆锁定位置。无奈如何睁大双眼，彩虹横条背景图案的表盘，指针都是模糊不清的。房间，床，梦境，蓝猫，记忆与时间。脑海里清晰地蹦出这几个字。登时，一个强烈的闪回视角，把他拉出房间，一个没有实体的少年轮廓，似乎用意念在跟他说话："难道你还不知道吗？房间里住着的小女孩，她的蓝猫离奇地死了。"阿凯的头皮持续发麻，耳边呼啸着像是蜜蜂振翅的嗡鸣声，只是翅膀扇动的声响，并非高频，而是一种深沉的低回声在颅内盘旋，他被自己意识到的正在梦里所听见看见的一切吓住了，于是拼命地提醒自己赶紧醒过来。正当他在梦中惊慌失措时，地铁安保员戴着口罩终于把他摇醒。惊魂未定，口渴难耐。坐正，他下意识地瞅瞅车厢，空无一人。回过神来，耳边仍旧响着那首循环播放的 *Yesterday Once More*[①]，伤感的失落情绪涌上心头，夹杂着百思不得其解的惊恐，阿凯长舒一口气。

四十三

与此同时，一个名为"强迫计划"的打卡任务，正在微信群悄无声息地进行。每天其中的一项打卡任务，是下午三点以后不再进食。发起人，正是帽子小姐。她对阿凯说的第一句话是："不行不行，这可不行！太自我！"此话缘自书店首场读书分享会结束后，她站在人堆儿，面向阿凯大声说道。

"好啦，帽子小姐，谢谢您来捧场，我们感恩不尽！"靳虹忙解围。

---

① 《昨日重现》，一首歌，由卡朋特乐团（Carpenters）的主唱凯伦·卡朋特（Karen Carpente）演唱。

你观察过蚂蚁洞吗？它们把碎土渣，堆成迷你火山口的形状，在幻海这座城市的任何地方，比如在水泥路衔接的缝隙两侧，在一棵挂有"国槐清朝约二百六十年"古树标牌的阴凉处，在老旧的地铁站台里筑巢。

他拍下雨天草上的露珠。

他的起点，在距离家最近的站点。在他步入地铁站台低头的一瞬间，他反倒想起去年此时的京都早晨。那是一座故意不再前行的古都。在那里度假的每个清晨，他都会与阿泽喝上两杯冰美式。在开始新的一天前，通常，他会比阿泽早一点儿醒来，轻声穿好衣服，挎上相机，出门，在周边随意走走。民宿建在安静的小巷深处，旁边是寻常的日式民居，整洁得一尘不染的门口地面，通常摆放着河童的小塑像，一簇簇应季鲜花点缀其间，看上去，沉静美好，令平凡的日子富有尊重神灵又不失烟火气的仪式感。三三两两的麻雀落在民居之间的电线上，一停，就是好久。啾啾的，如同小鸟鸣叫的声音，原来是远处十字路口红绿灯的提示音。阿凯一边没有目的地走，一边听着让心发痒的啾啾声，对自己说：无论在哪儿，做什么，都要保持耐心。待天大亮，人渐渐多起来，然后他知道，自己该回去了。

阿凯小说写得都很奇妙，或者说有些古怪。就像每天清晨锻炼，遇见天空上很好看的云。那些云一直延伸到天际，让人心生疑惑：这个世界是虚拟的，是神造的，或是某种大气层生物去往彼岸他乡的云梯吗？……就像此时此刻，湛蓝天空上横亘着的狭长白云，那云分成上中下三层，一直跨过整个天空，从西向东，从东向西，分不清哪边是起点，哪里又是终点，之后在尾巴处扎了一个细细的口子。为此，他举起手机，对着天空开始拍照，觉得不够尽兴，又开始录起视频。

有没有这种可能，天上的这种云，其实是一种离子态生物，每年六月迁徙一次。

四十四

在幻海，在海上花，许多人都已经起床开始一天的忙碌。时间走得太快，总感觉这一世就要过完了似的，所以才不敢停下脚步，不敢偷懒，也永远过不了在家乡在其他别的什么地方偷得浮生半日闲那种悠悠闲闲的日了。

墙角，停靠着一辆金杯面包车。一股臊味，藏污纳垢之地，小飞虫、苍蝇乱飞。

每一个中年老女人的身体里都藏有一颗骚动不安的心。

他对她说："我想写一个小说，有关城市，真正一线城市里年轻人的生存现状。他们有许多不为人知，也并不想向外人道的心事。而我所追求的小说风格，希望达到这样一种效果——就好比你在音乐 App 听到一首好听的歌曲，心痒痒，手痒痒，忍不住想要留言。或者干脆偷偷拿来私藏，根本就不想分享，不想让更多的听众知道这个歌手的存在。"

她听完后，反驳道："可是，这是个标新立异的自媒体时代啊！你不大大方方向大家介绍自己是谁，在这个啥都讲究快速的时代，谁还有时间、精力去好好了解你呢！你又没背景，别瞧不上这个看不起那个！"

阿凯站在公交车站，用眼睛扫描站牌，在他并未决定好去往哪里时，其实去哪儿，做什么，效果都是一样且没有任何损失。人要有不计代价破釜沉舟去豪掷梦想的勇气。

他停在消防站的门口，安静地立在外面，默默打量进进出出的人。

穿蓝白相间扎马尾戴黑框眼镜的女生，一边单手骑车，一边吃薯片。准确地说，应该是用舌头叼出一片来。旁边男生的车把上，夹着手机支架，屏幕正在播放短视频。树上开始蝉鸣，在六月十六日这天。阿凯郑重其事记下这一天。他闭上眼睛，停住脚步，站在那棵古槐前，开始想念永远是夏天感觉的泰国小城——清迈。

他的身体里需要啤酒。拉开拉环，喝上一口冰镇啤酒。他太久没有真切体会到"爽"这回事了。

戴眼镜的胖男人说，你太没职业道德了。

明星，不就是供大众娱乐的嘛。既然选择在人群中展示自己，那就要受得了所有的褒贬之词，包括歹毒万分的恶言相向。

等我老了，六十岁，就不读也不写。注销所有的社交媒体账号，不跟这个世界挣命，也不试图证明什么。就是尽可能清清淡淡地安享晚年。什么沽名钓誉的虚荣啊，都统统说拜拜。嗯，离六十岁，还有二十年，不短也不长，很快会到来。

嗯，那就祝你勇敢地折腾吧！

金庸最厉害的小说是《倚天屠龙记》。那么厉害的张无忌，选择与赵敏相依为命，隐居起来，过上与世无争的小日子。

夏天真正地来了。对于你，夏天是什么呢？——吃西瓜，喝冰镇啤酒，撸串，吹牛逼，当过堂风吹过身体的每一寸肌肤时惬意满怀……然而我只知道，夏天应该是懒懒的，散散的，松松的。不想说话。继续散步。

不停地出门，不停地出门，其实是为了最终不出门。闭门不出，哪儿也不去。

曾经有一段时间，也不知是哪儿出了问题，不能写，也不能读。

阿凯喝了好多酒，想用手指将酒精逼出来。手指肚胀胀的。

我们就像是一群筑巢的蜜蜂，群居在一起生活。

　　不会开车的自己，一直想象着，那个深爱的人，带着
我，从北京，一路进藏……路上听好多音乐，风把我柔软
的头发吹起，心里有一丝丝敏感，却无忧无愁，幸福满怀。

翻看以前的日记，每逢六月中旬，天空都是这种绵延的龙鳞云，
长长地横亘在整个天空。就索性将其想象成是第四种状态"等离子
态生命"的大迁徙吧。

阿凯真是太久没有站在这么高的高楼眺望幻海的远方了。一时
间，竟不知所以，有一种想哭的冲动。哭，不代表伤心难过，有时，
反倒是一种幸福的滋味。

时间、时代再怎么变化，根植在其中的大树，譬如车窗外瞥见
的一棵郁郁葱葱的大树，它们都永远不会改变。就像由碳基组成的
人类，那些最基本的构成元素，永远都不会发生变化。

阿凯仿佛就是一个不食人间烟火的僧侣，自行持着五戒。十几
岁时，他曾误杀过一只小黄狗。小狗死后，被他惊慌失措地埋在工
地高高耸起的渣土堆里。装化肥的纤维袋子血迹斑斑，无人知晓，
里面装着一只小黄狗的尸体。那几天，他几乎都会做噩梦。他惊叫，
坐起身，汗流浃背，之后一连几天都失眠。他觉得罪有应得。自己
脏，丑陋无比，无法面对动手将一只小狗打死的事实。可事实就是
事实，他是杀狗凶手，戕害小生灵的恶魔，无论如何标榜自己善良，
都显得不可思议的虚伪。

不杀生，不偷盗，不邪淫，不妄语，不饮酒。

他把佛家这五条戒律用钢笔誊写在小小的牛皮笔记本上，放在
随身小包里，即使不翻开，当看见那个小本本时，就是在提醒自己，

反复提醒自己：不杀生，不杀生，不杀生。

后来，他养成一个习惯。在夏季雨后，当蚯蚓钻出泥土，当太阳重新现身炙烤大地前，用小木棍儿，或者干脆直接用手，将它们及时送回到湿润的泥土上。

总有一天，我也要老到走路颤颤巍巍，跟着一日游的老年人旅行团，坐在午后的地铁上，因为太累，太困，而昏昏欲睡。醒来，不愿意再站起来，不想赶路，只想永远地睡下去。

她问他："你的新书想好叫什么名字了吗？"

他想了想，回："不知道，没想好，或者说八字还没一撇。但有一点可以确认，我想写几个关于城市题材的短篇。"

在幻海书店，阿凯为自己买下几本书：有三卷册的《爱因斯坦文集》，厚厚的《苏格拉底对话集》，海德格尔文集中的《存在与时间》以及一套丛书之中的《老子》。五折，共计花费二百二十一元。他将明细一一记在随身携带的那个小本子上。

每天在手机 App 听书。有一天在听到《红楼梦》老太妃薨了的篇章时，想，迟早有一天，素日里在广播剧在电视上在现实中听见的有关别人的死，最终自己也得经历。无论先前的姿态如何轻松，事不关己高高挂起，等到自己走到人生终点，究竟会害怕，还是无所畏惧，其实眼下并不会真正知道。

待在属于自己的房间里，让书与唱片陪着你，即便不读也不听。

她只是淡淡地说道："真心，最不值钱了。"

于是他问："那啥值钱？"

她回了一个字："钱。"

"你要读书，就踏踏实实认认真真地读。用不着告诉别人我在读这本我在读那本。"

"别买劣质咖啡，否则你喝进去的不是咖啡因，多半是糖。"

"生活已经很苦了，对自己好一点儿吧。难过时，就多吃一口西瓜，心里会甜。"

"不能让你的真心不值钱。"

四十五

病了几天，把杏花辜负。无花空有叶。雀儿惊飞。

那一半，是你到不了的地方。今天幻海的温度很舒服。冰冰凉凉的，不闷，走路似有一阵风。

喝多的那个晚上，他只记得自己最后清醒的时刻：晃晃悠悠，艰难地迈出出租车，哐当一下，张在小区的树丛里。

悬挂着吊扇的苍蝇小馆，像是二十世纪八十年代末三四线小县城的模样。

和别人一样，或许很容易，也或许更艰难。但是你知道，怎样的你，用什么样的姿态，适合自己，让心里舒服。反正怎么都是活这短暂一世，别人不理解时，只能自己理解自己。我只是惋惜，岁月的流年，让你对我的态度，终究还是变得跟别人一样了。

人活一世，为啥不能随心所欲呢？

不想上班。就是想散散步，喂喂猫，望望天。当你们眼中的咸鱼躺平好了。

小孩子哭闹，大人不管教。在这样的早点儿摊长大，能有什么出息。

拄着长长木棍子锻炼身体的老父亲，远远看过去，就像是一个现实版的寿星佬。

长大真的那么好吗？

　　来到幻海的第一位会员，名叫王筱老师。没错，老师并非是一个称谓，而是姓王名筱老师的奇怪名字。第一天，她是开着一辆小轿车来的。阿凯是个车盲，他把一切不认识的车统统称作小轿车。

　　他问她："怎样你才能专注下来？"

　　她回道："养一只猫吧。家里有猫我就不出门。"

　　戒酒戒得好辛苦。有酒瘾时，就去抄《古诗源》，一年下来，酒没喝，记下的古诗倒不少。

　　很想去重庆，江边，听听渡轮汽笛好听的长鸣。

　　他很困，同时伴随着饥饿感。夏季潮湿的空气，墨绿色黏糊糊的感觉。

　　靳虹：你每天什么也不用干，在公司待着就好。要是实在无聊呢，就拍拍短视频。

　　阿凯：嗨！你这不还是有图于我嘛！只是变着法让我工作。

　　靳虹：没！真没！

　　阿凯：这还不是那啥是？！

　　待她耸耸肩膀无奈地说，行吧，便面带失落的表情，垂头丧气地走向音乐教室，准备给会员们上古筝课。

　　他从来没有认真看过她弹琴，甚至分不清琴上有几根弦，与古琴在指法上有什么不同。想在幻海养一只猫的念头，也从来没有停止过。

　　每个清晨，用他自己的话形容，心像凌晨四点的天的蓝。在塞上耳机晨练的途中，时常与一位遛狗的男子迎面相向。男人牵着一只柯基，有时干脆解开狗链，貌似很聪明的狗子便自由自在地奔跑，伸着呼哧带喘的舌头，不时频频回头。

　　于是他在日记本上写道：用过的随身听会坏，倒下的一杯咖啡会馊掉，爱过的人会变心……而我，会一直陪着你。

调整好心态，决定开始动笔重写那个已经丢失的长篇小说。每天凌晨四点半，身子前倾，两肘挂在小书桌上，双手交叉，闭上眼睛，在心中慢慢默念三遍：唯愿写作心流的这盏灯，永不熄灭。

"你信佛？"靳虹问。

"不！没有任何宗教信仰。"

"那你为啥祈祷？"

"权当会发生吸引力法则这种好事吧。"

"毕竟宇宙中暗能量占了近百分之七十。"他说。

"没懂。暗能量跟许愿有什么关系吗？"

"当然有！你就把自己想象成一块儿磁铁，可以吸附，也可以排斥。"

"啥？"她问。

"附着美好的粒子聚集在一起，让貌似虚无缥缈的愿望转念成真。但那个许愿的发光体，首先得要一身浩然正气才行。"阿凯说。

"人心浮躁，只有你坚持买唱片买书吗？"她问。

"要让受过的苦难有意义。"他说。

"不过有时，早上，也不是早上了，还有中午、晚上，无非是重复无聊的一天罢了。"她说。

"我太爱写作这件事了，根本无法转换跑道。我会一直写下去。"他说。

"你觉得你的人生完整吗？"她问。

在自己跟自己拧巴的常态里，当然知道所谓的站队或是谄媚能带来何等立竿见影的实在好处，即便都奔四了，脸皮儿依旧很薄，那就要继续承受这份笨拙的选择所带给你的迂回命运。不过人生尚长，我热衷于长跑，且认准一条路，打死都会坚守到底。

最后，阿凯终于鼓足勇气，用颤颤巍巍的双手打开他们第一次聊天时她发给他的六十秒语音。

　　声音消息的进度条，显示着秒数与小喇叭在播放时的动图。可是，声音像消磁了一般，刺刺啦啦，同时夹杂着空气、电波与女人的鼻息声。毋庸置疑，这语音，从某种程度上讲，是一条匪夷所思的空白消息。吓得阿凯惊慌失措扔掉了手机。

第三章: 万语千言

四十六

早晨，窗外大风呼啸。阿凯想，这风一刮，树叶就得唰唰地掉了。夜里，手机蹦进来有关这次寒潮降温的短信，提示音响起的瞬间，他下意识地抖了一个激灵。还好，不是微信。为了避免靳虹的打扰，将微信设置成消息免打扰模式的同时，还关闭了所有 App 新消息与应用更新的通知。与世隔绝的生活，是被迫的，带着一种逃避的无奈之举。曾经有一度，他都不敢翻看以前的消息，即便很想打开听一听，或是将语音转换成文字，记在日记本上，留待以后，当年纪渐长，可以笑看这段往事。可是，他做不到。这种仿佛被另一个自己强迫着拉扯，告诉自己可千万别当回事啊，却又带着一份欲罢不能的矛盾，很像是卡夫卡小说《城堡》里的 K，带着土地丈量员的身份，却始终无法进入到城堡内部，写作它的人死了，未完成的故事却带着一种扑朔迷离的既定现实，在时间的河流里，漂泊无定地流淌。如何想象它的结尾，都是无人知晓的私密洞察。廖一凯始终想点开语音听一听她究竟说了些什么的火烧火燎的急切，却在一次次的恐惧里，以失败告终。然后反复，一而再，再而三地循环往复。

于是他想，是强迫症，回避型人格障碍，害怕与人建立亲密关系，还是既想做婊子又想立牌坊的某种矫情心理？这，并非三言两语能够说得清楚。人心，就像无底深渊，难以探寻。

就安静地坐着，默不作声地看着你们的表演。在想，梦想，是欲望与斗志的一体两面。有企图心，有勃勃野心。只是有的人，以躁的方式，有些人，以不疾不徐的涓涓细流呈现。总体来说，都是表达。怀古，或是纵入历史的深海。无所谓深刻、轻佻与肤浅。

他把她，以及她的幻海，统统归结为一种演技拙劣的表演。她约他聊聊，敞开心扉，无所顾忌地说说心里话，然而廖一凯只想断然拒绝这份试图投怀送抱，态度不明甚至明显暧昧的邀请。帽子小姐笑道，你这是自断财路喔。阿凯不解。帽子小姐解释道，拒绝富婆，明摆着跟钱过不去嘛。

阿凯笑。继续窝在面前有一整扇落地窗的咖啡厅红色漆皮沙发上，像一摊散了架的稀泥，懒懒的，用傻乎乎的表情，没心没肺地啥也不去想。他感受着紧绷数日后突然降临的松弛。为此，对着玻璃房暖融融的大太阳，流下了神经释然的眼泪。

爱哭的男人除了心软，都很善良。

很久没哭了。与其说不敢哭，不如说失去了哭泣的能力。哭不出来，心又憋得难受，头疼。这回迎着太阳，眼泪夺眶而出，在感受着久违的舒服的同时，竟然神奇地饿了。

酣畅地饱餐一顿，有滚烫的馄饨、茶叶蛋、小笼包，都是再普通不过的家常小吃。再一次变回认识阿泽前那个没怎么见过世面的大人。饥饿难耐的胃很快被填满，一股新鲜的血流涌遍周身，阿凯贪婪地伸了一个懒腰，感觉自己如获新生。又撕开包装，吃了停不下嘴儿的薯片，嗑了山核桃味的瓜子，更觉困意袭来，想立马卧倒在地，痛快地睡个好觉。

他关掉手机，不去想任何人，包括这几天下意识里会念起来的爸爸、妈妈，此时此刻，谁都不在他的心上。

在梦里，他直接来到梦的结尾。电脑显示器的网站弹窗，被一条新闻惊住：医疗受贿丑闻，幻海名医靳虹遭开除处理！阿凯数了数，算上标点符号，整整二十个字，符合互联网新闻传播的两段式标题，只是尚具优化空间。不知怎的，梦中的廖一凯似乎还带着昔日从事网站编辑时自己的职业素养，保留着对文字的敏感，从遣词造句，到新闻写作的客观性、准确性、传播性等等。环顾着虚无缥缈真空似的梦，在梦中知道这是梦，觉得心痒痒，又很舒服，对昔日打拼的互联网职业生涯的怀念之情油然而生。

四十七

让每天没有定力地瞎晃到此为止。让没有收入还不停买碟的任性到此为止。还有，就请让悲伤到此为止吧。想罢，他止住心底翻腾的所有思绪，最后，将所有打开的窗子紧紧关上。

二十五岁？三十五岁？四十五岁？还是五十五岁？六十五岁？七十五岁？八十五岁？……你，只会越来越老，头脑越来越不清晰。生命真的很短暂，短到就是稍纵即逝。抓紧时间做此生最想做的事情吧。

秦始皇、汉武大帝，厉害吧！恐龙，那么一个庞然大物，都曾是地球某个阶段的"主宰者"，厉害吧！不一样被"今人"戏说甚至戏谑。逐渐远去的，和未来正在靠近的，其实都不重要。做一个善良的人，力所能及做好自己该做的事，是这一世生而为人的意义之一。

就连宇宙，都是奇点爆炸后，无中生有的。何况是无中生有之中的生灵。敬畏自然，是首位的。你说，无中以外的那个部分是啥呢？如果宇宙是一张桌子，那桌子外，是啥？然后，桌子，又是"谁""摆放"在那儿的呢？

阿凯像个幽魂，在幻海四处游荡。

四十八

有人写了一张明信片给我：

那是我在梦里，开了一家小小咖啡馆，也卖一些苦涩的酒，专门收留那些安静到不爱张开嘴巴说话的人，很安全很信任地落座。小猫趴在书堆上熟睡，眼睛眯成一条线，彩虹似的线。

地球在几十亿年前，尚是一颗"火球"，也经历过几次非常寒冷的冰川时期，历经几次物种大灭绝。在自然面前，你无非是一个只能活几十岁，至多一百来岁寿命的人而已。活着的意义，应该就是不虚度，好好感受着每一天，每时每刻。那些已经六十岁、七十岁、八十岁、九十岁的长者，日子真的是过一天，少一天。你不知道自己在什么时候会走。

我想得到，我想拥有，我想它是我的……其实一点儿都不是不谦虚，反而是一种积极、正向、勇敢去面对自己的一份坦诚。你看，我们那代人，老师、家长就教育我们——分分学生的命根儿。所以我也未能免俗的"得失心"特别强，得挤高考的独木桥。就几个指标与名额，得拼尽全力去争取……这不都得一步步扎扎实实地去努力、去争取、去搏来吗？

真实比完美更有力量。因为，不完美，才是常态。

四十九

轻轻地想起十八年前的夏天，从梅雨季的南方之城海上花回到幻海。彼时，已经有了秋的微凉，晚饭过后，一对恋人恩爱地挽着手，目送我离开。一整个炎夏，我待在那个总是下雨的超级城市，除了做饭需要食材去楼下不远处的小超市采购，几乎就是宅在冷气开得很低的房间。有近三十天，不与家里人联系，多半是想不起来。深觉自从长大成人后，与家里面的联系，就是一通通互相汇报彼此平安的慰问电话。大多会报喜不报忧地扯着善意的谎言：我挺好的。实习不辛苦。吃过了。嗯，开心。

眼下，我即将坐上火车，回家。回到那个生养我的地方。近乡情怯的心情浮上心头。

而那对总是牵手散步的恋人，后来，被家人强行拆散。曾从别人口中获知，两个人一哭二闹三上吊，各种试图冲破传统人伦道德、婚姻家庭关系的新旧办法都尝试过。没用，一丁点儿松动的迹象都没有。双方父母在一次互相破口大骂彼此的儿子都不是东西的终极对决后，一东一西，硬生生，用空间距离，将两个相爱的人隔绝在太平洋的两岸。

这个悲伤故事的主人公纸风，如今远在美国西雅图。而爱着他的另外一个人，应该仍旧在海上花的某处，不知是开心还是难过地继续过活。

五十

阿凯向靳虹说着曾经那段郁郁不得志的生活，丧，占据着一天二十四小时。

如果觉得撑不住了，就停下来。别去在乎别人的任何言辞。想躺平，就去躺。不想动，就不动，即便睡得昏天暗地，也无所谓。用尚存的一口力气，先把活下去的命保住。

"未来的自己，一定会感谢现在的自己。"靳虹说。

"我也不知道这次瓶颈期会持续多久。烦，很烦。"阿凯说。

"要不，给你放几天假，出去散散心。"靳虹说。

阿凯欣然接受了这个没有归途的假期，坐上地铁，漫无目的地像一个游魂，晃晃悠悠。

"假使哪天我突然死了，一定要直接销毁我的手机。不要破解密码，千万别试图通过我的社交软件来怀念我。"阿凯交代道。

"请务必在下午三点前吃饭。"

"为什么？"

"哪有那么多废话！"

"好吧。"

她趴在小方桌上，将头枕在弯曲的右手臂，试图睡一会儿。白色衣服闪闪发亮，后背的羽翼薄如夏蝉。

蒜头鼻的养蜂人在帐篷旁鼓捣着蜂箱，嘴里嘟嘟囔囔："乖，乖，你们都乖乖的。"

微缩的小方桌安放在蜂箱里，就像是一个生态完整的盆景，唯独这个世界都是嗡嗡作响的蜜蜂。作为他口中的女儿，并非是箱子里的一只蜜蜂，更不是什么蜂王。她仍旧是人，只是长着一对翅膀，白色的衣服直接连通着纤细的身体，里面包裹着身为雌性，准确说女性，应该具备的一切器官，其中包括发育完好的一对乳房。

"爹爹，别说话了，吵得我都睡不着了。"白色翼女抬起头，让蒜头鼻的男人住嘴。

"是，是，不说了，不说了。都是爹爹的不是。睡吧，睡吧。"男人唯唯诺诺地应道。

为了早日搬进正儿八经的房屋，而不是只住在遮风避雨的蓝帐篷，老汉靠养蜂度日已经三十余年。当初，一把突如其来的大火，几乎将月光古城烧毁。火势汹汹，古村居民拖家带眷，在着了几天几夜的大火中，只能忍痛弃掉家业，逃之夭夭奔赴他乡。有个别人，在那汪被火光照亮的湖边，痛哭哀号。那时只觉苍天无眼，信奉神灵的百姓并未得到应有的庇佑。老汉是没有逃走的少数人之一。用他决绝的话讲："都不知是天灾还是人祸！有什么可逃的！逃也没用！逃也逃不出这个世界！"说完，卸下肩上的担子，咬牙切齿，直勾勾死盯住映在湖面上的火光。心里有发泄不出来的恨，那种干着急也不知道该怎么办的窝囊，那么大的一片湖水，也挽救不了千年古村落被涂炭。

后来查了月光古城的地理志，据说酿成大火的因由，是一颗燃烧不完全落入古城的火流星。不知是撞在哪个易燃处，火情一发不可收拾。正当老汉目视熊熊火焰悲愤不已时，旁边亭子的斜梁忽然落下，向腰间猛然砸去。就在马上将腰截断前的瞬间，一股不明所以的气从下方顶起，梁子偏移到旁边后，哐当一声碎裂。突然，从老汉的腰际，一只人形状的"蜻蜓"，抖动着高频振翅的薄翼，倏然飞到他的鼻尖，发出哈哈哈清脆的笑声。

正如前面所述，因为通体白亮，老汉给她取名"白婷"。这段生死相救的故事之后，竟造化成一世父女情缘。

女儿很顽皮，对着不爱吱声的父亲问道："你怎么总是愁眉苦脸的？因为大火吗？"

"并非全都是。话说多了，会让人笑话。"

"笑话？为什么'笑话'呢？"

父亲没有回答，反而问她："婷儿，你说，破镜能够重圆吗？"

女儿似乎明白他所指的"破镜"为何物，于是，用她一向古灵精怪的智慧道："能！完全可以的。因为已经碎了，就应该勇敢地放弃，去重新寻找一面新的。就当……从未拥有过。努力忘掉不开心吧！就像什么都没有发生过。义无反顾穿过它，到镜子的对面去。"

破碎的镜子，就是烧毁的月光古城。那么，就到镜子的对面去吧。

"爹爹，我告诉你一个秘密。"婷儿说完，接着道，"你养蜜蜂吧。到时它们能拯救古城。而且，时机一到，我们就会拥有一所大房子。然后，真的能够去往'镜子'的对面呢！"

老汉以为她在说着疯话哄他开心，但转念一想，既然婷儿都是如此化身，世上还有什么事情是不可能的呢。

高压线塔被圈在枯草丛生的一个废弃大院子中央，旁边，有一顶蓝色帐篷。四周，墙壁高垒。自此，一箱一箱的蜂箱便摆放在帐篷周围。桃花、杏花，是勤劳的蜂儿们所采拾最多的花蜜。它们盘踞在蜂窝，吐纳着花蜜，慢慢，织起一道天衣无缝的帷帐。

"爹爹，一定记住，未来无论发生什么，都不要惊慌。移动就是移动本身。"女儿说完，沉沉睡去，像进入冬眠一般。

五十一

阳光很好，洒进房间，在地板上，斜斜打出一个菱形的格子。

他有些饿，这才突然意识到，紧绷的神经，看来终于松了。这才对嘛，自由自在，不为外界的风吹草动所累。一连几日，带着一颗惴惴不安的心，怀揣刺痛的隐忧，艰难入睡。网上有人诽谤他，用伪造的逼真微信 Ps 假截图，诬蔑他与书店会员有不正当的肉体关系。他被了虚乌有的谣言网暴，网友一边倒，轻信根本就不明真相的一家之言。恶狠狠的谩骂铺天盖地袭来。以前还曾困惑，阮玲玉为何那般玻璃心，为了根本就不认识的人去死，好傻。现在，他终于懂了。看来，真是人言可畏。

那几日，帽子小姐见他魂不守舍，像是变了一个人，于是半开玩笑半开导道："你们搞艺术的，哪能不喝酒不抽烟呢。灵感的思维需要它们来按摩。再说，谁还没点嗜好甚至癖好呢！"说完，总觉哪里怪怪的，就好像是默认了什么。

他其实也知道，很多时候，身体在某种程度地起飞，就像是力比多猛然上升。毛毛躁躁的悸动，宛如在广场上肆无忌惮没有羞耻心地舞蹈不止。那种臆想出来的失态行为，更像是蛮荒大陆尚未褪去原始形态的自然人，介于动物与人类之间，没有被社会性与道德所规范。自然而然的原始欲望，让人只剩下繁殖。

想到这儿，他赶忙勒住肆意驰骋的思绪。这份突如其来的快意，很可能就是张狂的力比多本身。一个终日沉浸在美好伊甸园的隐士，很可能在先前是一个无恶不作的暴徒。正是因为经历，意识到不妥，才要悔过。

做与未做，诚实还是谎言，只有当事人自己知道。世人，只是看看热闹所谓的看客而已。活着，太不容易。每个人都只关心自己。要想解脱，真得自己想通。通了，就刀枪不入，立地成佛。

正当这些念头源源不断从心底升出又熄灭时，他并未察觉，一种病毒，已经悄无声息隐匿在小花瓶底，开始大肆滋长。连带旁边的吊兰、麒麟掌、绿箩、发财树，用肉眼无法看见的速度，侵袭着幻海。

病毒，从何而来——外太空？自行基因突变？实验室合成？

它们，会对幻海造成致命打击吗？

大家行为的反常，也是因它而起吗？

嗡嗡的声响，一直在耳畔回旋，像是有一群正在辛勤酿蜜的蜜蜂。然而，眼前什么也没有，除了被阳光打下的那道菱形光柱。

鱼儿在缸里游啊游。偶尔蹿上来的泡泡，可以将它们想象成是吐豆成金。

穷，真是非常可怕的一件事。

想着想着，卫生间发出一阵沉闷的砰砰声。停水了。多余的空气，在管道中上蹿下跳。阿凯呆呆地愣了半晌神，原本的计划——打消。哪里也不想去。没有出门，没有坐上地铁去往朝思暮想的花艺店喝上一杯热拿铁，甚至连楼都懒得下，水自然也没去打。

手持喇叭，录好音，继续调成循环模式，不停播放着警告：大家请主动扫码测温，戴好口罩做好防护。

猫咪走过来，试图跟他说话。他在努力辨别它的语言。

"记得，你们都是站在同一起跑线上，平等赛跑。有人领先，就有人落后。"或许是这个意思吧，"从今往后，由我来好好保护你。我不会让你落入俗套。"

他很困。

"睡吧！睡一觉就好。"猫说。

于是他又陷入沉实的睡眠。

五十二

"无论在不在书店工作，我都会是现在这个样子。读书，静坐，偶尔发发呆。只是在书店，会比较多地遇见同样是爱书的人。每次组织活动，跟对方团队的工作人员沟通细节，或是那些大多数既是作者又是自己图书营销角色的老师们打交道，都能学到、领悟不少活动之外的东西。"阿凯说着。

靳虹听完，没有讲话。可能她心里也是复杂万分，究竟让他走还是继续留下来，一时间没了主意。

时至今日，阿凯也不会开车。都说技多不压身，在学车这件事上，总是给自己找各种理由。他会拿蚂蚁都躲在地下过冬这个事实，表明天冷得只能蜗居家中。不想动弹，真是懒到家了。

别喝酒，别喝酒就是了。

他在心里反反复复对自己说。否则，一杯啤酒下肚，一整天就全毁了。傻笑，放肆，发朋友圈想骂人，做出一些出格的事。说好的克制，说好的禁言、止语，都成了狗屁。

带着对自己的批评，右眼皮跳个不停的无措，困倦与疲惫，让他看起来像一个臃肿不堪的邋遢老人。突然，他被眼前的一幕吓了一大跳——一只类似蜂鸟一般的生物，振动翅膀，悬停在阳台窗外，尖尖的喙，不断啄敲玻璃。带着一颗惊讶又好奇的心，小心翼翼靠近。呼啦一下，从下方瞬间聚拢起一团蜜蜂，黑压压一片。砰砰砰，砰砰砰，未知生物撞向窗子……有了颜色分明的对照，这才看清，

"蜂鸟"原来是一只发白的"蜻蜓",人形。

自从来到幻海的那日起,离奇的经历倘若细细回想,就会发现细思恐极。还记得踢着干树叶,没什么人经过的小径,靳虹却说人来人往。还有那片不能轻易提及名字的大湖。

在湖边最不起眼的一处地方,立着一块石碑。如果不细看,完全会淹没于从堤岸越水而上疯长藤蔓的缠绕中。碑上的字迹已经模糊不清,蝇头小楷,是一首读上去令人一头雾水残缺的诗:

白傅诗灵应喜甚,定教蛮素鬼排场。

天最冷的时候,湖水也不会结冰。相传,湖里住着什么"东西",但谁也没真正见过。当把从别人那里听来的一知半解,描绘成确有其事的笃定,当大家惯用"东西"称呼着那个不能具体称名道姓的"东西"时,索性,真与假,也就没人真的在意了。

岸堤还有一个大洞,约略有能钻进一只狼狗那么大,让本就悬而未决的"东西",又平添了一丝玄奇。对角线一方,有一座塔,准确说是幻海大学地质专业的学生自资架设的观测站。一幢活动板房改造的基站,里面安置着一台光学望远镜,镜头始终对准湖边的那个洞穴,日夜监测。

很遗憾,这么些年下来,望远镜啥也没拍到。团队中有位女生,哀怨连连,失望道:"你说,就是拍下有窝黄鼠狼,或是随便什么动物进进出出,都行。再不济,湖里草鱼成精这种老套的传说也成。嗨,竟扑了个空!"急功近利的女生毕业后去了出版社做编辑,说不上半路出家,但也并非专业对口。用小锤子对着大山与土地敲敲打打,夜以继日测算数据撰写科研报告,跟坐在电脑前写选题策划改稿找配图,还是有区别的。应该对她有印象吧,就是在归去来兮提问海洋里哪种生物最聪明的那个女编辑。而在这个问题前，王迪还因一时秃噜了嘴问过龙没有翅膀为啥还能飞。

按道理讲，来书店的人，无论读书与否，或只是寻求点心理安慰，与去商场购物买乐的人，本质是不同的。就是在这个心灵家园，太多形形色色的人，似乎都在掩藏着烦恼与心事。有时阿凯会忍不住想，倘若一个人真正幸福，还会把时间留给冷冷清清的书店吗？安静倒是真安静，属实能够学点东西，但在某种意义上讲，其实也是在虚度光阴啊。到户外不好吗？去往大自然，闻闻花香，听听鸟鸣，晒一晒大太阳。

书店是一个只有当事人自己知道为何而来的避风港。

"对那个总爱坐在自习室边上，但几乎啥也不干的人有印象不？"

"说的是他吗？穿一件黑色卫衣，把衣服上的帽子捂在头上，像个'无脸男'似的会员？"阿凯向靳虹确认。

"对对对，就是他。你这个形容还挺恰当。"

"'无脸男'并非什么都不做。据我观察，他似乎在监视什么，像个有意躲在暗处的侦探。"阿凯说。

"就是这样。监视。他老婆呗。"靳虹说。

一点就透的阿凯似乎一下子全懂了，恍然大悟道："意思是说，女编辑，是他老婆？"

靳虹点头。

阿凯怎么也想不明白，无脸男为何要监视自己的老婆呢？莫非……当他表示不解，靳虹的一句回答——"为你"，惊得他把手机掉在了地上。

"难不成你真的不知道？"靳虹问。

"知道什么？"阿凯回。

"被家暴。她。"靳虹说。

"跟我有什么关系！"阿凯情绪激动道。

"关系大了。"靳虹陡然将语气转得云淡风轻，故弄玄虚道。

此时，阿凯突然想起帽子小姐曾经貌似的一句调侃："无论她指认你什么，就是死不承认。切记！这是保护自己最好的方式。"

源自过度紧张，阿凯就手掰开了一块儿巧克力放入嘴中，一边咀嚼，一边喝了一大口黑咖啡，像送服药片似的吞咽。

阿童木的巨大手办摆在台面上，他们这是在哪儿？——幻海的茶室吗？带密码锁的自习室？（对了，还记得密码吗？）归去来兮？还是书架后那间冷风飕飕的密室？

波涛汹涌的湖面上，闪电交加。岸边，传来刀剑挥动的厮杀声。古战场的讯息时隔近三千年也没有完全消散。声势浩大的战争，在沧海桑田的幻海早已停歇，但那股生灵涂炭的怨念，似乎久久回荡，甚至辐射到遥远的月光古城。

五十三

一场祭祀仪式，在欢歌笑语中浩浩荡荡地进行。纪念，不应该正襟危坐，不苟言笑吗？可是，他们怎么却在欢快地庆祝？

死去，不一定代表终结。所以，无需悲伤，更不用哭。

你看，在日本，有樱花祭。春日，落英缤纷，盛美之后，就花事，进行一场决然的告别。

今天是惊蛰。一年中，第三个节气。阳气升，一声春雷惊百虫。

然而，在幻海，这一天，春雷并未响起，春雨更未落下，反而呼呼刮着干燥的大风。

阿凯下意识想：今日上空的大风，会是龙啸吗？

于是，坐在椅子上，继续想：既然宇宙都是由原子构成，人的肉身就是一枚枚原子塔，那么，能够思考，产生种种奇思怪想的精神，是否只是附着在血肉实体中的独立存在呢？最终，它将依循游戏规则与路径，回归到最初混沌的粥状幻镜之海呢？

沙尘暴中的幻海，让现实的城市街道与高楼大厦，衬托得像是一场被客观存在的绝对精神设置好的一场虚拟游戏。

想至此处，他低下头，握住手中的秀丽笔，在那本心爱的正方形本子上写道：

写给春天

想写给皮带松弛的单放机

写给吱吱扭扭转动的磁带

写给属于过去的又是此时此刻的

旧时光

想写给惊蛰

地气升起

春雷声响

虫儿惊醒

想写给春困葳蕤

写给急切却又变慢的心

旅人低垂的眼睑

睡睡醒醒的一觉又一觉

2022.3.8 幻海

周一一到，就又可以上街里去了。

你可能未曾认真观察过道路两旁的大树，它们可能是极为普通的树种杨树或是垂柳。今年，似乎有一些特别。已是三月中旬，大部分的树木仍未抽芽。气温继续回升，中间夹杂着几天雾霾。嗅觉里有一股湿乎乎的泥土味儿，但满目仍是一副灰头土脸的色调，像是早晨着急忙慌起床的中年妇女，时间仓促，来不及好好拾掇一番。

《那年夏天宁静的海》。曾经因听到充斥着整部电影的曲子 *Silent Love*①，迟迟无法下车。身体就像被什么东西死死按在了椅子上。他能看见：太阳没有脾气地跳在海面上。冲绳之夏，安静着流动……

旅途之所以美好，是当你坐在飞机的椅子上那一刻，便可以把你居住地的烦恼忧愁抛到九霄云外。在市井气的东南亚小城，热浪滚滚，海鲜的腥香，街巷小店飘出来的音乐声，走在湄平河畔入定般的愣神儿，身体像裹在一个巨大的柔软泡泡里。

时间，停顿了。

有的城市在刮风，比如幻海。有的城市正被侵略者入侵。有的城市因为病毒的藏匿而又变得警觉起来。有的人在探店打卡，吃吃喝喝。有的人在旅途中，松松驰驰，让春天的气息进入到身体里去。

一天，又一天。同时，也是，每一天。

说来也奇怪。每逢春天，阿凯的两双手，指尖与手指肚，胀得像是有十条虫子迫不及待想要往外钻。又像是漫长冬季，闭了很长一段时间的关，浑身上下积蓄了一股厚实沉着的能量，需要在万物复苏的时节，痛痛快快地吐纳，释放穷尽，身体才能恢复到一种平衡。

随着万事万物春回大地所携带的信息，他在感受着自己身体、心理甚至灵魂的细微变化。

变化也发生在实实在在的房间。卫生间的洗脸池，一天早晨，被没有握住的牙缸砸出一个不大不小的窟窿，玻璃材质的牙缸没有

---

① 《无声的爱》，久石让作曲。

丝毫碎裂；抽水马桶后面的蓄水池，里面一个零部件断裂，每次需要用手搬开后盖，归位，方能让水流止住。还有什么？对，还有黑胶唱机后面的音频接驳口，十字花头的一端断裂，被塞在了接线口中，虽然并不妨碍使用自带的喇叭继续收听，但机器已经不完美了。就像你穿了一双提到脚踝的袜子，从外面看不出任何异样，但是穿在鞋里脚趾上的，早已破了一个洞。

一点点蚕食、损耗，因年久失修，达到毁坏的程度……让一个身心具有完美主义倾向的人无法忍受。

然而，真实生活处处需要忍受。不需要受委屈的，可以潇洒置之不理的，能够快刀斩乱麻的，只可能发生在歌里、戏里与虚构的浪漫小说里。

春暖花开，最简单，也最真实不虚。

五十四

顶着上火、起针眼的肿胀右眼，戴着鸭舌帽与口罩，想独自一人，乘坐首班地铁，去往植物园降降火。

火气特别大。除了右眼上眼皮，鼻头也痒痒，还有口腔、耳朵，都呼呼往外冒火。不过还有一天，暖气即将停掉。当锅炉煤炭熄灭，房间或许会再度变成瑟瑟发抖的冬季也说不定。

皮肤就是如此敏感。人啊，就是这般不知足。

然而，眼睛肿得特别厉害，阿凯犹豫要不要真的出门，还是老老实实待在房间，不出去吓人。身体刺挠。他似乎稍微能够感同身受，为那些攀登者，因为冻到一个极限，身体反而产生燥热难耐的幻觉，一层层脱去抵御严寒的外衣，最终赤身裸体站在冰天雪地里。

越想，越感觉身上奇痒无比。他想，不会是得了荨麻疹吧？或者，某种慢性病的并发症。

"你啥病也没得！精神病倒还差不多！"帽子小姐用一句玩笑话，打消了他的疑病顾虑。

磨磨蹭蹭坐在书桌前，一时间不知心在何处。四点，五点，然后来到现在六点十好几分。时间一分一秒过去，都内耗在了无效的犹疑中。既然身体呈现出与灵魂不对齐的信号，干脆就全盘接受，不难为自己。话虽是这个理儿，也只能一边做着心理建设，一边仍然五脊六兽，安放好其实并非真正平静的一颗心。

破镜难重圆。镜子碎了，修补好了，也有旧痕。最好的关系，就是君子之交淡如水。正所谓：凡事太近，缘分必尽。

既然所有看朋友圈的每一位，最终都将不在这个世界上，就连宇宙都是无中生有的，那么，在活着的时候，就珍惜一分一秒，力所能及地帮助别人。这是让人生具有意义与幸福感的要义之一。

迈着非常缓慢的步伐走路。那种极其缓慢的节奏，仿佛足能令一株含苞待放的玉兰花树，在不知不觉的时间流淌中，一瞬间，花朵满枝。迎着阳光，慢慢地走啊走……想，是否应该去好好地看上她的一场演唱会呢。

除了在大太阳底下走，也应该在月光下走。

脸上即便晒出斑，晒黑，也无所谓。干渴的身体，就像是折下来的一根干树枝，咕咚咕咚，渴望大口大口喝下水，等待干瘪的细胞充满新鲜水分，枯木又逢春。

他认真想着，要细致记录下今年春季，每一日的所见所感。至于是否从春日记到冬天，这个得视情况而定。或许，还没等春天结束，早就把记录这件事，忘得一干二净。

只需一五一十地记录，意义，留待日后显现。当前，患眼疾，这是身体发出信号，它想要好好休息一下。那么，就请闭上眼睛，圆它心愿。

他看见一个五六岁的小女孩儿，戴着头盔与护膝，穿着旱冰鞋，在新建的尚未投入使用的长长停车场，练习滑旱冰。手头所有能派上用途的：碎砖头，毛线帽，身旁女人刚从早市买的土豆，随身携带的卡通水壶，甚至换上溜冰鞋后脱掉的两只小鞋子……以等长的距离，整整齐齐，摆放在刚漆上的白色停车线上。小家伙在练习 S 阵，有模有样的。

倘若没有前面大楼遮挡，应该能看得更远吧。记得以前，也就是半年前吧，在天气特别晴朗时，能够看见一座高塔。虽然隐隐约约，不能见到全貌，但总归能看见。

那时，他正在读《卡拉马佐夫兄弟》。后来才得知，陀思妥耶夫斯基被债务所累，有一些稿子由他口述，经别人整理成书。

迟来的春天，像琐碎的心情一样，让人无暇顾及太多现实里的发生。他都要忘记，自己的本职工作，可是一名书店店员。向到店的陌生顾客推荐好书，是他的职责之一。再者，就是不定期组织读书会。

五十五

上地铁，挨着把边的位置刚一坐下，一只长着翅膀的黑蚂蚁，落在左手背上，出溜溜地爬来爬去。这场景似曾相识。哦，昔日在鼓楼吃驴火时，一只落在油脂麻花餐桌上的苍蝇，不也如这般，倒腾着小细腿儿嘛。那么问题来了：春天的蚂蚁，与夏天的苍蝇，有什么必然联系吗？目前能够想到的，是两种昆虫都可以飞。除非蚂蚁断掉翅膀，苍蝇被斩去小头。

　　步入无人大街，一座高耸的塔式建筑赫然于眼前。一根根褐色管子，彼此连通缠绕，附着在如城堡一般的高塔，像是现实里搭建起来的童话王国。四周，密集浮动着如蒲公英状的柔软植物。有一些些微风。脑海一闪而过：莫非是佩内洛普博士和机器人雅格的巧克力工厂？跟在博士左右，屁颠屁颠的雅格，还不够它忙叨的呢！

　　雪花飘落时，并未引起多数行人的注意。无非就是一场倒春寒的春雪嘛，有何大惊小怪。雪线很急、很斜，沿着从西北至东南的斜线，如雨一般快速下落。倘若冬天的雪，以一种优雅的速度，飘得恰如其分，或许还会令众人赞叹。这个时节再下，就稍显讨厌。但，只要下雪，依旧很好看，是很美的。

　　泥泞的雨夹雪，像一连几日藕断丝连的思绪不停翻飞。被拖拽的情绪，随换季的空气一起容易令人暴躁。他又变回先前爱使用形容词的习惯，没有继续练习克制。他甚至体会到顶在胸腔的一股愤怒之火。是的，他很愤怒。

　　除了阳气升起的春季造成的心烦意燥之外，心口燃起的愤怒当然有迹可循：靳虹曾答应过阿凯，待他病愈回到书店之前，会辞退一直找他碴儿的王迪。如今看来，这个承诺，算是食言了。也正是因为这个食言，让他与靳虹生了嫌隙。

五十六

　　幻海书店的员工微信群，王迪不知哪根神经抽风，就阿凯发号的工作指令，拒不执行。事情源自一条公众号推文的预览，阿凯将其中所涉及的错别字，尤其是的、地、得使用错误的地方，以及明显的语病，一一截屏圈出来，然后发在群里@他修改。熟料，他不但不虚心改正，且态度恶劣，直接掉道：

"谁成心找碴儿，谁自己去改吧！"在没有任何称谓与使用敬语的这句话后，直接@阿凯的微信名。

起先，阿凯故作镇定，过了几秒后，突然，从茶室的木椅上蹦起来，一边叫骂，一边朝着王迪办公的二楼，火急火燎地奔下去：

"妈了个逼的！你他妈的改不改！嗯？……"

平日，原本要走一段的路，此时，竟缩地成寸，仿佛是瞬间，就来到了小小的办公室门口，踹开虚掩的铁门，气冲冲，直奔王迪工位。

怕出意外的帽子小姐，踩着嗒嗒嗒作响的高跟鞋，屁颠颠儿紧紧追在阿凯身后，直呼：

"天了个撸！你冷静啊！廖一凯！"

话音未落，只见阿凯快步流星，抄起桌上的杯子，照着地板砖，狠狠摔下去。

王迪瞅着自己功夫熊猫的马克杯被摔成碎片，颤抖的双手，紧紧握住手机，一边录像，一边严声厉道：

"请大家都给评评理啊！了不得了！了不得了！店长动手打人啦！"

他一边情绪失控重复着这几句话，一边被紧逼过来的阿凯身体吓得直往后躲。

"瞧你个尿样，王迪！"

"请大家擦亮眼睛，弄清前因后果，别被这个尿包断章取义！"阿凯冲着手机的摄像头直呼。

帽子小姐见势不妙，可以说冒着身体被误伤的危险，将布满浓浓火药味的二人强行分开。

靳虹当时并未在店，前来办事的出版社"海洋编辑"见此情形，吓得停在二楼电梯口。头一回见到不喜张扬的廖一凯大发雷霆，也是吓了一大跳。见她错愕的表情，估计是与自己被丈夫家暴的经历联系在了一起。然而她似乎并没有想马上闪人的意思，而是牢牢伫在扶梯口，以一种静止的雕像姿势，傻傻地出神凝望，微张的嘴巴，淌出了哈喇子。原来，骂骂咧咧的阿凯，上身只裹着一件白背心，黝黑的肤色，衬得肱二头肌的线条格外结实硬朗。也不知怎的，阿凯不经意将头转向她正望去的方向，用骨节突出的修长手指，蹭了一下鼻底。女编辑脸颊一阵绯红，心扑通扑通加速跳动，一溜烟地调转过头，跑下楼去。

五十七

"你知道，我最心疼你什么吗？"

"心疼什么？"

"心疼一个高度追求精神生活的人，到最后，不知为何，多半会导入对于宗教的膜拜。"

"不！绝不是这样。虽然你说的有一点儿正确，但绝非是膜拜。"

"不是膜拜是什么？"

"求解。"

"哦？怎讲？"

"首先，我要声明，我没有任何宗教信仰。其次，我尊重任何拥有信仰的人。我只是单纯喜欢部分教义的教育功能。就像是坐在垫子上，很扎实、很安稳地跟自己待了一会儿。"

"明白了。"

"不！你并没明白。'幻海'现在的人太多、太杂了。它在变质。"

"店里客人增多，难道不是件好事？"

"是好事，但没有几个是真正为了书，为了自己的心来的。"

"我们是商店，毕竟是商业行为。起码他们选择来书店，而不是去别的什么地方。这，不好吗？"

"不好。"

"怎么个不好？"

"不纯粹了。"

"这有什么。我们得先活下去。"

"还真有什么！"

"我不理解。"

"不理解，那就别理解。"

"简直不可理喻！"

"那……我先走了。"

"你去哪儿？回来！"

靳虹赶忙追出去。

五十八

动了不想在幻海久留的心思，正是在发生争执后的当天晚上。不就是这样，这个世界离开谁，地球都会照样转动。他并未有过想在此地做出一番轰轰烈烈事业的决心。就像他在念书时从未打算将写小说作为一项职业一样。想逃的念头越来越强烈。尽快与这里的一切进行切割，尤其是人。

买了张票，将卫衣的帽子搁在头上，钻进影院，去看一场夜间电影缓缓神。坐在只有前方的银幕发出光亮的黑暗中，双手插在卫衣的口袋里，像头被帽子裹住一样充满安全感。影片是《新蝙蝠侠》。色调几乎全程黑乎乎的。心思没有放在电影情节上，完全就是为了坐在黑暗的影院。

回忆是看不清楚的。

像是一个泥泞的雨夜，穿着雨衣雨靴，透过布满哈气的近视眼镜，努力睁大双眼，可是斜斜的雨线依然会钻进来。小心翼翼穿过墓地，身后，是一座中世纪大教堂。钟声突然敲响，他停下脚步，像是一条没有腮的鱼，大口换气。银铛、吧唧两声，慌张地扔掉铁锹，泥巴溅在雨衣上。裹足不前。沾满鲜血的大手，撩弄着飞窜在脚底的大黑猫下巴。看不清他的脸长什么模样。使劲瞪大眼睛也看不清。

阿凯在影院睡着了，又被剧情里一声巨大的音响猛然惊醒。在这黑漆漆的公共场所，在一张舒服的椅子中，放松堆萎的身体，如同从老坛中刚刚捞出来的一棵酸菜。带着一股飕飕冷风，怅然若失。

只有屏幕映出一道微微的光。戴着性感面具的蝙蝠侠，身穿黑色披风，沉默的举止，似乎也是心事重重。

他想起自己，那么爱书，就像有人读不进书只喜欢追剧看电影一样，有人只能听音乐并且只听 Hip-Hop[1]。书、电影、音乐，像是一块儿田地长出来的不同农作物，都能为身体机能提供能量。之所以不说养分，是这块儿地里也会被偷偷种植罂粟，花朵固然鲜艳狰狞，却是永远碰之不得的。碰了，就只能中毒，或快或慢，自取灭亡。精神食粮比物质实体更具危险性。它们像是空气中细小看不见的粉尘颗粒，吸进去，附着在肺泡上，堵塞它，蚕食它，然后，肉

---

[1] 译为说唱音乐。

身的这座城堡，静等死亡。精神状态，也是百般受虐。可是你发现了吗？电影里的反派角色，或者本就是正义化身的英雄人物，逐渐黑化，或者黑暗本身，就是它的内容。

春天令人神神叨叨。否则它也不会成为抑郁症等心理疾病复发的高发季节。无人知晓，在某个清丽的春日早晨，当靳虹顶着一头用干净、利落这样的形容词，也不足以表述清爽的光头时，她已经病入膏肓。并非是肉体，而是精神，在无人察觉之时，已悄悄逃逸。

"只有我自己知道，根本不是什么简单的抑郁症，就是……精神分裂。"当她略显迟疑要不要对阿凯讲出实情后，长舒了一口气，心，也终于踏实了。

"所以在部队当兵那会儿，究竟是受了什么打击，害你精神失常？"阿凯问。

"三言两语，一时也无法说清。要么干脆就没有因由。"靳虹支支吾吾，看来并不打算再继续说下去。

"那好！哪天你想讲，再说。"

她点头，像是一个面露羞涩的小姑娘。

打那以后，他们一起压马路。也会偶尔去小酒馆喝上一杯。等红灯时，两人肩并肩站着，双手插在卫衣的口袋里，默默无话。

他心里有数。

五十九

生活中庸常、琐碎的事务，被书店归去来兮大屏幕转播的飞机失事新闻打断。一架载有一百三十二人的客机极速坠山。朋友圈刷屏，陆续有人转出现场救援短视频。晃动的手机画面，白烟滚滚。

操着南方口音的当地居民，指着两处山火，大意是说凶多吉少。

在死亡面前，一切哲学、文学的讨论与描述，似乎都显得苍白无力。那是活着的人，在身体与精神状况良好的前提下，一场类似于表演的行为。一旦好为人师地说出来，这个动作一发生，就失真。

看着天上掉飞机的新闻，阿凯心里非常难受。

靳虹见他黯然神伤，一边向茶壶里续上开水，一边低着头，故作镇定，轻声细语道：

"别伤心了。想听听我为啥剃光头的事儿吗？"

阿凯的眼睛突然一亮。

"不想喝茶了。想喝点酒。"靳虹道。

"那我们打车去断桥酒肆吧。"说完，阿凯滑开手机，叫了辆网约车。

虽然幻海的闭店时间是晚上九点半，但当值员工大多会在十点半才陆续离开。工作并非繁忙，随着夜色加深，到店单纯为了看书的读者少之又少，常常是灯火通明，偌大的空间，没有一个顾客。下班的时间已到，靳虹不走，大家也不敢走。茶室要么传来古筝的琴声，要么只留下她俯首倒茶的寂寞姿势。阿凯想，住在附近的年轻人要是每天都能抽出一个小时来坐一坐，那该有多好。

路灯在后视镜里唰唰后退，在快速行驶的车子中，两个人沉默以对。大约半个小时后，网约车载着他们俩到达断桥酒肆。

翻开用竹片串成的食谱，上面用宋体字手写着酒名：白素贞，许汉文，小青，碧莲，胡媚娘，采茵，法海，张员外……都是电视剧《新白娘子传奇》里的人物。

"法海！就先来一壶法海吧。"靳虹一边用手指点着竹片上的酒名，一边向身穿宋朝服饰的店家道。

"法海的酒性稍有些烈，平时您喝得惯烈酒的吧？"店家问。

"你就放心端上来！本女子都能接得住！"酒还未喝，靳虹似乎已经上了头，竟说出这么一句稍显侠女之感的话来。

沉闷地喝了二十分钟后，她突然开口道：

"突然地陷，掉进刚好铺有暖气管道的大坑，活活被开水烫了，算是非常严重的烫伤。"

"谁？谁掉进了坑里？"阿凯追问。

"我女儿。"

双手托腮，微醺肿胀泛红的脸颊上，红红的眼睛，在昏黄的酒肆灯光下，一闪一闪。

女人都是水做的。女孩儿更是吧。突然多出来一个女儿，一时间，令阿凯迷惑不解。

她似乎看出他的困惑，有意轻描淡写地说：

"在部队时，不小心怀上的……"

阿凯只应了一声"哦"，一时半会儿，也找不到多余的话安慰她。

"我以前非常胖。然后我开始减肥。减肥是唯一一件你付出努力就会有回报的事。它不需要机遇，不需要贵人，不需要钱，更不需要审美。你只需要做一件事，就是把控你自己。"

他说："继续保有一颗纯朴的心，朴实的不浮夸的外表，别一味追求新、奇、特，别让自己成为妖怪，着了魔道。"

"哈哈哈哈……"一阵爽朗的笑声后，她问他，"那你害怕麻烦吗？不想折腾，可是老了的表现喔。"

"麻烦倒是不怕。但是，不想说的话，真的就不想说。不想见的人呢，也不想再见到。不喜欢的环境，就更想离开了。"阿凯感叹道。

"你可别走！好好干。以后这个店，我是准备要交给你的。"当靳虹突然说出这个决定，让阿凯像是当头一棒，蒙蒙的。他非常讶异，认定眼前的女老板，是真的喝多无疑了。

我们就像活在有结界的魔幻世界里面。哪个是真的，哪个是假的，哪个像是施了幻术有意让你看见的。真真假假，假假真真。假的久了，就像是真的一般了。可是，假的终究是假的。索性，莞尔一笑吧。不言不语。

至于究竟是真想做出改变，还是图一时嘴瘾，随便感慨那么一说，都是为了生活那点碎银子，起早贪黑，看人脸色。或许，谁都一样。

因为我们都在场于这个时代，就不能装作视而不见。有些话虽然不能说，但心里都该明净。想想那些当官儿的也够可怜。为了保住乌纱帽，每天如履薄冰，在朋友圈，就只能分享单位链接。把真实的所思所想完全隐藏起来，试图做一个佛系的压抑的麻木的看客。

酒劲儿再一波排山倒海地冲上天灵盖。这一次，他咯咯笑了两声。

"你知道吗，人是有七魂六魄的。我也是有一天从咱们书店的一本书里知道的。"说完，他掏出随身携带的那个小本子，翻开其中一页，醉醺醺地读起摘抄来：

> 主魂于天灵盖中，主司人之生命，其余六魂分为上
> 三魂和下三魂，各司其命。上三魂为游魂，各司视、听、
> 觉；下三魂为守魂，各司行、走、歇。

一口气读完，随口说了句："头好晕啊！不好意思，见笑了。"突然，猛地扎在酒桌上，不省人事。

靳虹探过头去，仔细打量灯光下那张贴在桌上的侧脸：棱角分明的下颌线，长长的睫毛，紧闭的杏眼，高高的鼻梁，鼻息与酒气混合

的细微声响。不能再靠近了，否则她的鼻尖就要贴到他的鼻头了。

心，怦怦乱跳。

断桥酒肆播放的评弹止息。三三两两酒客的低语声也渐渐消失。带着脖子的酸胀感，阿凯缓缓地醒过来。

"靳姐，不好意思。我这是睡了多久？"他一边来回捋着后脖子，一边表示着歉意。

"你猜？"

"半个小时？"他问。

她摇头，说："管它几个小时呢。困了，累了，就睡。睡饱为止。踏实睡。"

阿凯难为情地说："啊！还是不要了。太不好意思了。"

"这有啥。我已经跟这里的老板说好了，也付好过宿的旅费了。你只管睡你的。乖。"

当"乖"这个字从她的嘴里像是舔舐着春风被轻轻吐出来后，阿凯的后脊梁泛起一阵鸡皮疙瘩，险些没坐稳，一屁股张过去。瞬间，人就精神了。

"不了不了。靳姐，时间不早了，明天还得上班，您看，您喝好了吗？要不，我们走？"阿凯慌乱地问道。

"啥'您''您'的！用'你'！"她介意地纠正他。

"是是是。你看，我们要不走吧。"他改口道。

此时，她反而刚上来醉意，用打着结的舌头说道：

"不走了，不走了。今晚，就在酒馆儿过了。要喝个痛快。一醉方休。"

话音刚落，她反而趴下了。

酒肆老板走过来，向阿凯小心询问："她不要紧吧？"

阿凯结结巴巴，拖着长音道："应该没啥事儿吧？"

"那行，你照顾好她。需要什么帮助，尽管喊我。"女老板道。

他转向她的脸，刚想说声谢谢，瞬间傻住。

"你是……你是庆喜吗？"

"抱歉！您可能认错人了。"

"可是，这副模样，明明就是庆喜啊！"阿凯在心里想。

六十

小声地走过去，他把向上微微敞开的窗子关上。

窗外的景致很美。怎么说呢……嗯，大自然固有其密码。

你看，春天姗姗来迟，就你眼前这棵大树尚未发芽。然而，时机一到，它自然会抽出新芽，且比别的树木长势都喜人。属于你的春天，或迟或早，总是会到来的。要坚信。

在土地上无中生有的人类，掠过海洋上的鸟，亚马逊热带雨林被高耸入云的大树所遮蔽的太阳，昆虫在刚刚被雨水冲刷过的宽大树叶上缓缓爬行。呼呼掠过的潮湿的森林之风，大雾弥漫……

窗子紧紧关闭。房间里的气开始聚拢。

窸窸窣窣，像是养在火柴盒里的金龟子爬动的响声。不知是什么，庞然巨物离地飞行的声音。也可能是回迁的候鸟，成群结队飞翔的声音。重复的，没有人声的，属于自然的白噪音。

对廖一凯来说，能够深刻唤醒脑力的静默时刻，每一次，都妙不可言。它们是极为珍贵的恩赐。

她说，当你坐在桌前写东西或是累的时候听。

她的话，每次只有三言两语，却能直抵他内心深处。

她是被神点选的、眷顾的，他深以为然。这让他珍视这份被自然传递的恩赐。既然，她已经是带着任务来到今生今世，那么，他就要好好地接受与珍惜。

然后，他听见更多的响声：有如在惊蛰时天空劈开的春雷声，海棠花枝一条条随风摆动互相摩擦的声音，猫咪蜷成一团肉球发出的呼噜呼噜声。

他喜欢看小猫睡觉。喜欢看麻雀啄食。喜欢静静地不被打扰的生活。慢慢地散步，在月光之下，缓缓地吐、纳。

白色小花很香。鸟儿归巢。

六十一

救援队夜以继日，搜救已是第三日，发掘出此次民航失事的二十一件物品。被深深掩埋地下二三十余米的物品包括近乎于垂直扎下来的机头、遇难者的钱包、合同、手写单词卡片等等。未曾想到，挖掘散落面积相当广泛的残骸与遗物，像是挖掘历史遗迹一样小心翼翼且困难重重。虽然都是已经逝去的属于过去的物件，然而在今时今日，经历如此惨烈空难的打击，无论换作谁，都难以接受，都难令悲痛、沉重的心情能够很快恢复平静。挖掘的，除了有实实在在的遗物，掘地而起的，还有伤痛。

你们，辛苦了！那些在天上将永远沉睡下去的人们。

有时，嫌弃幻海的某个部分醒来得太晚。也不知，那些名猫休闲馆撤店后，猫的去向。闭店小广告此起彼伏地张贴，白色 A4 打印纸边角已经泛黄卷起，上面用夸张的大号黑体字打出租赁消息与电话号码。闭上眼睛，从西向东，逆着早上几乎无人的街边，都能背出一个个小店的名字：月光水母，若水堂，小新文具店，百年门框卤煮，鲍师傅，独音唱片……

就阿凯目前的心理状态，家里收藏的那些唱片足够他听一辈子了。

坐了一会儿，他起身，回头，轻轻瞥了一眼如巧克力一般的排泄物，盖上盖子，按下按钮。水箱里曾蓄满的水，哗啦一声，冲刷一空。这种从身体内部，从肉身肠道，到身外器具，被清空的感觉，同样会令灵魂感觉到轻盈。

一股难受的情绪涌上心头。

在颓唐被无明操控的瞬间，他对自己说，那就允许再沉沦一次吧，不然呢，心里面的那头小兽也不会答应。

他想起自己的小时候，总是爱往新华书店跑。没有什么零花钱买书，小小的个子，躲在远处，眼睁睁看着别的孩子的家长，在柜台前结账。那个时候，他对自己暗暗说道，等以后长大，一定要温暖自己，也要温暖像自己一样孤僻不合群的人。

总有一些人，自己照顾自己长大。

活着的人还在活着，逝者已经安息。

每当心口突然火辣辣灼烧，像是有条毒蛇喷射毒液，他便使劲按住自己。他希望自己可以不愤怒，能够获得平静。

他隐隐感知，那头怪物，又来了。

他很饿。前心贴后背的。

万念俱灰时，他对自己说，谁也无法真正依赖。过度依赖一个人，当那个人把你推开时，你的世界就瓦解了，就垮了。好好地善待自己吧。从心平气和吃饱一顿晚饭开始。

你有多久没认真地吃过一顿晚饭了？

让眼睛里，看见这个世界的美吧。

六十二

当那汪碧绿的湖水再度出现在阿凯眼前，他摇下车窗，将双眼的目光定定地投向它。就像第一次，脚踩着咯吱作响的木棒，因年久失修，拼接而成的木梯，咔嚓一声，突然在中间断裂。除了吓了一大跳，脚并未崴到。他庆幸每一个有惊无险的时刻，他深知，肉身正趋向于变老、用旧，年轻的日子，总是一天天在减少。刚刚闪进木屋，雷声滚滚，下起大雨。天色跟随阴云与密雨越发暗沉。布谷鸟的凄惨叫声，让深林中的阴气更加浓重。天空，雨线，木屋，在升腾的雾气中，呈现出一种墨绿色。他置身其中，置身在寒冷里，置身在看不清实景的虚无缥缈中。

一条胖头鱼突然从雨中跌落在地。

莫非，是一条成了精的大鱼？

于是，在凉凉的春雨里，在雾气昭昭的郊野，在一栋木屋中，他反而想起双流机场田埂的油菜花，此时，已经开得正盛吧。

他把新买的一张 CD，拆掉塑封，抽出歌词本，轻轻翻开，仔细读起来。

专辑的名字非常长——《我有一颗墨绿色的石头我把它打磨成讨人喜欢的样子它没有感谢我也许是因为它喜欢本来的模样》。

在他心中，每一首慢歌，都是一首抒情诗。

触摸实体唱片，就像是翻阅被印刷出来的读物一样令人温暖。

小木屋太冷了。他渴望太阳早一些露出脸，然后走到户外去，将心里湿漉漉的忧郁晒干。

是吧，总会要有一些过度。

允许反复与无常发生。

倾听一下，自己跟自己的对话。收拾好心情。毕竟，春天又重回大地，做好继续上路的准备。

内心泥泞的日子，像极了一位步入迟暮的老人，每一天，能够保持头脑清醒的时间越来越短。

阿凯并不能确认，自己的意识，是否正在经历一种蚕食般的解体。

在阳光尚好，但仍旧处于倒春寒的春日里，慢慢步行回家的路上，看着不太老的老人身边，几乎都跟着一个刚学会走路的幼儿，太小的，被抱在怀里。他们就像是一只只听话的小狗，戴着不同动物造型的绒帽，小大人儿似的屁颠颠地站着，看落在地上的小鸟，看同龄的小孩儿站不稳地疯跑。

会开出像樱花一般的桃树，一整株，大大小小，圆不溜丢的，花苞满枝。

一，二，三，四……他一边走，一边数着棵数。

在回家与出去走走之间，他最终还是选择了前者。没有什么比赶紧回到家中令他心安。每一个性识无定的时刻，都是对生命的浪费。也或许，疾病是疾病本身。他在等待花开。花开枝头。开满一整个春日。

神神叨叨的日子，颇像呢喃不止的絮语。

就这样，一个星期，整整七天，他独自一人度过。没有接到一通期盼的电话。他想，如果生命之中真的只有孤独，这寂静的七天，应该能数得进去。

他也会脑补——死。

这个禁忌的字眼，他在之前曾经不止一次探讨过。他觉得未来的日子，应该谨慎地度过。难过，寂寞，是必须要承受的。就像打针，当针头剟进皮肉，疼，只是一瞬间，不会一直疼。孤独与寂寞，倘若一直持续，是会要了命的。

停在红灯的斑马线里，手指捏着雪糕棍儿，白白的奶油方砖，都化了。

甜食虽然可以让心情暂时变好，弥漫的孤独，却挥之不去。

六十三

有没有想过，一个人很长一段时间不与你联系，其实也无所谓。那个人还在这个世上活着。能活着，就已经很好了。

慢慢你会发现，自己是有改变的。无论是内心，还是面相。

许一个宏大的愿望，对谁也不要提起，只是轻轻并真挚地向宇宙许下。

他知道那会很难，一定会。很像写一部无字天书，悖论不断，道路险阻。拼尽全力的过程，就是结果本身。

黑暗中，笛声如此勾魂。无人共舞的日子，把闭目佛头藏于千年榕树中。

从此以往，书只买一本，话只说一遍。难过，只允许这一回。

他定定地坐在寂静里。

清明前夜，新月如钩。一整株玉兰花树含苞待放，以谦卑的收紧姿态，满满一树花苞，轻轻向月低垂，似默哀，又似追忆。

六十四

天气继续回暖，虽然今年的倒春寒特别长。房间很凉，下午就会冻鼻头，骨头酥软，拖着湿漉漉感觉的沉重身体，像是居于冬季的江南。猫在使劲晒着太阳，靠在门框，一边晒，一边舔舐毛发。偶尔专注与之对视，就会进入非常神秘的催眠。

一只竖瞳的灰蓝色母猫。

一束刺眼的白色光芒，从远方快速逼近。一条长长的没有尽头的通道无限蔓延。大大小小的星系往后唰唰倒退。发生了什么状况？我在哪儿？我，又是谁呢？

决定一整日不进食。水还是要喝的，并且要定时定点，大量地喝。从宿醉中醒来，带着黑眼圈的浮肿脸颊。被窝隐隐一股被捂住的酒气，连同热滚滚的身体，从胳肢窝轻轻散出来只能自己闻见的汗味与酒气。

不喝了，真的是再也不喝了。

每一次信誓旦旦的戒酒誓言，无论是写在日程簿上，还是用不会轻易擦掉的油性记号笔直接写在桌上，终会成为一句食言的屁话。希望这一次，不会再令自己失望。

一直在寻找一把钥匙，试图将困锁于心的那把锁打开。

你要知道，当一个人像往常一样，穿好衣服，淡淡地说了句——出门了，便再也没有回家。

他清楚，自己的困，或许是一种病理性的。如同离家出走的父亲，也可能是在独自承受一种用力掩饰的精神疾病，就像是年迈的托尔斯泰，义无反顾地出走一样。

那是五年前。

七十岁整的父亲终于接受了坐在代步车上出行的事实。从起初骂骂咧咧的拒绝，到放下面子，心平气和地接受，直到以此为便，再次重燃了外出的乐趣。已经多年没出过门的他，只倔犟地待在房间。不读报，不看电视，不写毛笔字，更不与亲朋好友来往。

他活成了一个孤独的老头儿。

老旧小区，上世纪八十年代末建造的楼房外面，一家一户的邮政信箱，连体的那扇门的暗锁眼儿，因户外风吹雨淋的天气，经过三十余年时间长河，生锈、脱落，已经失去了上锁后的安防功能。一个格子一个格子的私人信箱，有的零星散落着好几年前的直投广告册，有的是装有信用卡账单的信封。大多数格子空空如也，落了满满一层灰尘。

"莫非你还不知道，这些被弃用的邮政信箱，它们在今时今日的另一个用途吗？"

"啥？"

"时间隧道！"

"你没事儿吧？感冒发烧了？看来烧得神志不清。"

"我说的都是真的！"

"真的真的。我还是宇宙之神呢！"

"你从没用过的信箱，连接着另外一个世界。无论你信不信，我把这个事实告诉你，心里就不憋得慌了。"

"对了，记得把饭吃饱。别为了减肥饿肚子。身体里的细胞，它们，可是渴望吃饱饭哪。"

她将上述那句话追加完，我愣在那儿。

突然间，他觉得自己还是那个喜欢独来独往的男孩子。然后发现，最好看的衣服，是高中校服。

他轻轻攥住拳头，摆臂。走在午后靠近傍晚的阳光里。两簇像迎春花一般却开满淡粉色的花丛，引来一群忙碌的蜜蜂。据说，这些嗡嗡作响的昆虫，靠人类眼睛看不见的光谱采蜜。所以，眼见并非为实，它们可能还是光，是一种波，是无法被定义的媒介。他也会突然停下脚步，站在尚未开花的泡桐树下，仰起头，仔细张望。

时至今日，他才真切明了了春光易逝这份淡淡的感受。春天尚在，甚至刚刚来临，他却开始流露出对这个季节的怀恋之情。吧嗒一声，开盛掉落在土地上的玉兰花瓣，孤零零单独的一片，就像是一只巨大的蜻蜓翅膀。也似一只隐藏着时光讯息的神秘鹦鹉螺，静静地躺在海滩上。

春天的日头已近西山，气温仍显微热。他并未打算去往远处。

六十五

灰褐色的双人床单，在中间位置，有两摊湿漉漉的尿渍。她和她，夜里曾睡在此处。现在，凌晨五点半，空空如也，应该是出门干活去了。

一夜大雨。

她是一位独立民谣歌手，三十五年前，在西南苗寨出生。那里有一条江。别看江水浑浊，山石断崖，落差所造成的水势滚滚，方圆五里，都能清晰听见。常年没有船只经过，但在年纪尚小的一年，春季里的一天，突然隐隐约约传来汽笛声。寨子里上了年岁的老人，神情惶恐，似乎知道些什么，但闭口不言。

小小的她，站在白雾升起的清晨江边，竖起耳朵，仔细辨识汽笛鸣响的方位，好像是在山谷裂开的那几道草木茂盛的野梯田深处。

她穿着白色麻布长裙，赤脚，站在江边松软的稀泥滩涂上，静静张望。心里，渐渐哼起一首没有过多歌词的长调：

哎哟哟喂，哎哟哟喂……山女江边寻声喔咧……

她边唱边停，歌谣声回荡在山谷之间，江畔的晨风格外舒爽，白裙轻轻飘扬。

无人知晓，这个看似与世无争的山野小寨，已经因饥荒，饿死了八个人。

窘境，要如何诉说呢……不能说，毋需说，说不出来，也说不究竟。只能默默感知。像深夜搬来一把椅子，安然坐在一株昙花前，静等它瞬间开放。不能眨眼，否则就像是一枚掉在地上的针，不能够轻易拾起，一不小心，将手指刺破，鲜血直流。

她也同样忍受着饥饿，非常艰难地进行自我催眠。咕噜噜作响的肚子，五天五夜，咕噜噜一直响个不停。

第一次，她动了想到野梯田那边瞧一瞧的念头。然而现在，她首先要做的，是和她一道，将八具尸体推入汹涌的江中。

她就比她年长两岁，认识她的时候，说，你看上去，就像是我的女儿。于是，那时就酷爱穿白裙的她回道，要不，我就做你的闺女吧。她抿着嘴笑，然后说，好。

"那么，你叫什么名字呢？我的女儿。"

"海棠。"

"好美的名字！有什么来历吗？"

"让你失望了。只是单纯喜欢海棠，仅此而已。"

于是她把自己对于海棠花的偏爱大致说了一番：曾经偶遇一棵海棠，满满当当，长出一树花苞。它们开得开，摇摇欲坠的，低头耷拉脑，只差叭的一下，瞬间的绽裂声了。

"不知为何，我感觉自己就是其中一个花苞，那种感受，很强烈。"

激动地把话说完，亢奋的身体，还在微微颤抖。

她将海棠搂入怀中，真的就像在安慰受到惊吓的女儿一般，轻轻拍打。准确形容，更像是在哺乳她。

身体的乳汁，如同大地的根芽，平凡、简单，但对于生命而言，不可或缺。她们就住在临江而建的木屋里，异常粗大的竹木搭建的房屋，隐藏在杜鹃鸟时常啼叫的山林中。没有职业范畴的工作一说，却用辛勤的双手自给自足：挖春笋，采摘野菜野果，喂养一只大藏獒。虔诚信奉村寨先人传承下来的古老宗教，当人往生后，质朴而肃穆地对其水葬。一边缓缓将停放尸身的竹筏推入江中，一边又唱起那首熟悉的歌谣。

哀而不伤的歌声，持久回荡在云海翻滚的山谷间，反而有一种豁达的释然。她跟随她的声部，慢半拍哼唱，依旧很少歌词，只是低垂地呢喃。

原来，又是一场奇怪的梦。阿凯有一点点失落，她和她都太过真实了。虽然寨子一直雾气缭绕，她们俩每日所做的事情也令人费解，尤其是那两摊连在一起冒着热气的尿渍，都在预示着什么呢？……

春天的气息特别好闻，单单从嗅觉就令阿凯动容。当脑电不明觉厉被什么搭上时，无论是海量的梦的讯息，还是飘移在空气中穿身而过的游魂，浩浩荡荡，似乎都在默默释放出信息，像是电视机屏幕上的雪花，在长年累月哗哗哗一通作响后，终于接收到清晰的信号。他只需继续保持住一种强有力的耐心，将它们一一记录、编译。

窗外仍然有很细碎的声响，窸窸窣窣，车辆压过马路缓冲带时被阻尼的咔嗒声，改装跑车排气筒巨大的轰鸣声，行人走路时听不太清楚的互相说话声。幻海，仍是马不停歇的幻海，从不知疲倦。

六十六

一年四季的大部分时候，他都会在清晨拉开窗帘，打开一扇窗子。这种习惯，很像他在日记中言简意赅地记下，在哪个节气后，天，在五点半就已经蒙蒙发亮了。

这种对于季节与时空的体察，除却眼睛、脑袋与手，更多时候，是一种嗅觉。

当猫静静地站在窗台，背对着他，好奇又认真地注视着窗外的世界，当湿润的、夹杂着海腥味儿的土壤的气息飘入鼻中，他想，是不是等过一会儿天色大亮，应该郑重其事地挎上相机，去好好拍拍楼下的海棠树。

与其说猫咪继续以优雅的姿态打量着这个世界，不如说它在摇头晃脑觊觎着啼叫的小鸟。

原来，在他的世界，一切都与直觉有关。很可能，让他涌上突然想哭的冲动，就源自早晨清新的空气本身，以及极度灵敏的感官功能。

虽然在四点钟就已经坐在桌前，然而五点、六点，直到两个小时后，才稍稍找到一些感觉。灰蒙蒙的春日清晨，伴随着叽叽喳喳鸟的叫声，他想，脑袋，反而是很清明的。无论最终是否真的会哭，还是泪水隐隐约约噙在眼眶里，都已经不重要了。

他，已经完成了自我净化。

后来，他把微信通讯录里的好友，设置成了不查看对方朋友圈的权限，如此一来，底部导航发现一栏，就再也没有小红点，上面的朋友圈处，也再无 1+、2+、3+、4+、5+……如此这般未读消息数目的提示了。只是暂未关闭视频号。他起码得留下一扇窗，保留着一条与世界连结的通道，否则，就真成了活在无菌室里了。

六十七

在晃动的公车上，阿凯昏昏欲睡。胸口，一股来势汹汹的能量亟待呼之欲出，但他有意在压制它。他知道，与之前的自己相比，已经有太多不同，学会克制，便是其中之一。道路两旁，开满白色茂盛的花。应是梨花。一个凸出来的玻璃房在树冠上方乍现，几盏大灯高高亮起，对准长势葱绿的房中植物，不间歇照射。

幻海在一年中最美的花季显现出美妙动人的平和。他把手捏成钳子状，放在眯起的右眼前，透过大杏仁般的手孔，打量着被颠簸的洁白花朵。手指做成的取景框，似乎能将一整棵开花的树连根拔起。他想，除了是因换季带来了强烈的亢奋之外，最有可能的，是似曾相识的熟悉——像一头无所不能的但却具有破坏力的野兽一般的超人感受力。

一个戴遮阳帽、白手套的女人，蹲在绿化带上认真地挖荠菜。

生活中，有一种美，除了是眼前所见，还有一种是"共享"。比如偶像喜欢听的爵士乐，在某个特定瞬间，恰巧听见。再比如，从古至今，我们都共用着一个月亮。据说这一年从夏季开始，恶劣的极端天气将会频频光临幻海。现在还尚不得知，但从天上滚滚聚集的阴云看，似乎已经在提前预示着变数的到来。

一切，自求多福吧。

六十八

咔嗒嗒的钻地声，在将新生的嫩绿色叶片镀上一层银色的光芒后，不厌其烦地持续发出。上午的阳光刚刚好，让临街工地的施工声，搭配着小区大门口悬挂的手持喇叭的防疫通知声，令人有一种幸福的错觉。

生平第一次，他觉得自己的命运，与这座城市，与幻海书店，紧紧地联系在了一起。以前，虽然热爱，但充其量只是一种过路歇脚的寄居感。现在,在这个春天,已经是完全不一样的感受了。他惊喜于自己的发现,在认知上的改变。这很像他在这一段长长的,仿佛是没有终点的长假期间,在每一天清醒或是求知欲陡然升起的时刻,打开古书所进行的一次次自修。

他也是第一次,相对深刻地理解"人间四月",准确说是"四月芳菲"的含义。他甚至用笔将每一种花绽放的时间认真记在本子上。

在曼妙的季节之外,被某种肉眼所看不见的东西所特别设计的,或许才是万事万物的本源。然而首先,它本身就不在讨论之列。就像喝一口白开水,虽淡之无味,却是生存之必需。所有看似的废话、自话、笑话,或许都是一种朴素的真相。

被关押看守的囚犯,应该是他们最好的归宿。身体里蹦跶的那头怪兽,因没有注射镇静剂而五脊六兽。不要试图去对抗,更别提反抗了。黑暗魔法已经开启。

他走过去,关上窗子。别小看这个动作,这很可能意味着他将自己再次与世界隔离。到底是有过多少次失望,才要再过上自我封闭的生活呢?他,究竟是怎么了?

"我发现,写当代诗,惶惶然,不怎么得志的男诗人,通常戾气都比较重。"

"我发现,我发现,又是你发现!"

"嘿!怎么说话呢!"

"难道没有人对你讲过,经常用一个姿势拍照,且频繁发朋友圈,是会招人厌的吗?"

"管它!我累不累啊!"

"你的心态可真好。"

"还好吧。关键是,你也一样可以的啊!"

"不,我可不行。我厌。"

"你行的，真的行！除非是你自己发自内心不乐意。"

"或许吧！不瞒你说，就发布自己照片这件事，我总是有一种羞耻感。自己又不是明星，更没有什么表现欲，那么高调秀自己干吗？"

"你看，我就说嘛，是你自己不想啦。"

"那你别听我胡说，该发就发哈。"

"当然！我肯定先取悦自己。还有，我觉得我们的认知不在一个频道上，以后还是少联系得好。"

"行！"说完，阿凯头也不回，走出茶室。

曙光微起。

窗外，乌鸦啊啊啊地叫，这不禁让他想起在疫情爆发前的生日，同样是一个寂静的清晨，他挎着相机，走在褪去白日与夜晚喧哗的道顿掘与心斋桥，一只个头很大的乌鸦停在路灯上，摇头晃脑，只是不发出叫声。他就坐在临河的长木椅上，脚边有摆放齐整的空啤酒瓶子，静静地望向那只似乎在打量他的乌鸦。他想，人有的时候，山高路远，跋山涉水，去往原本计划好的目的地，但路途中不经意的一瞥，可能就是最完满的收获。

不用非得去往很远的地方，甚至哪里也不用去。心烦意乱时，轻轻闭上眼，往心的深处看。

宁静，是你心里最闪亮的一道光。

六十九

长成有模有样的树叶，好像是在一夜之间。然而，真正进入到春天的状态，其实没几天。叶片在春风中抖动，尤其在晨光的照耀下，继续银光闪烁。房间里很凉，冬天的毛绒睡衣还穿在身上不敢脱。如果叶子尚未长大，春天，就还是初春的样子，如此一来，香椿树，还是新芽嫩叶。

每逢春分，老爷子都会拿着一个自制的长竹竿，前面绑着一个铁钩子，薅香椿。脚下的白狗伸着舌头，火急火燎，跟着一起兴师动众。

外面春光甚好，关在房间舞文弄墨，像是在完成自己给自己布置的一篇巨型作文。

他把这一段时光，命名为长假。

感觉身体不对时，便步行至面包店，偶尔吃一块儿切片蛋糕。有时是巧克力布朗尼，但通常都是朗姆栗子。用一次性木制小叉子，叉开之前储存在冰柜尚未完全解冻的蛋糕。一层一层，随心所欲，将一块儿立体的三角形蛋糕，祸祸成千疮百孔的梯形。

店里的椅子很舒服，不软不硬，椅背把他的腰牢牢地兜住，彻底让紧张劳损的腰肌好好地歇一歇。他长呼一口气……这声叹息，让悲伤连同二氧化碳，一起排出体外，然后消散在九霄云外。

他脸色蜡黄，给人一种油尽灯枯的感觉。

孙犁的散文读了几篇，很是喜欢。他甚至生出一种错觉，觉得那些遣词造句简洁朴素的短文章，皆是自己所作。

无意中，他转念想到知识分子的命运。并非所有的作家，都属于知识分子。尤其是文学家，他的感受力，要远胜于掌握知识的储备能力。

他磨磨蹭蹭，耗费了足足两个小时，通过做着一些不着边际的琐事：漫无目的地翻阅纸张，站在太阳初升的窗前深呼吸，坐回到书桌前低头静思，试图消化心中的悲愤。

他有许多话想说，于是他在用手机拍摄的猫咪安静地躺在地板的视频下，配上了这样两段文字：

有一个词，叫作"豢养"。主人给你好吃好喝，猫咪只需老老实实，乖乖躺平。用类似魔法拉起的结界，筑起一道高墙，选择性地让你看见外面的真实世界。

时隔多年以后，我想，当再回看今时今日，除了悲愤，还有尴尬。

西边那个大湖，周边居民，一夜间，有七十三人突然失踪。坊间流传，是湖中水怪作祟。偶有三五个正义之士，直言，那些人民，被官府驱至更西边的山脚，暂将他们的宅所充公，用于一件十万火急事故的援救。其中，有个别更不惧怕的百姓反问：这难道不是拆西墙补东墙吗？

发出质疑声音的人民，次日，失踪不见，不知去向。

幻海凝重的气氛日渐增加。没人敢说实话。一是不让说，二是不敢说，三是懒得说。每个人都在事不关己，高高挂起。保住乌纱帽，保住好不容易爬上来的位置，睁一只眼，闭一只眼，执行双重标准、多重标准。关起房门，一副岁月静好。

历史与媒体，它们被选择性地呈现于世人面前。不能不信，也不能全信。经济基础，上层建筑，意识形态。就好比，都是水，冷一冷是冰，热一热就是气。肉眼所见只占很小一部分，宇宙中大部分都被暗物质所充斥。人之所以生年不满百，是造物主知道人活久了会变成妖怪吧。

"你有没有为了一己私利，动了邪念，想把对方占为己有的时候？"

"有！荒诞的现实，令人孤独到透不过气来。必须要有一个人，或是一个物件，让它确确实实，只属于你自己。"

小小的黄色便签条，掉在沙发底下多日后，终于被捡起来。很难说清，本应只是一个举手之劳的小动作，是因为懒，还是心里不想。就像对别人讲话，其实并非想听人劝。讲话，就只是张开嘴巴，弄出些声音，显得不那么孤独而已。

有没有那种时候：当你长长久久做了一件事后，很可能是付出了一辈子的时间与精力，然后才意识到，原来自己竟一直蒙在鼓里，是一名不折不扣的受骗者、受害者。然而，为时已晚。你已经没有心力去试图扭转、改变些什么了。想，要不，就这样算了吧。

生命里，有许许多多无能为力的时刻。凭你哭天喊地，抓耳挠腮，也会有铜墙铁壁将你牢牢罩住。想逃，无处可逃。关键是，能逃到哪里去呢？

七十

他不知道那是什么，来来回回，在胸腔摆动。就像，当有一个清晨，不怎么照镜子的他，突然发现眉宇之间的鼻梁上，一字纹，竟开始明显加深。起初，先是一丝无奈，后来，又有一些自暴自弃的情绪。看来，任凭谁，都逃不掉衰老的自然规律。人，是不能够逆天的。

伽利略，在一六〇九年发明人类第一架天文望远镜，距今，仅仅四百余年时间。为何感觉那是非常遥远的一件事，其实，不过是我们的明朝，准确说，是万历三十七年。他最先观察了月球，然后又发现了木星的四颗卫星。

阿凯对木星这个庞大的气态天体，近乎于一种痴迷。总是会有一种隐隐的感觉，在那个星球上，有一些尚未发现的秘密，而且还是惊天秘闻。

他为自己许下心愿，祈祷永远不会面目狰狞。他想起曾在入藏旅途上，偶遇上师与仁波切，甚至还有大堪布，灵魂的前世今生，可谓拥有被祝福的喜悦。这些，都属三生有幸的福报。

困，对于他，已经成为一个棘手问题。眯起眼睛，像是怕风吹一样，干干的，并有许多扰动，犹如罹患飞蚊症，睁不开。他越发清楚，似乎自己在这一世，所剩时间无多。否则，灵魂不会一直昏沉。毕竟，睡着，是通往另外一个世界的其中一把密匙。

地球上每一棵树，都对应着浩渺无际的一颗星球。它们或大或小，有的，只是一个没有固定轨道的小行星，或者，仅仅是一些小小的尘埃。

他选了一条最难的路走。然而，一旦通过，就能抵达一个没有任何烦恼忧愁的永乐世界。像是一个永不打烊的游乐场，旋转木马昼夜不歇，彩灯闪烁。没有黑魔法与女巫的童话王国，不惧怕人的大白鹅，咯咯哒咯咯哒，皆由受了诅咒的仙女所变。

当他与她聊微信，从慌张、厌恶、排斥，悄然转变为一种潜意识地接受，当他像往常一样，在一个逐渐热起来的傍晚，刚把"好的"这两个字打出，按下发送，却收到被对方删除的那一句提示消息时，瞬间的恼怒，让心中刻意压制的那头怪兽，猛地蹿出。他站在幻海非常有名的一条商业步行街上，破口骂了一声"操你妈逼"后，狠狠将手机摔到地上。

被怒火中烧的阿凯，甚至像邪灵附体，凶神恶煞地咒言道：

"靳虹，我诅咒你！还有你的女儿！我诅咒你们全家！"

决定开始痛恨一个人，并非没有什么缘由。并且，这份恨，很可能会持续一生。

七十一

心比天高，命比纸薄。红到极时便为紫，紫过一寸就成黑。

作为靳虹身边红人的阿凯，准确讲，作为一个老女人打发寂寞的聊天对象，眼下的他，已经"失宠"了。十有八九，他只是她聊以慰藉对象的其中一员。这个世界，太疯狂，发生什么，都不该意外。

廖一凯发现，每个人都不傻，一个个，都可有眼力见儿了。要么是揣着明白装糊涂，要么是谨言慎行，装傻充愣。

好。挺好。

王迪突然以副店长身份亮相幻海，在阿凯度过了无比漫长的假期之后。靳虹像是护犊子一般，对书店曾经这名默默无闻的员工倍加关切。阿凯问帽子小姐，自己不在书店的这段时间，幻海发生过什么大变故吗？

微风伴细雨，花瓣任飘落。转眼，春日最后一个节气，谷雨到来。

人世间的万事万物，都在规律所掌控的自然界生发、变化、幻灭。就单说会隐藏心事，人心隔肚皮的人吧，心思再细腻，言行再谨小慎微，都能被润物细无声的春雨所温柔地注视。没有谁能逃过天眼的扫描，它无非是如如不动，对于一切因果，心中都悉数掌握。每个人都得静候时间的审判。

塔佩门内的清迈古城，临街一家咖啡馆，阿凯坐在高脚椅上。午后阳光正好，空间很大的一家店，装修风格复古，几扇故意做旧的木色窗子全都大敞大开。一阵风刮起，将齐整的刘海吹开。他抬了抬眼皮，一副若有所思的样子，待稍稍构思一番后，又继续敲打着键盘。黑胶唱片里的音乐，仔细辨识，是一首名叫 *Amazing Grace*① 的爵士乐。几乎没有人声，且不按常理出牌，选用中国笛子贯穿主轴，清脆的笛声，穿透他的身体。

在这座东南亚小城，全世界无数文艺青年蜂拥而至，试图寻找灵魂旅伴。在这个即使下起小雨，也不觉得泥泞与生厌的古城，只

---

① 译为《奇异恩典》，是美国一首乡村福音歌曲，歌词由约翰·牛顿（John Newton）于 1779 年所作。

需换上一双舒适的鞋子，或是仍然穿着夹脚拖，慢慢地走，美，无处不在。

咖啡馆二楼，与一层迥然有别。踩着咯吱作响的木楼梯，高大的落地绿植，紧挨窗边，错落有致地摆放。龟背竹，发财树，滴水观音，还有一棵长势奇高的椰枣树。空间极其开阔，长长的，纵深的结构，令阿凯本就愉悦的心，更加振奋不已。来对了古城，也来对了城中的 Café ①。上到二层，是为了上洗手间。转角一块儿扇形区域，被通顶的木屏风，隔成落地窗近在咫尺的洗手池。两只大如碗一般的水池，中间摆着一瓶满满的香薰，几根散开的长藤条已被浸泡湿润。好闻的檀木味，混合着热带地区独有的气息，通过鼻腔，直抵颅顶。

餐饮店的香气，五星级酒店大堂的香气，许多时候都有异曲同工之处。它们令人放松，身心愉悦。有时，在感受特别的地域差异的同时，还能找到家的熟悉感。这是气味带来的认同与归属。它似乎调动了身体里某些细胞，如同媒介作用，使其参与到了身心灵的整合。像是焚香祷告，接通神灵的庄严时刻。在移动的旅途中，赋予灵魂以香气。

解完手，他并未马上下楼，而是找到一个紧靠落地窗的位置，重新落座。他给自己倒了一杯白水，慢慢浸润喉咙，静静望向窗外。宽大树冠，随风摇摆的大阔叶，与他的视线持平。隔着一道玻璃，却听不见窗外一丝丝的风声，只感觉像是身居腾空而建的小木屋，心，跟着一起安全地包裹起来。

他想起一位年逾七旬，将写作好比开面馆的老作家说过：除了真善美，其他都是过眼云烟。他想在快要融化的情况下，看看还能

———————————

① 咖啡馆。

做些什么。

阿凯始终不会开车。不学，也没有想学的打算。他觉得自己对开车没有任何兴趣。没有列入人生必做项目的清单，索性，不去浪费时间。他不知道，这是否是为自己的懒惰所找的一个借口。

持续地躁动，像极了口含一轮滚烫的大太阳，硬生生吞咽腹中。灼烧与迸裂感并存，有一种胸腔随时会爆炸的隐患。

咖啡店里几乎没什么客人，仅有的两桌，都在喝酒，配着德式烤肠和大薯条。在异国他乡的古城，当风吹来，真切地吹进阳光、灵感与喜悦之情，他有一种想对这个世界说一声"谢谢"的感动。

是的，感动。准确说，是一种由衷的感念。

就像鱼儿之于海洋，鸟儿之于天空，草木之于大地。那么他想：我，廖一凯，就是作为渺小的人类一员，之于地球吧。

他并不知晓，这份欢喜，除却发自内心一种近乎于孩童般的纯真，其实是一种疾病。昂扬奋进的心理状态，作为正向、正面的能量归属，它的色谱，假若人的大体真的被一层光所笼罩，那么它的颜色，应该是紫色的。

发现被姥爷有意隐瞒的病情，还是在那个独自为他守灵的漫漫长夜。他的遗物，用一个手提纸袋，就装满了他这一生的全部家当。其中有一本褶皱得厉害，用圆珠笔，写在许许多多张使用过的红色横线信纸背面，用麻线穿起来的自制笔记本。"廖一凯，男，十七岁，双相情感障碍"的诊断书，被折成三叠，谨慎地夹在本子里。而这个固执又善良的老头儿，罹患胃癌晚期的消息，在他跳楼前，对谁也没有吐露。

想起业已不在这个世上的外公，想到那个不愿面对，也不想再回去的破碎家庭，他根本就不打算提起父母，他的心，痒痒的，像是鼻头因季节性过敏，出现瘙痒症状。他不禁想抓一抓，挠一挠。

然而，心里的痒，岂能用手去止住呢。心病，终须心药医。这份剂药，就是时间。

按照目前物理学的理论假说，宇宙中，根本不存在时间。时间，究其本质，就是一种运动。是心思细腻的人类，赋予了时间这个美妙概念。

虽然时间也是一种虚幻，但作为能够真切感受到的人生，经历过的悲伤、难过、快乐、喜悦，都是真真实实的客观存在。人生短短几十年，不可能从出生这个起始点，一下子跨越到死亡那个终点。既然肉身难得，就不应该游戏人间。

觉得失控时，就去扫地吧。先从打扫开始，安住心，做一名扫地僧。

七十二

当阿凯的疾病以轻躁狂的疯癫状态发作时，他已经不受控地想要毁灭一切他所拥有的。就像被疾病操控的摇滚歌手，在舞台上，使劲抢起心爱的吉他，狠狠将它摔得稀巴烂。就像毕业的高才生，背井离乡，决定去往北极自我放逐，最后冻死在一辆废弃的大巴车里。而他，不是科特·柯本，也不是克里斯·麦坎德利斯。不是万人崇拜的摇滚歌星，也不是一意孤行的旅行者。在今生，在他所扎根的国度，在幻海，有属于他自己尚未完成的任务。每个人，来到这颗星球，都带有独一无二的使命。他，还不能疯。

然而，他到底是失控了。

日复一日的忍耐，将理所应当发泄出去的怒火，憋下来，一股脑儿地转向自己。一泄到底的愤怒，像困压已久的野兽，没轻没重地侵袭着自己。

那时，阿凯戒酒已有一段时日，突然，没有任何前兆，自己给自己倒下一杯白酒。这份经由日月天地，从谷物萃取的精华，让他迟钝的大脑，突然变得飞速运转。他一边喝，一边感受到颅内右侧，似有一株破土而出的小草，痒痒的，同时又闷闷地疼。伴随着几日来怪异的饥饿感，伴随着心慌，还有一向以来的昏沉，他喝了又喝。

"啊！"一声过瘾的抿嘴儿声，让他感觉自己还活着。真是，久违了！这种酣畅淋漓的快意，让他觉得自己不像是一个南方人，而是一条北方壮汉。或许酒，像是一枚开关，触发了他遥远的前世记忆。

恍惚中，那应该就是一言难尽的月光古城了。

护城河两岸，栽种着枫杨，已经到了向下坠落花絮的季节。男人穿着帼，女人穿着基拉，来往于两岸夹道。一些奇奇怪怪的庞然大物，连结骨骼的关节，远远看过去，它们迈步的姿势，有一种小心翼翼，非常认真却又显得格外戏剧性。莫非，是附着了人造肌肉的生化人，还是那些身型瘦小的男女所喂养的巨型宠物？探着脖子，踱着矫揉造作的方步，发出嗒嗒嗒类似马蹄着地般的声响。

然而，并非所有人都能看见月光古城，它需要灵魂的纯度，达到真空级别的透亮，剔除掉所有的障碍与杂念。像是神兽獬豸，嗅出贪官污吏的气息。

它只等待有缘人。

危险的美感是，你不应长长久久地消失。当消失很长一段时间后，你会被人所遗忘。你需要始终站在一线，亲力亲为，永不松懈。

无论在月光古城，还是在幻海，对于父母亲，他只字不提。每每想一下，五脏六腑的负荷就加重，出现干呕的条件反射。这里严格遵守十二时辰，否则会被瞬间遣返现实世界。违规操作，包括未在午时（十一点到十三点）里就寝，亥时（二十一点到二十三点）

结束前起床等等。为此，为了在月光古城长久停留，他先要把每个时辰必做，不能去碰的事物，烂记于心。如果觉得太琐碎，只需记住：月升而作，日出而息。

月光是维系古城秩序运转的能量源，让那些庞然大物不至于现出原形。只要被月光庇护，古城中的一切生灵，便互不相扰，各行其道。护城河水，是接近柠檬的黄绿色，远远看去，油腻腻的，格外结实地凝固在一起。天空没有一只飞鸟，影影绰绰的闪电，像是钨丝没有搭好的灯泡，时断时续地闪烁。此外，应再无其他别的天象。一道仿佛被擦去抛物线右半边的怪云，残缺地挂在黄色月空。

多脚虫倾巢出动，很恶心的一群家伙。为了不被发现，他和她只好遁形，谨小慎微，往木塔轻轻移动。乌云压天。那条只有一半的"抛物线"开始蠕动，突然，不知与什么碰触，发出咔嚓一声，像惊雷一般的脆响。

有一天，阿凯发现，曾经给人零散、呈散点状的时间，突然以凝结的区块状反映在现实里。四个三个月，就是一年。现在的一年，真是过得越来越快！他还细思恐极地发现，所有的新闻，似乎也都是历史的前兆。

"拜托！请不要再说了！如果他真的有你说的那样人畜无害，自己就会堂堂正正，勇敢地站出来解释，面对这一切让别人给他擦屁股的烂事！不是夙包，是什么？！你说他傻憨憨的？呸！都是演出来的。哦，对了，我都差点儿忘记，你也是个戏精。"

"难道我在你眼里就这么不堪？"

"不是你不堪，是你根本就不配在我心里有位置！"

"好！怪我自作多情。"

"还真是！对你，我从来就没有任何其他想法。"

"你咋了？到底是怎么了？就跟全世界都对不起你似的！"

"你不说，我还差点儿忘了！你觉得对不起我的地方还少吗?！"阿凯情绪激动，从裤兜里掏出一张皱皱巴巴的纸条，展平，开始念上面的字：

1. 不盲目乐观
2. 不粉饰太平
3. 不过于佛系
4. 不被居心叵测的人利用善良
5. 被坏人欺负了记得撅回去
6. 人与人破镜难重圆

纸条内容，明显是针对书店这一阵出现了管理危机，靳虹对此采取了一些欠妥的新措施，让阿凯心中产生了不悦。在王迪被提拔成副店长之前，他主要负责图书的选品，在阿凯刚到幻海工作时，靳虹曾让两人各自选一些书，性格闷葫芦似的王迪心里直犯嘀咕：好端端的，怎么半道突然杀出个拦路虎？自此，王迪将他视为假想敌。

阿凯曾直言不讳，与靳虹说过这个隐忧，坦言：一山容不得二虎，以自己敏锐的识人术，这个小小举动，日后必将酿成大祸。她给出反馈，说他神经过于紧张，倒显得心胸狭窄，怎么不容人，将人想得如此不堪。他没再继续往下讲，最后只提醒道：一个人的眼神，藏不住邪恶。

愤怒时的廖一凯，与试与天争的阿修罗真是好像。

那些被一两句否定的话语就点燃的怒火，那些被激怒后总想讨回公道的执拗，这一次他不想再忍了。伴随着对他人的严惩不贷，满腔愤恨，实际上都是在自伤。那个顾全大局，谨言慎行，广结善缘，处处与人方便的廖一凯，不见了。

“还有，是谁给你胆量，敢把我的微信给删了？！”

“微信删了咋了？有什么事儿，打电话不是一样吗？”

“一样个屁！”

请记住，不要与层次不同的人动气，真不值得。另外，有些人如果就是一只疯狗，就别再浪费唇舌，与之争辩了。狗，是听不懂人话的。就让他们在那儿不停地吠吧。

七十三

“快，快！我得赶快坐下来，去写，去记录。”还坐在马桶上方便的阿凯突然一惊一乍，一边嚷嚷，一边着急火燎地拾掇着，准备起身，然后马上坐回到书桌前。

当许许多多的感慨，或者是一种近乎于自悟式的觉受，从心底喷涌时，他只想极其珍视地记录下来。他何尝不知，这些或大或小，或浅或深的道理，先人、智者，不知比他提前多少年，早已洞察。但是，他依然为自己悟出来的三言两语，欣喜若狂。

那时，在幻海工作下班后，他就已经开始在断断续续学习《楞严经》。虽然多半，对它的理解，还停留在望文生义，认知模糊上，但这部百科全书式的经义，令他的内心，感受到一种巨大的震慑力。

慢慢，心里现出一条忽明忽暗的轨迹，趋向于光明的真理。他甚至想，倘若自己的“心轨”按照现在的节奏不紧不慢、有条不紊地运行与发展的话，当自己六十岁时，应该是一个潜心修习，内心淡然，鹤发童颜，没有什么烦恼的老头了吧。

廖一凯听着叶曼老师讲授《楞严经》的音频，他有许许多多的话想说。发自内心，发自肺腑。

很久以前，王宇泽就曾对他讲过："阿凯，你是一个很有根器的人。你要好好学习，然后善用自己所学，使出比别人多出许多的同理心，用更深的共情能力，继续利益他人。"

孩子气的阿凯，眯起眼睛，笑盈盈地回：

"吃饱！睡饱！人生不怕。"

王宇泽哈哈大笑，丢出两个字："顽皮！"

刚理过圆寸没多久的阿凯，一整张干净的脸，从先前被刘海遮住额头的半掩状态，完完整整地露出来，迎着太阳，一口洁白整齐的牙齿，咧着嘴，没心没肺，笑得开怀。

在藏地，对着然乌湖，两人像是照见各自前世今生，心中升起大欢喜。

他们都没有成家，更无妻儿，心上虽经历风霜，脸上却开出圣洁的莲花。

七十四

父精母血，成住坏空。

时间哗哗流逝。一眨眼工夫，头发斑白，眼角低垂，牙齿松动，昔日身轻如燕的体态，越发地不利落……任凭谁，都难逃一天天地衰老。时时刻刻，分分秒秒，走向更老。

把人生极其有限的时间，拿来学习吧。

学习安静，是第一课。重新认识一下再熟悉不过的自己，可能会惊讶地发现，原来已经很难做到真正地安静了。喊喊喳喳的念头，像燃烧的木柴，不停地四处飞溅，它们大多是天花乱坠的妄念，只有极少一部分属于精湛的思想火花。

起心动念，其实已经表示心不清净。深思熟虑，是否意味着多此一举呢？儒释道，似乎早已通过各自切面，经由时空转换的"语言"，以身试法，试图去阐释同一个问题。

许久前，廖一凯在云南出差，春日的和顺古镇，金灿灿的油菜花田，蜜蜂嗡嗡作响，花海旁的人家，白色墙壁上，留有一首古诗：

溪声尽是广长舌，山色无非清净身。
夜来八万四千偈，他日如何举似人？

他只觉这诗语言优美，尤其是看见"清净身""偈"这两个字眼，心里甚为喜欢。遂将诗句用手机拍下，回去后，上网搜索，得知作者是大诗人苏东坡在庐山写的一系列诗歌中的其中一首《赠东林总长老》。那个当下，他隐隐约约地察觉，这个北宋的大文豪，算是彻彻底底地悟道了。

同样是北宋，画家范宽，他的那幅《溪山行旅图》，头发花白的艺术史学者徐小虎教授说，真正好的艺术品，会触动你的灵魂，并让它往上升。假的，就只是做买卖，不会动你灵魂的一寸。

为了这个说话磕磕绊绊，有氛围感，越老越美的学者，他没有丝毫犹豫，在网上下单了她的四本书。试想，五十岁，在英国牛津大学获得博士学位，对于中国画的热爱，一定是出于对艺术的坚守这份爱本身。那些动不动就抱怨，撰写博士论文想要跳楼，一定是没有从骨子里享受做学问这件事。当一个人不为了什么而什么的时候，他就成了。

钻研，在学问里查缺补漏。越学，越深感知之甚少。

学习吧，改掉习气。不要生气，不要动怒。灵魂首先会不同意自我伤害，虽然这个法身的自己，寄居在报身里。

廖一凯因生王迪的气，进而生靳虹的气。想，林黛玉纯属是自己气自己。薛宝钗是有智慧地将气转移出去。王熙凤根本就不会让别人向她发威，自己先将对方震慑住。善良与温柔要用在对的人身上，否则就会被人利用。除非自己是活菩萨下凡，就是要受气，作为工具，想要度化众生。

下次记得，谁欺负你，就骂回去！

在极度愤怒后，脑海闪现了想好好醉一场的念头。即便是在大白天，刚刚清晨，也想痛痛快快地喝上一顿。

喝得烂醉如泥，就能够给胡言乱语，找上一个恰如其分的借口。就能够暂时忘记修习，不再小心翼翼，不去委曲求全，只想破口大骂。

窝囊，屄，双重标准，多重标准，见人下菜碟，欺软怕硬。人善被人欺，被人当软柿子捏。

渐行渐远的朋友，无非都是老好人。他们谁也不得罪，和稀泥，没有坚定的立场，说白了，就是没有是非观。

老好人，烂好人，拜拜！

七十五

平时去锻炼身体的小运动场，看来要被当作核酸检测场地了。周围已经被拉好了警戒线，摆好了桌椅，圈起了围栏，就等着周边居民乌泱泱排起长龙了。黄昏，本应属于神隐的寂静时刻，却被眼前所见，大煞了风景。隐隐约约，空无一人的球场，传来拍打篮球的声音，阿凯着实被吓了一激灵。

塞上蓝牙耳机，索性继续听叶曼先生讲《楞严经》，顺便避避邪，压压惊。

这部与众不同的经典，最不像一部佛经，反而如同一部百科全书，对懵懂的阿凯而言，具备了一种教育上的意义。它的知识面广阔，给人以烛照般的启迪。

根器固然重要，看来，还是修习它的时间自然地到来了。

那么问题同样也来了：你要修小乘，还是大乘呢？

想不清楚时，先把问题放在这儿。

除却精神，对于身体，有一种最真实的反应：胃里一直有什么东西在翻滚，像孙悟空变小，钻进铁扇公主的肚子。那么一个"口袋"，正常情况，每天至少有三次被填满、排空，一刻不止地辛勤劳动。它都尚未厌倦，没有罢工，整个大体，全身的皮肤、器官、内脏，步履协调地配合，精气神儿，岂能拖后腿呢？

这种变化，细微感受，很可能来自于对《楞严经》的聆听。精神的花火，嗖嗖地在颅内绽放。他的眼前闪现一道光。

森林深处，女孩说：我就是你那个朝朝暮暮，踏遍千山万水，从南至北，千里迢迢寻找的白衣姑娘。我的名字，叫庆喜。

"庆喜？怎么感觉在哪里听过？"

女孩笑，淡淡地说了声："断桥酒肆。"

阿凯错愕。

她继续抿着嘴儿笑，用手腕上被猫抓伤后结痂的纤细小手，遮挡着嘴笑。

突然，天旋地转，茂密的森林，被一股莫名的力量，连根拔起。他急忙伸出手，想要把她紧紧拉住，生怕被这股妖风挟了去。然而，她终究还是慢慢与他拉开距离，像是有一股斥力，越推越远。没有用嗓子发出声音告别，似乎通过意念，一声声传到阿凯脑海：

"再见。再见。再见。"

七十六

为何会以此种方式与她见面呢？果真是她吗？她是真实的吗？

莫非，一切，都是心中幻象的投射？

他与她如此这般"重逢"，心中泛起了克制的颤动，令他有一种故人似曾归来的错觉。

她究竟是否真的存在，似乎已经不重要了。

大哲学家康德，一辈子，都没有离开过故乡。是否他的笃定，让关在身体与故土之中的灵魂，最大限度地释放出智慧的光芒。

一九二三年七月初，卡夫卡在德国北部波罗的海附近的米里茨旅行，结识了德国犹太女友朵拉·迪亚曼特，并考虑移居柏林。九月下旬，卡夫卡迁往柏林与朵拉同居。六个月后，因急剧下降的健康问题，返回布拉格。之后次月转往维也纳附近疗养。一九二四年六月三日于基尔林病逝。

怎么会突然想起卡夫卡的最后时刻呢？

不知道。似乎在初夏的房间，寂静又湿润的空气，空气中的颗粒，让心自动停在那儿。

"我一直觉得自己挺努力的。但你知道，很多时候，不是说光努努力，就能够得到好报。""有时半夜突然惊醒，或在临睡前意识到一会儿睡着后准保会梦魇，索性就不睡了。安慰自己，就接受失眠呗，大不了等困了，白天再去补补觉。""无非就是一个人度过黑夜，在别人熟睡时，自己倍儿精神。"

黑夜里，跟随起风后，窗外簌簌作响的杨树叶声，上面唠唠叨叨的自我对话，让廖一凯看上去，就像是一个自语症者。

大街上除了风声，还有刚下夜班，女人骑着自行车，与同伴说话的声音。听不清楚她们对话的内容，轮胎压在马路上，骑过减速带的咯噔声，随着风声，渐渐远去。

心里难受，有不愿轻易向别人袒露的伤，那么，就请放下警觉，慢慢对我讲好了。我承诺，帮你永远保守秘密。

另外，难受归难受，总不致死。好好善待身体，虽然它只是一副臭皮囊。你还需要它，像一只舟船，载着你，飘飘摇摇，或者顺风顺水，度过这一世。

许多东西都无解，比如无常升起的情绪。解开心锁的钥匙，终究还是你自己。

廖一凯拉开一听五百毫升铝罐啤酒拉环，听着窗外万物混杂在一起细细碎碎的声响，一小口一小口，慢慢啜饮。不一会儿，血液里如同被激活的快乐的"虫"，蜂拥至颅顶，让关在小黑屋似的魂灵，感受到一种愉悦的痒。它开始自行拆解，让那些"虫"裹挟着、推搡着，心甘情愿，坠落到一处欢愉的峡谷。

天光已微微发亮，好戏才刚刚拉开序幕。

第四章：永恒的须臾

七十七

庆喜像一只不爱与人亲近的猫，躲在暗处。

房门口，白色鞋帽柜，衣架上参差不齐，垂下来的外衣底下，她就坐在那儿。

应该有一阵子没去晒太阳了，但这丝毫不影响她扰动周遭一些事态的发生与发展。

她没有同伴，不需要抱团。她自有办法，像一台永动机，驱使因果永续。

愣神儿呆坐了一段时间后，她起身，对着两个花盆业已板结的土壤，浇灌一听尚未喝完的啤酒。带着泡沫的黄色液体，像跳舞的小精灵，润泽着干涸的花盆。

一盆海棠，一盆麒麟掌。

海棠树姿婀娜，她取名靳虹。麒麟掌中正开阔，她唤作廖一凯。

她撩了撩一头漆黑如瀑的长发，轻轻甩动了一番，开始放声朗诵：

你偏恋那火宅煎熬，幻海沦胥，忘却来生路。

她一面读，一面微微转圈。头发一阵白，一阵黑，一阵又白，一阵又黑。五官时隐时现，头发变白时，整张脸没有任何起伏。她一会儿高，一会儿矮，一会儿女，一会儿男。一会儿是一位老叟，一会儿又变成一只白色的蜻蜓。

庆喜痴迷于变身术，她似乎已经忘记了自己的使命。

红色蔷薇花开得极盛，在朝露的沁润下，花瓣、绿叶，更显透亮，一片盎然生机。雨水过后，城市复苏，继续转动。张开翅膀翱翔的蓝纹大雀鸟，抖动的枫杨树，小水坑倒映出天空上的积雨云，摄像头歪着脑袋无处不在，不时传来一阵阵啾啾的鸟鸣声。

以上一切种种景象，都置放在一个无比巨大的水缸内，在风吹草动之中，又静止不动。无因无果，无始无终。

七十八

门外，似乎有人驻足。

果不其然，窸窸窣窣的声响，像是楼道里上蹿下跳又停下来保持观察之状的老鼠。长久的寂静后，门，竟然啪啪地敲起来。起先，拍门声很微弱，节奏缓慢，明显带有试探意味。后来，频次逐渐加快。

提心吊胆之际，阿凯一直未曾想要通过门镜看看门外究竟是谁。莫非他害怕？

一种复杂的感受袭上心头。

已经调成静音的手机，嗡嗡震动不止，陌生号码，不时变换着打进来。

他一个也没有接听。

终于，手机短信蹦进来：开门！是我，靳虹。

门，阿凯就是死活不开。

要如何平息这愤怒呢？无言的愤怒。这的确是个问题。

无法呼之欲出的压抑、愤恨，堵在胸口。他想用一种极具破坏性，却又非常正义的力量，去摧毁这股腐朽，好让大厦崩塌。

"开门，开门。"门外，竟渐渐有了人声。

是 Gracy 的声音："廖一凯，你病了。"

义愤填膺的阿凯回绝道："胡说！你才病了。你们娘儿俩才真正有病，而且病得不轻。"

"你为什么要这么咄咄逼人，让我妈出丑，是要让她身败名裂吗？"

"抱歉，无可奉告。没长眼睛吗？还有，你别掺和进来，我不想滥杀无辜。"

"你觉得可能吗？眼睁睁看着自己的亲妈被人拉下水。"

"这我就不管了。还有，什么叫'拉下水'？她这是罪有应得！"

"真得这样做吗？"她问。

"我也真的不知道你究竟在说什么！"显然阿凯已经没了耐性。

失心疯一般的 Gracy，明显比瘫坐在楼梯的靳虹，情绪更激动："难道你就不给她机会解释吗？"她一遍遍重复着这句话。

母女俩在阿凯的家门口，蹲守了整整一个晚上。现在是早上八点二十分，门里门外，安静的、激动的、理性的、任性的、克制的、放任的……情思与言语，都在短短一瞬间，凝聚后爆发。就像是一颗燃烧殆尽的恒星，在进行它最后的强烈爆发。极度耀眼的超新星，坍塌、暗沉的白矮星，或是走向终结的黑洞。这貌似是属于一颗恒星的未来，然而，真的有什么确定的未来会到来吗？

阿凯压抑极了，他一如往常忍耐着，使劲使劲强忍住想要破口大骂的愤怒。某种被美化的岁月静好，登时，不翼而飞。伴随胸口的灼烧感，黑压压的乌云，滚滚而来。

他意识到自己就要失控，竭尽全力勒住它即将要挣脱的缰绳。他终于体会到一种接近癫狂的状态，似乎已经丧失了羞耻心，语言没有了哨兵的把守，一切，像开闸泄洪的大洪水，滔滔不绝。

在幻海，心灵的至暗时刻，滋生出的暗黑天使，已然降临。

廖一凯着了魔似的，扬言道："曾经有多温柔，如今，就让他有多粗粝吧。"旋即，念了一句听不清楚发音的咒语。

诅咒的齿轮，开始转动。

隔着一扇始终没有打开的房门，说完上面那些，门里门外，重归安静。

恒定的太阳，总有一天会熄灭。就像人世间的恩恩怨怨，终将逐一风平浪静。

无人知晓，当你用力推开，以为终于摆脱了一个人的精神控制，如同撕掉一张狗皮膏药时，其实你推开的，还有人与人之间，最难得到的真心。

七十九

王宇泽发来微信，短短一句话：彻寒不显，大雪无痕。

廖一凯打了一个问号过去，于是他又发来一条：人的温度只能自己先守住才能暖及旁人。守好自己的温度，阿凯。文字末了，打了一个拥抱的表情。

辞职后，出国的王宇泽，不知在京都过得好不好。他很少发微信给他，上一条朋友圈动态，还停留在二〇一九年六月底。他钦佩能守住心事，管理好情绪的人。在这一点上，他差得很远。克制表达，的确需要每天练习。他很想骂人，很想跳舞，甚至只是痛快地单纯扭动身体。他的身体，积攒了太多负能量。

没有及时释放的能量，来自他的自我压制，用工作狂式的强度，将作为人的七情六欲，深深地掩埋起来。要想在竞争激烈的城市占据一席之地，隐藏心事，做好表情管理，是中产男性管理者的标配。被熨烫得没有一丝褶皱的白衬衣与擦得锃亮的尖头皮鞋的外表下，内心或许一片狼藉。关于青年时期在省外求学所结识的一位男性友人，他更是对谁也只字不提，就像在他的心灵史中没有一丝一毫的情感经历。虽然那也只是一份兄弟般的情义，或者稍稍越过一些边界，他坚持认为，就连在心里轻轻地想一下这层关系，都觉得龌龊不已。孔夫子"思无邪"的教化，对他影响不浅。

那个被王宇泽始终藏匿于心，不愿轻易想起，更别说提及的同性友人，正是靳冬。

没有发生过任何你所想象的场景，纯洁的友情，就像是两个性情相投的发小，彼此在心里记挂着对方。帮着去占图书馆自习室的座位，帮着排队在食堂打饭，把自己的 IC 电话卡毫无保留地借给对方使用。不分东西谁是谁的。不分你我。

天气开始泛起暑热。午后两点半，车子在高速路上奔驰。三千万人居住、生活的幻海，不止于他多数外出，在乘坐地铁这一公共交通工具时，所带给他的移动直觉，以及一闪而过的回忆。他差点儿忘记，还有更为便捷的小汽车啊。

一个只能存活一年的生物，永远不会知道，太阳、超新星、白矮星、黑洞，其实都是同一颗曾经的恒星，像人之婴幼年、青少年、壮年、老年，所经历的不同生命阶段。幻海、阿布扎比、清迈、京都……甚至是平行时空中的月光古城，都只是暂时停留在这颗星球巨船上的坐标而已。如果内心的纯度高，在哪里生活，其实都是一样。

你知道吗？太阳表面，密密麻麻，视觉看上去，会令人非常不适。而且，按照物理理论，应该会产生许多金子。一颗熊熊燃烧的超巨型火球，准确讲，一颗无时无刻不在进行核裂变的星球，与一只可爱的团缩成肉球的猫咪无异。它们都嵌套在这艘宇宙的大船里，大到调动想象力，无边无际，不可思议的一艘巨船里。如果一只正在熟睡的猫，不小心嘟囔着三瓣嘴，用发出呼噜的鼻息声，暗示着它正在悄然做着属于它自己的美梦，人类现实空气中的蜜饯，可以黏糊糊地挂在一把宝刀上，而刀刃上流淌的蜜，你还会有想去舔舐它的意愿吗？

八十

在短短二十米的马路，一座过街天桥被架起。与此同时，老首长所往生的那个未知世界，时间或许被突然放慢，或被拉长。它以一种扭曲的错觉继续存在。

她被三个人紧紧拖住，分别按住双手、双脚，使劲抱住一直在挣脱的头。披头散发的挣扎，像极了一个失心疯的病人，悲恸地呼天喊地：

"首长啊！首长！我的老首长啊！……你怎么就这样去了啊！呜呜呜……"哭花了妆的靳虹，伴随着哀号不止的呜咽声。泪珠噼里啪啦，掉在火化炉前的水泥地上。旁边的帽子小姐，反而安静得出奇。

老首长吊死在西山的一棵海棠树上，死相狰狞。或许他突然后悔，垂死挣扎过。据说，男性自缢，因失控的大脑指令，身体出于自我保护，会在某个时刻突然射精。

"知道吗，我常常希望自己可以准确地表达出心里的那个难过，但似乎，所有能够直接说出来的难过，都不是难过。"这时，帽子小姐才擦掉眼泪，平静地说，"我想，我爸他只是厌倦了，活腻歪了，不想再拖着那副行动不便的躯体将就下去了。"

"那我回去了，白安。"

第一次随口说出帽子小姐的本名，令阿凯自己也错愕不已。这种感觉，很像他听到别人喊他的本名廖—凯—样，会觉得非常奇怪。

三只小行李箱，像乖顺的排排站的小学生，立在火葬场一条种满桑葚树的道路一侧。几粒早熟的桑仁，急着提前掉落，真是像极了人生这趟殊途同归的列车，已经活得不耐烦的乘客，想赶快跳车。

于是，廖一凯就坐在距离幻海约二十五公里之外的咖啡馆二楼，在这处对角线的空间一隅，虽然身处极度繁华的时尚腹地，心却悬停在寂静的殡仪馆。然后，刹那、刹那一闪而过的思绪，闪回着，跳跃着，光速一般，回到月光古城，回到每一个曾经离境的目的地：清迈、曼谷、京都、大阪、火奴鲁鲁、斯德哥尔摩、北雪平、阿布扎比、迪拜、开罗、布里斯班、黄金海岸、首尔、保宁……每一个地方，都是他真实的报身曾经抵达过的目的地。人间如此生之繁华，锦衣美食，珠光宝气，荣华富贵似乎享用不尽，却在闭上双眼的那一刻，万物成空。想要追寻的答案，一直在那儿安安静静地摆放着，不曾远离，没有一丝一毫动摇过，更未曾升起过分别心，无论对人，对牲畜，对羽虫……全都一视同仁。

微信语音来电铃声的音乐突然响起，听上去是那种很小情绪的画面，歌者高低音叠在一起，非常抓人心魂的一首歌。往左滚动的信息，不停显示着：《海底》- 唐千云。嗯。好听。真是好听。窗子敞开着，夏风吹进来。阿凯想，假如我一直让这歌声响下去，永远也不接听，将会怎样呢？

不接，也就不接了。能怎样！不用猜，也能想到是谁打来的。

八十一

崩溃的恶心感令阿凯有一种久违的熟悉。那是在跳了一千个跳绳的早上，突如其来的一阵眩晕，让他甩掉掌心握住的手柄，扶住腰，叉开腿，开始俯身干呕。一只正在觅食的麻雀，没心没肺地蹦跶到他脚下，在感觉暴躁马上就要发作前，冲着麻雀大叫："走，走啊，赶紧走开！"不知所措的小鸟只能腾地一下飞走。他继续变本加厉喘着粗气，眼周渐渐发黑，眉心现出一股杀气。这已经不是第一次感觉身体里似乎有另外一个自己就要撕破人皮冲出来的狰狞，这份痛苦的分裂感，就像是用一只小纸箱关押着一只恶虎。在极度的克制下，在理智仍然顽强占据着上风时，心中有个声音让他恍然大悟——难不成，身体里住着一个阿修罗？！

他一直盘算，要把留了多年的碎盖发型，剃成最普通不过的寸头，重回小小子那个格外皮实的童年。阿凯当然清楚，时光岂能说回就回，即使皮囊维持得尚可，心境早已不复往昔。烈日当头的夏季，在室外疯玩，脸、脖子、胳膊、腿被晒得黝黑发亮，瘦而灵活的身体，一去不复返。

天上有一只盘旋的鹰，飞得很高，一直往东侧的高空处飞。非乌鸦，非喜鹊，甚至都不是一只鹰。

阿凯深谙时空之中常常遁形或是变化形状之物的存在。一只雀鸟，一片荷花，几湾逝水，并非只是眼见的实相。

正在开往阿尔法星球上的飞船，此刻正遁形，开启消音屏障，继续悄无声息地飞行。此时，天空现出一大片鳞龙云，横亘在整个西南天际。地理坐标，地球，幻海。无人知晓，在广袤的漆黑的宇宙空间，星光暗淡，万籁俱寂。十一岁的小阿凯盯着天上其中一处细微变换颜色的鳞龙云，仰着头，怔怔出神。如此一来，在更小的时候，他所见过的其他诡异之事，似乎也能稍稍地自圆其说。倘若你相信，那么它就是真的。倘若你不信，那么后面的一切都丧失了前提。

闭上眼睛，轻轻想起曾经在职场，面对压力，不会与它相处的心酸挣扎。脾气暴躁，把火气撒向自己，时常用睡眠来逃避，根本不曾好好感受过四季。错过花期，错过本应惬意的晚风，错过冬雪。直到放下过去，来到幻海。但在幻海，又有属于这里的新烦恼。

Gracy 很少使用她的嗓子。她像是一只金丝雀，或许，她真的就是一只在大多数情况下沉默的鸟也说不定。对于疫情爆发前，在伯克利音乐学院深造的情况只字不提，比如，那边上课的模式，来自世界各地怀揣音乐梦想高"财"生们的音乐底子，会每一天认真、用心地学习最新的、教学质量最优的音乐知识吗？会用一颗朴素的心日复一日地练习吗？对此，都是谜一样的存在。当这些疑惑充斥在闷不吭声的阿凯心里，他知道，是自己生起了嫉妒的贪嗔心。于是他使劲摇头，像一只高频摇晃的拨浪鼓，试图将这些不属于自己的比较心速速甩掉。恍惚之际，他看见了远在斯德哥尔摩瓦萨沉船博物馆，那艘从海底打捞上来的瓦萨号。一六二八年八月，瓦萨号仅仅驶出港口数百米，被一阵微风吹动，就连人带船，沉入了三十米深的海底。那一年，是戊辰年，明朝崇祯元年。时间、国度、地理坐标，被一根看不见的线紧紧联系着。他的视野模糊，因为眼镜片很脏，可又懒得擦拭，像始终想要动手打扫，却进入到一种迟迟无法行动的拖延症一般。

盘算着，盘旋。

阿凯对 Gracy 知之甚少，除了当初在归去来兮厅，他向主管文化的区领导郑书记汇报书店工作，她坐在下面安静地听讲之外，平时他们并无其他交集。虽然加过微信，但从未互发过任何消息，连一个表情符号也没有过。他还特意翻过 Gracy 的朋友圈，几乎万年不变，总是保持着干净得只有一条的文字内容。之所以使用"几乎"二字，是因平时虽然也偶尔刷到她张贴的其他内容，但过不了多久，总会被她删除得一干二净。

那条唯一的朋友圈文字，是五十个问题：

1. 你今天发表演说，好为人师了吗？

2. 你今天是否与人计较、争理而不包容了？

3. 你今天贪吃贪睡贪玩虚度光阴了吗？

4. 你今天面对夸奖赞叹而动了名闻利养之心了吗？

5. 你今天面对利益动了自私自利之心了吗？

6. 你今天是否妄求功德起攀缘心了？

7. 你今天对别人自我赞叹、卖弄、夸奖、炫耀了吗？

8. 你今天因打电话、乱发短信让别人烦恼郁闷了吗？

9. 你今天轻易允诺、答应、许愿、发愿而忘记了吗？

……

虽然删朋友圈的行为令人不解，但直觉中，Gracy 应该是一个水很深的人。现实中屈指可数的三次交谈，第一次，是向他推荐了 Jon Hopkins[①] 的音乐。她说，你写作前，可以听一听，会收到意想不到的效果。他问，写作过程中不能听吗？她回，最好不。倒不是真不能听，而是你会惊讶地发现，你可能已经与无法描述的一些什么链接了。"什么"是什么？他问。如果你写诗，就是灵感之神。如果你

---

① 琼·霍普金斯，音乐人。

是天文学家，那么它们就是外星人发出的讯息。总之不要多听，它会让你无法专注，总想着与它们进行链接。她嘱咐道。

果不其然。回到家，在网上翻到其中一张专辑 *Music For Psychedelic Therapy*[①] 就迫不及待听起来。当类似于一种敲钵的声音，出现在第一首音乐之初时，他一下子愣在那儿，变得瞬间安静。时间一分一秒地过去，不知不觉，一整张专辑，以一种难以言表的复杂情绪，交织着静谧与排山倒海的心潮，让他的心灵不断感受到震颤。静默地瘫坐在椅子上好一会儿，慢慢回过神儿，打开朋友圈，用手指打下了这些话：

> 这张专辑是宝藏。如果你失眠，它就是让你快速入眠的"白噪音"。如果你打坐，在入定后，它能让你见到"光"。如果你酷爱旅行，它能让你迅速回到炎热黏腻的东南亚。该说的，点到为止。

然而，正当他在按下发表按钮前，却没缘由地，逐一将绿色光标前的字，一一删除。腾地，从坐着的椅子上站起来，转身，向书架走去，抽出人民文学出版社于二十一世纪之初出版的一套小说集的第一卷。

那是一位奥地利作家的小说集，书的最前面，有他的一张照片。阿凯察觉，他似乎有些害怕那张脸。那是一张黑白照片，尺寸非常大，右下方写着：弗兰茨·卡夫卡（1923—1924）。

其实他很帅，梳着整洁的发型，西装革履，薄薄的嘴唇，鼻梁挺拔。唯独眼睛，眼神有一丝游离，甚至是失魂的空洞。心事重重

---

① 意为《迷幻治疗音乐》。

的卡夫卡，犹如一百年后来到幻海的他。

敏于行，讷于言。话，在说出口之前，最好还是在脑袋里过一过。

生怕在走路时会踩死一只蚂蚁的人，心眼儿能坏到哪里去呢。是，虽然他也有邪恶的时候，充其量，也只是小邪恶。

靳虹的脸上开始长斑。起初，只是小小的一个点，后来，像是一滴墨汁，不小心溅到了绢帛上，面积逐渐晕染着变大。戴着黑色鸭舌帽，穿着 oversize 的黑 T 恤，枣红色裙子，还像年轻时的文青打扮一样，保持着散步的习惯。唯独发色，依旧漆黑泛着光泽。说话的嗓音，也是清脆亮丽。左手拖着一个小车，去超市采购的那种小拖车，与也正在变老的出版社女编辑一起，慢慢地并行走着。

桑仁因熟透坠落在地，果实被行人踩压后，泛着黑紫黑紫色的汁肉，柿饼一般，香香甜甜好闻的味道，飘满整条街道。

他仍清晰地记得，当她喝得尽兴，手舞足蹈，将一罐百香果味的啤酒，浇在茶室一盆吊兰的土壤上。一边倒，还一边问他：（它）不会醉吧？不会生气吧？（指茶室其他没有喝到啤酒的植物不会生气吧）他没有作答，只是配合着她装疯卖傻，看完她的这场表演。

次日，红色精灵闪电出现在幻海夜空的新闻霸屏。茶室一股尿臊味。原来，勾兑了百香果香精的啤酒倒得过多，黏稠的液体渍在花盆底，裹挟着析出来的黄糖晶体，臊臭冲天。阿凯一阵恶心，干呕不止。其实当晚他真想说：倘若花草有灵魂，它们一定正在悲鸣，真是最毒不过妇人心。

他买了一杯热拿铁，一个双层三明治，找了一处阴凉地，席地而坐。翻开徐小虎的《画语录》，心无旁骛地读起来。可能不该算读，只是有一搭无一搭地随手翻阅。阿凯手指很长，很干净，指甲盖儿上，大多有弯弯的月牙。

有一种心口要炸裂的感觉。那头兽，似乎又要冲破胸腔横冲直撞了。怎样才能平复心境呢？让它彻彻底底地安住不动。难道，是有一股冥冥之中的力量，正在巧妙地告诉我，要试着去原谅她吗？他想。十之八九，这一天又要废掉了。他又想。

总能听见像是有一艘低频振动的宇宙飞船，传递出要接应他回到母星的讯号。很悠扬，很低沉，很深邃的音乐声，持续地震荡。

没有继续读小虎教授的书，但是他非常欣赏她，虽然这份喜欢源自于数量有限的几条网络视频所单向看到的一知半解。她的叛逆，她的直接，她的好奇与胆大。她不受老师方闻待见，指着她的脸严厉地说：你不是学术材料，我不能把你塑造成好学者。你给我走开。我会让你一辈子不能在这个领域工作！从此她开始了漂悠的游世问学生涯。掩卷后心情迟迟无法平静的阿凯，似乎看见了一位白发苍苍的长者，在艺术史学求真问道的路途，继续孜孜不倦，保持着巨大的学术热情。同时，也是非常奇怪的一个画面，是脑海中涌现的一个在小书桌旁低头翻书的男孩，用手指，认认真真，点读着书籍上的文字与图画。

靳虹一直幻想，什么时候与廖一凯能够重归旧好。于是在更炎热的夏天，东南亚的一个夏天上午，阿凯坐在曼谷水运的一只游船上，油漆剥落的木甲板上，收到了一条号码显示为一长串数字的手机短信：

请你原谅我。求求你。

深红色旧甲板上的灰尘，在毒辣太阳的炙烤下，伴随着专属于东南亚湿漉漉黏腻的空气，似乎要逃窜到曼谷这座城市的各个角落。简陋船舱，歪歪扭扭悬挂的一台电视机，正在播送新闻。地陪盯着屏幕上的泰语，用中文说道：尼泊尔灵修少年骗局，十四年徒刑在逃犯。阿凯扶了扶近视镜，看见电视上那个长发飘飘，身穿白袍的少年，真是好生面熟啊……正当他在脑中搜索着记忆，忽然，轰隆隆，轰隆隆，电闪雷鸣。

小型吸尘器的开关终于被按下，伴随着嗡嗡的电机声，房间里的尘埃、猫毛、细小颗粒，通过长长臂把，便捷地吸进垃圾囊。而猫，还在安静地沉睡。你永远叫不醒一个装睡的人，你也无法让一只丧失警惕心的家猫，当一有风吹草动，便竖起警觉的耳朵，左顾右盼。失去天性，甘愿被豢养。

再用抚摸过小猫的手指肚，敲击键盘，打下正在进行中的描写，不在他方，就在此时此刻。日复一日，活泼好动的小猫，变成坐卧如雄狮一般镇定自若的大猫。剪去带钩的锋利指甲，安抚它，继续做一只乖顺的小奶猫吧。

尚且无人感知到，在梦中去往的炎热东南亚国度，有一条上古时期恶龙的讯息，准确说一枚龙珠，已经藏匿在脐轮之中。素未谋面的瑜伽师，通过心念，悄然传递出了这条信息。讯息向空间无休止地发射，从过去、现在到未来，无论斗转星移，沧海桑田的变换，信号都未曾削弱。一直在等待，能够接收到这条讯息的人类出现，天时地利人和，万事万物之条件具足。一块儿老老实实，伏在地上长达数百万年的石头，从高山到海洋，从平原到山谷，貌似寂然不动，实则一直在长长久久地酣睡。它的主人，庆喜，站在混沌与虚空之外，静静地注视这一切，不过是片刻的须臾。

八十二

外祖父指着一片白色的蔷薇花丛，肩上背着一个简易的收纳帆布袋，束口处，露出一只毛绒玩具熊的可爱小脑袋。小阿凯手里拿着呲水枪，脚穿一双系带的黑布鞋，往老人家站立的方向，晃晃悠悠地小跑过去。

"所以，这就是你从不提及父母的原因？"白安问。

"或许吧。可能我并非真是靠父精母血生出来的。反正打我记事起，他们对我并不亲。反倒是姥爷，照看着我长大成人。"阿凯说。

"那，你恨他们吗？"白安又问。

"没什么恨不恨的。别再提他们了。我的世界也好，整个世界也好，就当没有父母这回事。"他说。

"好。"她应道。

桑葚树下，掉落被踩的果实，已将路面弄成黏黏的一片紫黑色果泥。气温持续攀升，属于夏日的暑热，伴随着新鲜上市的杨梅，泡在凉水槽里的大西瓜，之后切成一牙一牙解渴消暑地到来了。

爬上狭窄的墙檐，踮起脚尖去摘桑葚的王迪，不小心触碰高压线，被瞬间打到地上。头发被电焦，举着放不下来的右胳膊，不省人事。因为疫情的关系，救护车迟迟过不来。半个多小时后，急救车的警报声，由远及近，尖锐刺耳地刺穿了安静得有些诡谲的城市午后。

还没等赶到医院，人就死在了半路。

这不禁让阿凯想到在幻海有一座六百年的古代宫殿。里面的太监、宫女，就像是一只只蚊蝇，被捏死，简直易如反掌。命如草芥的凡夫俗子，离世于这个世界，就像是少了一根无关痛痒的螺丝钉，不会对这个浑圆转动的地球，产生一丝一毫的影响。太阳终将照常升起，直至这份规律运动，也将万劫不复，整个宇宙归于虚空。

王迪的葬礼，阿凯没有出席。只要一想起活着的每一个人，无论是敌是友，迟早都会死，他便没有了恨意。

人是多么奇怪的东西。对一个不重要的人，生出爱憎，那个人，消亡后，爱憎也随之熄灭。保持清醒，作为血肉之躯的人，总是缺少一些生猛的滋味。内心长时间空空荡荡，像被实验者豢养在安全、温润的细胞壁中。为了排遣掉这份干净的虚空感，他想，只能靠买醉来验证自己还能感受到难受、不适，确认自己在独处时的软弱、不堪一击。在一天喝，一天不喝，隔天再喝的反反复复中，恶心的滋味倒是品尝过了，倘若再继续消沉与颓唐下去，那么整个人离废掉可就真的不远了。一个人，只要不喝酒，就会成为自己最大的赢家。反正曾经憎恨的人已经不在这个世上了，况且还属于边边角角的人，是比昔日南方公司里的同事更为疏远的关系。其实，他真正在乎的人，寥寥无几。

八十三

喜欢分享，准确说，无时无刻想要把周遭的一切，大声地告诉全世界，可能是一种病。帽子小姐性格耿直，假使说哪儿都好，就是坏在了一张没有把门的大嘴巴上，更何况，她还不是哪儿都好的那种人。

已近六月，风，还像早春一样，透出深深凉意，让人不得不多想。似乎上苍，在通过反常的天气，告诫着人们什么。大风刮了一整夜，刮断几条树枝，可见风劲得有多大。Gracy 曾带阿凯去往幻海后一片开阔荒废的空地，使得他一度遐想联翩。它已经不单单是被闲置的一块儿土地了，很可能是一处充满秘密，故意乔装打扮，有意被零零散散的石子精心掩饰的一处玄关。

人穷，日子过得辛苦，都不可怕。可怕的是，被无止境的自我感动失去斗志。就在那片荒无人烟的城乡结合部，她上去亲吻了他。

这么一个冷不防，让阿凯全身竖起汗毛。长久地静止后，迅速转头，拔腿就跑。

他一边跑，一边在脑海过着这些慌乱的思绪：不要轻易，或者根本就不与任何陌生人发生身体上的接触，不然，能量被吸走，因果报应就此展开。毕竟，没有谁愿意改运、改命……

似乎被这股夏日持续的阴风指引着，又再度去往了幻海西面的那片大湖。他把手写在小 32K 软皮日记本上的三本日记，分别裹上了一层密实的气泡膜，在分别装进三个小铁盒子之后，分别埋在了湖堤三棵枫杨树下。背包里，是一套迷你组合式铁锹套装，小巧的零件拼接起来，掘地三尺，都不在话下。阿凯分别挖了三个深坑，将三个铁盒入土为安。里面的日记，是疫情爆发伊始，三年来几乎每一日的文字记录。都是一些很真实的，目前只能供自己阅读的纪实性写照，甚至在体裁上，很像是一种略微翔实的起居注。之所以决定藏起来，是怕这些过于真实的文字记载，万一哪天变天，会连累自己的身家性命与人身自由。索性，暂时藏起来，待三十年、五十年，或者更长、更远的若干年以后，等待有缘人发现，让它们重见天日。

终究，心一狠，将思量许久，纠结要不要剪掉的长发，剃成了干净利落的圆寸。远远看上去，就像是一个不染俗尘的小和尚。可，哪里是什么小啊，都是奔五张去的中年男人了。但，人之所以神奇，面相逆生长，身轻如燕，或许是前世供灯的福报。

不知下一次，把头发再度留长，将在何时。阿凯唯一确定的一点是，在剃掉三千烦恼丝，仿佛变成一个无事一身轻的小和尚时，让外物、他人，对自己控制得少一些，再少一些。不为无关痛痒的情绪，让心境起起伏伏发生剧烈变化，继续在睁开眼睛的每一天，在走路，在喝水，在等公车、地铁时，认真聆听《楞严经》讲义，肯定是一件非常重要的大事。虽然他觉察，最近的自己，变得有些自闭。他想，那一定是一种对于一息尚存的善良的珍惜，把自己尽可能地活给自己。可以使我有这么多的作用。而非沉溺在爱喝酒的放纵中，像泡在酒坛，行将淹死一般。他又想，如果一个人不喜欢人群，那只是出于不喜欢热闹的本性，应该尊重对方，使其自洽。别人眼中的孤僻，在当事人心里，却是一处丰饶之海。

　　如果＿＿＿＿是一首诗。

　　横线上的空白，每个人会填上属于自己的答案。

八十四

　　朝霞慢慢在东面天空渐渐消失后，靳虹才勉强撑起精神，从傻愣愣呆坐了一整晚的楼梯上，缓缓地站起身。始终亮着的手机屏幕，停在已经发送出去的短信上：

　　　　我是靳虹

　　　　刚才有几只鸟非常好看

　　　　这只鸟你经常能见到吧？

　　　　晚上的时候蚊子很多

　　　　早上四点的时候蚊子是最多的时候

　　　　好久没上过夜班了

　　　　这个小区的树真好，这么高的树

　　　　我诅咒我快点死

　　　　我诅咒我被车撞死

　　　　我诅咒我现在已经是癌症晚期

　　　　老天会惩罚我的，如果今年我没死，明年我一定会死

我在写一个小说，一个美少年用自己的魅力和气质影响着大家，把浮躁的社会环境变得安静高雅

他遇到一些阻力，遇到老巫婆，但他不气馁，他最终把老巫婆给制服了，老巫婆甘愿做他的仆人

老巫婆最后变成了乞丐

但是对于老巫婆的惩罚还是不够

老巫婆的腿变成残疾了

得了风湿，腿和手一直疼

老巫婆的眼睛也瞎了

几条狼狗总是喜欢攻击老巫婆，一次只咬下老巫婆身上一点儿肉，狼狗能很长时间都有老巫婆的肉吃

因为老巫婆得罪了美少年，老巫婆是罪有应得

这个时间开始上班了

一个好心人告诉我裤子上都是血

老巫婆最后血流成河

阿凯匆匆瞥了一眼这些根本就不想去看，也无法读全的信息，这些令自己惊惧、恶心的短信，一个激灵，把手机使劲扔向了一边。

除了惊恐，他非常惋惜。人与人的关系，怎么说变质就变质了呢。想着想着，他的头一阵眩晕。他犹豫着，要不要继续想这些已经看到的忘不掉的触目惊心的短信。他无法出门。除了恐惧，还是恐惧。《楞严经》所讲述的阿难尊者与摩登伽女的故事，真是像极了他与她的这份孽缘。阿凯使劲念着什么，试图用干净的经咒，去破除心中茫茫无措的惊惧。

还是要竭尽所能去留存那些曾经发生过的美好画面。

一只非常漂亮的蓝色大鸟轻轻地飞走了……

猫，还在继续安静地卧着，像一只鹌鹑，一如既往，没有讨价还价，一心一意，陪伴着他。

不知过去几天，门，终于悄悄打开了。

解除把手上的双保险，阿凯试探性地将门轻轻推开一道细细的缝，只有一小角鼻尖，探针似的，小心翼翼地露出去。察觉门外无人，这才又稍稍打开一些，但依旧没有大敞大开。门的一边，右侧墙面，贴满的牛皮癣广告，突然多出来显眼的一张，上面印着大大的红色二维码。

刮过一阵热风，绿叶被晒得垂头丧气，哗啦哗啦地摇曳着。阿凯反手，摸了摸后背上的汗珠，感受到肌肤一股烧红的烙铁似的滚烫。赤裸的上半身，发达的胸肌，硬朗的肱二头肌线条，清晰分明的腹肌轮廓，被一股无法言喻的灼热包裹。

庆喜抬了一下头，默默看着这一切，然后，喵喵叫了两声。

八十五

古怪的阿凯，似乎让一切都归于静止。他想认识的人，维持的关系，最终都走向崩毁。常常会厌倦手头正在进行的一件事。因为一句话，对本来关系还不错的人，心里产生嫌隙，最终，交不下一个朋友。用他的话讲，没有谁能真正了解自己，只有自己，是自己的领航人。在鸟儿醒来，开始清脆唱歌的早上，一天之中，情绪最为平静、稳定的时刻，偶尔在一闪而过的念头里，会隐现出其实没怎么长时间相处过的王宇泽。这很奇怪。在内心变得不那么镇静的时候，极力压制着，告诫自己，要向一只猫学习。学习它们无论在哪儿，身边有没有主人，是高贵还是贫穷，都能够保持一种优雅姿态的习性。站在阳台檐上,一动不动的背影,盯着窗外的飞鸟。有时是喜鹊,有时是家鸽,大部分是麻雀。最清醒的时刻,很快便消失,取而代之的,像进食后,血管里开始变黏稠的血液,血糖陡然升高,脑瓜子变得不那么灵光。无意间,想起被一些无关痛痒的人的诋毁,对于梦想的否定言辞,心里还是有气,身体微微发颤。于是深呼吸,轻声细语对自己说:

放过自己吧,放过自己。原谅别人,就是原谅自己。

意识到自己很可能是一名自语症者,是在户外,坐在一张长木椅上,盯着落在一棵低矮松树上的麻雀时。他有一种很松弛的感觉。很轻盈。很释然。不想过多说什么话,张开嘴巴,发出声音。想起小时候,曾幻想过,自己要是一个哑巴就好了。千万不要小瞧天上飘过的一朵小小的云。很可能,它正在归乡,以一种等离子态。嗯。然而,天空没有一片云,没有一丝风。天空蓝得清澈透亮。廖一凯的心情,极度平稳。

能够在城市里听见唢呐吹奏的仪仗队,真不知是做梦,还是出现了幻听。眼前变得模糊、失焦,五百度的近视镜片,不知何时溅上了几块儿白色斑点。想起王宇泽取笑戴上大大眼镜的他,就像是身形大一号的哈利·波特。他回道,你还是斯内普教授呢。说着,两人在出差的酒店房间,没大没小地打闹起来,像极了两个尚在学生时代,寝室里打发无聊时光的高中生。

无论现在还是未来,我都希望你快乐。王宇泽瞅着廖一凯的眼睛,认真地说。

阿凯的眼睛里,闪烁着小星星,发着光。不知是星星眼,还是一闪一闪的泪光。

就是这般如此纯洁的兄弟情谊。在阿凯困顿时,宇泽伸出援手,将他从越陷越深的泥沼里拉上来。也或许,是宇泽自己的生活单调,看似拥有丰厚收入令人羡慕的高管职业背后，内心实则落寞乏味。两个人，都是有德行，有分寸，三观很正的成年人，守着恰如其分的边界与底线，像小时候可以穿同一条裤子的亲兄弟般相处。心里有多纯洁，关系便有多干净。

阿凯收到宇泽出事的消息，比经历过的任何一次噩耗都难以接受。

宇泽深夜骑摩托车，速度一度飙到一百六十迈，在隧道里，与一辆逆行的机车相撞，当场毙命。

阿凯不相信这是真的。他试图把这个噩耗强行从记忆里剔除，像是将一枚钉在白墙上的钉子拔出，重新抹上腻子，不知情的人，以为那是一面洁白无瑕的墙，只有他自己清楚，那个钉子眼儿，会在心里，留存一辈子。

他不能再去想那些从微信收到的照片：头盔碎裂，左脸着地，右腿被撞得完全反转过去……现场的惨烈，令他触目惊心。发送照片的微信好友，正是他的妈妈。他给她备注的名字是"宇泽妈"。当他用颤抖的双手，无法打出一个字的时候，反而又收到了她的安慰：

"你跟宇泽一样，都是我的好孩子。我们，都不要伤心了。"

处在极度悲伤中的母亲，在这个时刻还能说出如此暖心的话，也只有是当过母亲的人才能够做到。只要他一想起没有善终的宇泽，便会条件反射式地干呕。是难过吗？恐怖？想不明白？——怎么好端端的一个人，那么善良，那么年轻，就此消失在这个世界上了呢？！

他好想哭！奇怪的是，他根本就哭不出来。

廖一凯的心，像是一块儿布满密密麻麻孔洞的蜂窝煤，被速冻、冰封。他想起宇泽曾对他说过的话：

"不必勉为其难。不必行色匆匆。心里痛的时候，就让它痛。"

于是，阿凯呆呆地坐在卧室的地板上。不一会儿，闭上了眼睛。

八十六

瀑布飞流直下，让热带雨林中的大雨滂沱，捉襟见肘。

白衣女孩，仰着头，静定地望向水瀑，任凭雨水打湿她素净的脸。白色羽翼，业已淋湿，但，只需轻轻一抖，瀑布的水珠，雨水，被高频的微微振动，一并滑落干净。

巨型鹧鸪，围绕着不知有多高的瀑布，飞翔，停下，飞翔……

蛙人，继续在水帘内的岩壁上，努力攀爬。偶尔停下，回头，用极大的一双眼，歪头歪脑，带着警觉之心，悄悄打量。

岩壁上，画着一些奇奇怪怪符号的岩画。岩穴有多长，画就有多长。画着头盔状的大脑袋人形图，一直延伸至追踪不到的极其狭窄的洞口另一端。他们并排，似乎在接引着什么。

蓄在宽阔瀑潭中的水，清澈见底。两个太阳，一闪一闪，跳在水面。

无人知晓，这些水，与幻海西面的那片大湖，互相连通。只是这里，不在地球上。

倘若仔细听，极其仔细地辨识，就会听见这哗哗的流水声，发出稳定的，犹如唱诗般的音乐。这是一个会唱歌的瀑布。在这方世界，天空，有两个太阳。除了自然界的水声，植物在空气中因震动所发出的声响，鹧鸪展翅飞翔的声音，蛙人带着警觉心攀岩的动作声……其他，没有像人类那样的说话声。

偶有不知从何处，发出的嘎吱嘎吱咔咔掰骨头的怪音，在乌云遮挡双日，风雨欲来时发生。无形无状的声音，盖过飞瀑的轰响，有一种隐隐直觉，像是在这一方世界，肉眼所看不见的超自然之物，在这里，或仅仅只是利用全息投影，在另一个星球，进行着一场声势浩大的巫术活动。

庆喜一丝不挂，站在一面无比巨大的平静海面。要怎样去描述这无边无际的大呢？十亿、百亿、千亿、兆、十兆、百兆、千兆、京，十京、百京、千京、垓，十垓、百垓、千垓、秭，十秭、百秭、千秭、穰，十穰、百穰、千穰、沟，十沟、百沟、千沟、涧，十涧、百涧、千涧、正，十正、百正、千正、载……

这方世界那只鹬鸪模样的白色大鸟，发出一声又一声悠长的啼鸣，让上述一切，重归平静。

八十七

意识到身边的一切有可能都是虚拟的程序这个问题，是想到Gracy好像突然人间蒸发了一般。她并未透露过疫情稳定返回学校读书的消息。言外之意，她，还有一个个接连突发意外身亡的熟人，莫非都是为了丰富他的存在而有意安排好的？他们就像是一个个被设计者提前输入指令的工具人，无一例外，配合着他体验着一段完整的人生。

那么，他是真实存在的吗？

他想了想，认为自己终究是有根基的，来自那个被大家伙儿亲切叫作故乡的地方，无论他愿不愿意谈论，或者干脆选择将其信息屏蔽，都逃脱不了那方水土对他塑造而成的外在模样，尤其是骨血里，携带着被永久写入的基因。心里面，那扇叫故乡的窗子，似乎总是关闭的，就好像窗外的空气有毒，不能轻易触发它，就连轻轻地回忆最好也别。故乡是一块儿禁忌之地，被内心深处的机关严防死守。过往的个人历史，空白一片。他在怕什么？躲避着什么呢？

请停止自我对话吧！——停！

清明的时候，别忘记至暗时刻。就像不要忘记那些曾利用过你的善良欺负过你的人一样。否则受过的苦，尤其是心里面的百般煎熬与痛苦折磨，都白白让它们承受了。要学习伍子胥，为复仇，不畏等待。

合上历史的折页，残酷现实，终将变为总要经历的历史。房间里摆满缺失童年本应得到的各式玩具，尽是呆萌的布偶，PVC 材质的公仔与手办，唯独没有小汽车与飞机，张牙舞爪的恐龙也不需要。他需要温暖的物件。阿凯需要。

头疼欲裂，失眠。靳虹给他买了许多许多限量版公仔。她出手阔绰。他在深更半夜的失眠房间，开着床头灯，盯着摆放在床边格子柜里的公仔看个不停。倘若有一部对准房间实时记录的摄像头，被拍摄的这些画面，是不是诡异到近乎病态。不过阿凯都不以为然。从儿时起就察言观色，成熟得与实际年龄不符，现在，他不想再去讨好谁，包括他自己。

要好好地对自己好，真正意义上对自己好，而不是心血来潮时，随便说说，假装自我鼓励一下而已。

他知道，心怀破碎，有一颗早已千疮百孔的心是一种什么滋味。他知道，自己的人生注定颠沛流离，对世界与自我的认知，会经历反反复复的变化，甚至会滑向不太好的过去，开倒车，让心遭罪。

宇宙里，仿佛只有恒星最恒久稳定，最靠得住，即便它终究也会慢慢熄灭。他多么希望可以拥有一颗属于自己的太阳。看着它慢慢转动，看着它发生核聚变，产生很奇妙、很美丽的磁力线，抛射出日珥。

寄希望于宇宙，而非血肉之躯的同类——人，内心得有多失望过，多闭锁，同时又拥有着怎样强大的意志呢！

他想起刚来幻海经历的第一个冬季，一天，他钻进一家西北风味的小馆儿，只想吃一碗热乎乎的牛肉面。馆子里播放着节奏舒缓的音乐，突然，埙的声音出现，他正一手夹着筷子，一手握着汤匙搅拌热面，低着头，瞅着面碗，猝不及防地流下热泪。

原来，只需一顿饭，而非微醺，就可以把自己还给自己。

能够安全地做回脆弱的自己，令他找到一种久违的熟悉感，即便那是一口心里面的黑盒子，藏在暗处，超载着许许多多的心事，不能轻易向外人道。他不能够出门，根本无法出去。他几乎连床也下不了，窗帘也没有拉开，除了喝水，去厕所。如此这般，吃了睡，睡了吃。脱光衣服，盖着被子，像一只蛹，独自一人度过了十七天。

如果心口出现空洞，时间会将它慢慢愈合吗？

他特别渴望被拥抱，用一具一丝不挂的肉身，紧紧咬合住自己的这具，像两枚罗列在一起的勺子。然而他清楚地知道，他已经丧失了与人保持亲密关系的耐心。他的心始终是破碎的，即便有时候看上去与别人无二，那也是假的、伪装的、暂时的。他的内心深处，一直有一片黏稠的黑色海洋。那片海水，像是从阴曹地府流出，没有目的地漂着，终不知所向。

那是人生中令他费解的至暗时刻。别人拥有的快乐、美好、幸福，一切都与他无关。他被蚕食，被掏空，被榨干。从最初的难过，到逐渐对悲伤产生钝感，空空然的脑袋，像戈壁干涸的沙地，一座开始进入休眠期的火山。掘地三尺，除了沙砾，生机早已消失殆尽。

　　　　人心曲曲弯弯水，世事重重叠叠山。

廖一凯在等待自己回来。

八十八

不只阿凯，整个幻海里的民众，似乎都得了一场怪病。有人感觉肺部刺痛，有人脑子宛如生锈，反应迟缓，说话颠三倒四。帽子小姐则更加神经质，说自己是一朵花，而且还是一朵别致的空花。她一边自言自语，一边强迫症般地注视着自己的下体。她太寂寞了。她有太长时间没有体验过做爱的滋味了——两具身体，一丝不挂，像两条没有鳞片的光滑大鲶鱼，紧紧地缠在一起，放肆地进行鱼水之欢。她也不知道自己在坚守着什么。她性格里风风火火，像个男人似的那股子劲儿，已荡然无存。每个人都变得很相像。变成了一个沉默寡言的大哲学家，躲在书斋，陋室一隅，痴痴傻傻地专注在高密度的精神空间，好像不需要人世间烟火的饮食、打扫、生儿育女、计较与欲望。她感觉自己的眼睛就要失明，已经被古希腊的一只神鹰啄伤，曝露在布满风霜的户外，冷冰冰，还在不断被风蚀。她说，熟悉的爱人是用来相爱的，只有与陌生人才能发生肉体关系。

据说，女儿都是父亲前世的情人。说白了，这一世，前来讨债。老首长最大的遗憾，是没来得及亲眼目睹女儿成亲。吊死的时候，眼不瞑目。帽子小姐似乎也不打算谈婚论嫁，只想恋爱。更换男朋友的速度，比衣橱里永远也穿不完的衣服换得还要勤。这些小男友大多类似，皮肤白皙，岁数都比她小。她让他们唤她姐姐。于是那些机灵的男孩们，就叫她姐姐，姐姐。她听得心花怒放，甘愿为他们花钱，提供丰厚的物质生活。反正，一个愿打，一个愿挨，没有谁利用谁的心机，各取所需罢了。她贪恋他们年轻的身体，他们贪图她的出手阔绰，可以少走一些弯路，对于男生而言，除了能够爽，更不会有什么损失，何乐而不为呢？

她就像一个永远也吃不够的大欲女，饿虎扑食一般，冲着年轻的肉体猛扑过去。

身体的交媾，能填满心里的空虚。她清楚只能维持一时，并不能够长长久久，那她也无所谓，只会尽可能地抱住对方滑溜溜的身体，从棱角分明的脸到胸脯，从凸显的腹肌到跟腱很长的脚。她从上到下，将刚刚成年的薄肌男孩儿舔了个遍，像是用舌头舔食手中的冰激凌。每做完一次，披头散发，满头大汗，靠在床板点一支烟，不等抽完，便再来一次。她说，叫姐姐，快啊，弟弟，喊姐姐。

他喊：姐姐，姐姐。

她回：快，快啊，弟弟不要停。

巨大的快感，排山倒海一般，一阵阵袭来，在抵达高潮后不久，瞬间退去。她好奇能够带来快感的神经是如何在身体内部运转的，嗖嗖的，像是风驰电掣的火花，瞬间绽放，又瞬间熄灭。

一切的快乐、难过，都是化学性的。偶尔的痴痴傻傻，也是。在深入了解一个人后，你就会理解那个貌似大变态的人，曾经遭受过的不快乐，痛楚与深深的伤害。对于生意失败的帽子小姐是，对于靳虹也是。只是靳虹的失败与匮乏，又是什么呢？

现实中的万般无奈，内心潦草，不抵在某一时刻突然的沦陷。它会像治不好的癌，如影随形，直至生命终结。

人生最美好的时刻，也就那么短暂几年。男人十七八九，女人二十出头。当意识到青春呢，青春去哪儿了时，肉身早已如花儿一般凋谢。

松弛的脸，爬上逐渐加深的皱纹。这是青春不再的对立面——老去。

而老去的终点，就是——死。

死，就意味着一切都结束了吗？

如果你想念一个人，那个人即便死了也永远活着。

八十九

廖一凯察觉自己在慢慢好起来。窗外的阳光看上去很耀眼，即便是个大风天。他穿着厚厚的睡衣，坐在桌子前，感觉到脚、膝盖、腰椎、胸腔、喉咙一连几天的不适感消失了，尤其是昏沉的头脑变得清朗起来。他试图更加轻松地坐着，不让腿与腰承受多余的压力。平心静气地呼吸，只感受这一刻，不产生过多思虑。

远离精神抑郁的一剂良药，原来是每天都能见到的大太阳啊！抛向宇宙空间的太阳射线，八分钟后就会抵达地球。

阿凯想把它抱在怀里，守住不放。他想，是时候，借着太阳的能量，让伤心、难过、误解、诅咒……一一消散。都结束吧。原谅所有，像一个胸襟开阔的国王，大赦天下。

他仔细冲了一个淋浴，尤其认认真真洗了头发，好像在去赴一场庄重的仪式之前，沐浴更衣，将自己彻底梳洗干净。

他出门，眯着眼睛看了一眼大太阳，缓慢步行，去往幻海书店。

身上的筋骨像生了锈一般，紧紧团缩着。迎着太阳，他挺直后背，尽可能用力摆臂。

不思虑，活在这一刻。他提醒着自己。但转念，他想，这提醒本身，不就是思虑嘛。还是不想，什么都不想吧。

阿凯并没有告诉靳虹自己已经走在去往书店的路上。他并非要给她一个惊喜，更不想制造惊恐。与其说她躲着他，不如视作对她的回避。半路，他停在一个小商店门口，犹豫要不要进去买包烟，或者一瓶小二。最终，他买了一瓶，拧开瓶盖，像是喝下一瓶纯净水，一饮而尽。嗓子被热辣的白酒呛得直咳嗽。大病初愈，再度喝酒，先前发着高烧，在迷糊与失眠之际，暗暗发下的毒誓——再也不喝，再也不喝了……俨然成为笑话。

客观的理智与本就无多的智慧不一会儿便会被上来的酒劲儿压下去。暂时性的狂欢占据上风，让重返幻海的目的变得不那么单纯。酒里好似暗藏一把隐形的钥匙，在重启幻海书店大门之前，先把逃避的屄胆泡开，就像用一个盛满水的大碗，把干木耳慢慢泡开一样。

谁不是一边被生活改变，一边改变自己的性格。

路过那棵树，那棵再熟悉不过的泡桐树。只是因为季节关系，一片叶子也没有了。他摘下手套，将左手贴在粗大的树干上，仰起头，心中暗暗问道：你好吗？你都好吗？

一只没有发出叫声的乌鸦从光秃秃的树枝上面掠过。

阿凯曾无数次脑补过与靳虹再次见面时的场景。更是无数次打过退堂鼓，刚有了想去幻海的念头，便瞬间熄灭。要不，这一回，也算了吧。他想。

于是，他调转回头。

九十

在意念里，他已经原谅了她。彻彻底底原谅的那种。那种原谅，就像是正在酣睡，却突然被一条蹦进来的微信提示音惊醒。手机摆在枕边，像一只不动声色的小狗。我们每个人都有一只离不开的"小狗"。他很困，看了一眼屏幕，原来是一个再普通不过的微信群一条@所有人的通发消息而已。窗外寒风呼啸，大树都在休养生息，他翻了个身，试图再度睡去。

阿凯闭着眼睛，一边翻身，一边无意识地想起《飞向太空》这部电影的开头，清澈河水中，几缕随水波轻轻荡漾的嫩绿色水草。那是苏联被流亡的电影导演安德烈·塔可夫斯基执导的影片，讲述了一颗行星也有大脑，干扰了宇航员记忆深处的故事。

……

宇泽曾在一次出差的午觉醒来后，向阿凯描述过他婚后的生活：与妻子相敬如宾，逢年过节带着儿子外出旅行，让他自己用眼睛看一看这个广阔的世界，培养他对于体育运动的兴趣，让身体皮实，性格开朗，父子俩一起读科幻小说。

阿凯问他，女儿不行吗？他没有回答。

洛希极限，不只存在于两个天体之间，它还存在于两个人之间。

如果一个人，有失身份，对另外一个人，做出违背常规、人伦道德的举动，原因一定只有一个：她（他）很孤独。

孤独是一声叹息，用尽气力，发出长长的一声"啊……"，像是一块朽木成了精。

曾经像一条条发情的蛇一样，在归去来兮大厅的木地板上滚来滚去的幻海会员们，书架上的书渐渐成了摆设而鲜少有人翻阅，只有几块钱采购成本的黑胶唱片洋垃圾依然有模有样地立在一个个方格子里……逐一散发出颓败之气。他闭上眼，能够无误地钻进吧台内的操作台，知道竹编的托盘摆在哪儿，消毒柜里的马克杯和小餐盘分别倒扣在哪一层的不锈钢篮架上。还有各种茶叶、咖啡豆、水果罐头、糖浆等等，它们摆放在橱柜的每个角落，不用睁眼，他心里都有数。机器猫、皮卡丘笔套的钢笔，搁在透明展示柜的哪一处就更不用说了。他对幻海的各种物品了如指掌，唯独对这里的人，以各种需求办理会员卡的会员不甚了解。

廖一凯就在反反复复的练习中，在反反复复的起心动念里，在渴望真的能够重返幻海书店，试图当面与靳虹和解的内心斗争中，决定用意念原谅她。

一个年过半百的女人，或许，早已停经。当书店所有的顾客与员工走光，唯独剩下她一个人，孤独地坐在茶室，低着头，盯着自己的手指愣神，他就能因单纯的恻隐之心而原谅她。

"谢谢你原谅我。"说完这句话的靳虹，眼圈里转着泪花。

"啥？你在说什么？什么原谅不原谅的，不懂喔。"阿凯有意打岔，或者说，不想再谈论此事。

"谢谢。谢谢你。"靳虹满眼，仍都是泪。

"不用谢的。更何况，我不知道你在讲什么，靳总。"阿凯带着极富情商的表情，故作不知所然的手势，淡淡地回道。

第五章：我们会在哪里重逢呢

九十一

有什么时刻，有什么事件，能够对一个人造成永久性的伤害吗？这种伤害不可逆，无法根治，充其量只能在状态稳定时，看上去，像是一个正常人。

廖一凯闭起眼睛，双手合十，心里乱乱的。他要向全宇宙祈祷。这份祈祷，超出任何国别与宗教界限。他在紧闭着双眼的心里，静静靠近因祈祷而高速旋转的那束光。那是在很远很远的方位，无法靠度量单位计算的时间与空间。他在地球的家中，一所小小的房间内起心动念，在遥远的外太空，就有一束束高速旋转的粒子流，与这份看不见的心念紧紧缠绕。

真挚，毫无杂质的爱，可以穿越铜墙铁壁的时空之墙。

最为神奇的是，与世界一道，同样遭受着病毒侵袭的幻海，已经彻底恢复了卫生安全。城市里的空气开始有了春天的泥土味儿。

九十二

一个雨夹雪的早春正午。就在这个看不见太阳的泥泞天气里，那两只发出过类似布谷鸟声音的大鸟，摇晃着小脑袋，落在关着窗子的阳台外檐歇脚。出于自我保护本能，它们警觉地摇头晃脑，打探着四周有无安全隐患。如此近距离地停靠，阿凯用手机拍照并且识别，搜索引擎显示出这种鸟的名字——珠颈斑鸠。原来，这是一种在城市司空见惯的大鸟。眼下，它们俩就像是两只恩爱的鹌鹑，并排着，胖嘟嘟地挤卧在窗檐上睡去。为了不惊飞它们，阿凯小心翼翼地坐在经常写字与发呆的小木桌前，透过拉近焦距的手机相机，仔细盯着这两只大鸟。颈上那一圈密密麻麻黑白相间的珍珠状斑点，看久了，会让有密集恐惧症的人发作。楼下马路上，行人打着伞经过。还有车子，一辆接着一辆驶过。两只外形轮廓如同鸽子一般的大鸟，为了躲避天敌与人类的捕杀尚且保持机警，更何况是身处当代人类丛林社会的其中一员廖一凯。被雨雪溅上泥点的阳台玻璃窗，安全地分割着嘈杂的户外与寂静的房间，倘若以上帝视角俯瞰，每一个住在高楼里的人类，与鸽子笼里的鸽子，树上鸟巢里的珠颈斑鸠并无二致。唯一最大的不同，是人可以躲在自己的房间，安全地发疯。不清楚别人的状态如何，起码对廖一凯而言是这样的。

言多必失。讲话过多的时候，他只想把自己发烫的舌头揪出来，就差割掉了。当他意识到，或许连写，默不作声地写、编造，也是造口业的一种，他便更加警觉。

在幻海的幻海，林林总总所发生的一切，尤其是阿凯亲身经历过的，无非是人世间里再普通不过的一件件小事。你永远无法真正知晓，在关起房门时，那些平日里光鲜亮丽的女神、男神级的人物，到底在做些什么。

依稀记得，廖一凯狠狠地把手机丢入山谷，回到空无一物的房间，跪坐，对着远处雾气苍茫的山峦，静静地流下眼泪。据幻海书店的个别会员讲，他跳崖了。也有人说他凭空消失了。但有一点毋庸置疑，是他长长久久地停在了四十一岁，永远地留在了幻海，也永远地离开了幻海。

九十三

时间飞逝。

无法开机的那部手机，辗转出现在一个旧货市场。一天，摊主十八岁高考落榜的儿子，不知怎么鼓捣，竟然将早已报废的机器开机。打开微信，按下最后那条语音，将耳朵凑近听筒，只听充斥着刺刺啦啦被电磁波干扰的语音，那是靳虹最后发出的：

"叫妈妈。好好地吃奶，吸吸妈妈的奶子。"

这个世界，有些人穷的，看来就真的只剩下钱了。

蹲在玻璃橱窗外，看窗台上相依相偎的两只猫咪。一只英短，一只布偶。一只小，一只大。大的那只布偶，尾巴炸毛，淡蓝色的眼睛，有些傲慢。小的被它挤到一边，拘谨地被迫站立。看来，哪里都差不多。猫生也不易。

异象丛生。走在阴沉的天空下，脚踏实地，心却没有一丝一毫的忐忑。看见什么，就自自然然地被双眼俘获。没有什么非见不可，也没有什么抗拒。三十九岁，想，倘若还能再活一个三十九年，就是将近八十岁。这个唯一的地球，哪一个角落，都是家园。听见不止一次地球人很可能是被四维或更高维度的生物所创造的假说。活到几十岁、活到绝大多数人都不会过百的寿命，似乎是被故意设定好的程序。倘若真是这样，那就更不必担惊受怕。你就想象成是自己养了一盆大花，花盆下有一个蚯蚓与小虫的生物世界，它们就在花盆的土壤里，按照自己的习性，生老病死。花盆外的园丁很善良，没有丝毫要大动干戈去铲除这些生物的想法，甚至早已忘记它们的存在。这样想，就会珍惜生而为人的这一世。将一整个地球投置在浩渺宇宙，小到一粒沙都不是，时间、空间、物理定律，相对数以亿计的时间而言，或许没有丝毫意义。也或许，最终极的答案，就在一粒沙之中。

对宇宙持有敬畏之心的人，都是有慧根的。

所有关系的破裂，倘若找出一个共同点，无非跟钱有关。

真的就是钱。你还别不信，嗤之以鼻。

最终的最终，都是因为钱。

那些带货主播，那些试图实现理想与人生抱负，那些渴望扭转命运甚至撼动乾坤，无非都指向——钱。

没有钱，人生寸步难行。有了钱，倒不指望鬼推磨，却能跨越许多鸿沟。想去环游世界的机票，即便不住高档酒店但也得保证基本吃喝的一日三餐，拍下风景的相机，洗发水，化妆品，唤醒身体令精神振奋的咖啡，更别提烟、酒……你就说，哪一样，不得需要花钱买。

人生处处如履薄冰，可谓步步惊心，我想要告诉你的，也就只是这么多。至于其他，日后你自己经历一番，自然会了悟。其实最想说，再高深莫测的人，终有自己的软肋。或许情关难过，或许贪恋权术。他们展示给你的，多是半斤八两的夹生饭。谁都不可信，包括我。就信你自己。做一个好人，先把自己做好。记住，永远谦逊。

对一个人好，就好好地待人家。

往炒勺里接了一些凉水，放进三枚鸡蛋，拧开煤气灶，开始水煮蛋。利用鸡蛋煮熟前的十五分钟，洗刷堆在池子里的餐具。据说凌晨三点是一天中最危险的时刻，有统计数字表明，自杀大多发生在此时。困，却突然醒来，无法再睡着。肚子饿，干脆起床煮点吃的。但是手刚一接到凉水，心，还是畏缩的。有一点儿不情愿，或者懒，瞅瞅越堆越多的杯盘，一番纠结后，还是用挂在厨房的小毛巾，擦干净了手，走回卧室。

卧室，客厅，书房，阳台，都在同一个房间。

除却刚刚的厨房，有一个木拉门，还有一个独立的带门的卫生间，阿凯在幻海所住的这个房子，是一个大开间。它不大，四十多平米的样子。这是他的第一个房子，也是他的最后一个。

他的心被揪了一下，并非只是那双并不存在的眼睛。他有一种不祥的预感，似乎家里出了什么大事。他看过曾仕强老先生的短视频，说，人心通电，关系非常亲密的家人出事，眼睛会流血。突然，他觉得自己是一个非常失败的人。不知道自己能干什么，跟这个现实世界有着深深的隔阂，不但自己辛苦，还连累身边的人跟着一起受苦受累。他其实什么都懂，只是不愿再去轻易改变。

不改变，会是死路一条吗？

这些年，阿凯走了许多弯路。放不下的，终究是对他造成很深"伤害"的梦想。然而在现实，不会因为你努力了就会受到特别对待。尤其在幻海，竞争这么激烈的一个地方，一切都需要靠辛勤的双手，去努力博得。

希望自己振奋
希望自己对社会、他人有益

可我还是一个失败者

就沉在大地的泥土里

冬藏

阿凯在日记本里写下这几句话，眼泪啪嗒啪嗒地掉下来。

没有什么可沾沾自喜的，在获得一点点成绩的时候，何况那还不是什么成绩。你知道人生最难之处吗？就是明知道不行，根本不是那块料，硬要往山头上爬。

厨房里的蟑螂，卫生间里的蜘蛛，花盆里的蚯蚓，其实你并不孤独啊。你还有它们。

生活不就是这样，好的，坏的，同时来。再说，何为好，何为坏呢？

你要记得，天，终归会亮。

不是吗？

后来有人打开地图，发现根本就没有幻海这座城市存在过。只有一条早就干枯不知多少年的河道，上面河卵石大大小小堆积，两岸是战乱年代战死士兵曝尸荒野的乱葬岗。

不要留恋梦境，无论它温暖还是令你惊惧。醒过来，好好地活在现实里。无论这人世间如何大雪纷飞，春日，终将会到来。

倘若你问我，人生什么最美？我会毫不犹豫地回答你：遗憾最美。而这个答案，也是曾经经历过的那些百转千回的纠结与自我折磨的心，一点一滴，给予生命最好的释然。

一别两宽，彼此都生好。

时至今天，我仍然笃定地相信，我曾经在幻海生活过，看见过太阳在幻海照射出耀眼的光芒。

九十四

一棵安静的植物，一只温驯的小动物，即便是一头凶猛的野兽，一块儿不言不语的石头，一粒微不足道的沙，一朵变幻莫测的云……都是宇宙的分身。

它们，生生灭灭。

你还记得廖一凯来到幻海的目的吗？踢着落叶走在马路上，误入森林置身迷雾，不知是否看见了须弥山。有一天，他抬头，看见漆黑夜空几颗闪烁的星星，正在不停变换着图案，试图连在一起，就像是冬天凝结在玻璃窗上的窗花。阿凯看着它们一直变，一直走。一直走，一直变……直至，他低下头，决定要好好地面对自己的今生今世。

他想，一个人，怎么就此消失得无影无踪了呢？仿佛不曾来到过这个世上，真是百感交集啊！此刻，他只想用尽全力，抓住这一生经验到的唯一的美，让身体的种种负累，重回轻盈。遇见的冤亲债主，感受过的四季，掉过的眼泪，笑得肆无忌惮的时刻……有一天，终将万劫不复。被审判后，你只能携带信息的种子，飘向粥状的虚空之海。那里没有开始，也没有永远的结束。于是，阿凯面对着寂静无波的幻海，虔诚祈祷：只愿来生，前缘再续。

〔终〕

写于二〇二一年六月五日至二〇二三年三月六日

改于二〇二三年八月四日至八月二十八日

后记：

与心中的阿修罗握手言和

　　身为一名蒙古族八〇后，离开内蒙古，离开故乡，只身一人来到北京，已经十六年了。这一次，我想通过某种类似"回到原点"的记述，把自己的心，好好地安放一下。两年前的一些真实经历，直接促发了这部小说的写作。但无论是自发还是自觉，有一点是确定无疑的——自己个体生命经验的内驱力一直在召唤着我。

　　《幻海》是我的第三部长篇小说，在写完初稿的二〇二二年夏初，我四十岁整。我带着它，去往鲁迅文学院高研班学习，作为提交的研讨作业，在长篇小说组，认真地读着同学们的创作，也耐心倾听他们对于这部小说的声音。每位创作者与他的文字功能，是全然不同的。从去年秋天毕业到今年春天，时间又过去大半年，当我回过头重新审读并试着调整这些文字的时候，我发现，缓慢、黏腻、湿漉漉，然后停下来让一些与我有过同样困顿的人稍微思索片刻，再继续勇敢、坚定地上路，治愈，或许就是它的功能之一。

　　我想，正是因为调用了大量真实的生命经验，所以在写的时候第一次感觉到"累心"。城市中扑面而来的风景，遇见的形形色色的人，十余年做旅游编辑行走的近二十个国家，心底所泛起的种种涟漪……都向我这个漂泊无根的蒙古族写作者，提供了宝贵的创作素材。虽然我也很想写一写传统题材下的内蒙古牧区故事与牧民生活，除了现阶段积累不够之外，这十六年远走他乡的个人经历，一直在心底召唤着我：快把这些年的内心摆动，趁着青春即将不再的尾巴，通过一个相对靠近心灵的故事脉络，做一个了结吧。

因此，这本书向内走，往心里面走。让心回到安静的状态，也是它非常重要的一个功能。

通过《幻海》，我想呈现——个体的存在，放置于浩瀚的宇宙时空，根本就渺小到不行，有其必然性，却又很难解释清楚，种种矛盾与二律背反叠加在一起，合理之中暗含着许多悖论状态的故事。于是"我"，借用小说男主人公阿凯（廖一凯）之身，选择用一种柔软，甚至有些儒、释意味的文字，试着来表述自己一番不成熟的时空观。

文本里的状态占比很多——行进中的状态，停滞中的状态，反刍中的状态。状态是我想通过这次探索着重突出的。

生活中，我几乎总是"独自一人"。我喜欢散步。在春天，用极其缓慢的步伐，看看花，看看草，看看小鸟，用手机对准它们拍照。有时，我也翻唱喜爱的歌曲，有模有样录成视频，配上字幕，放在微博等社交平台。小时候，我塞着耳机，听磁带里的歌声，心底涌现出非常细碎的情绪，它们一路跟随我，来到年轮的当下。于是我在想，如果不写作，我会成为一名歌手吗？因为，心底深层的某种忧郁，那些激进的、愤怒的情绪，各种奇奇怪怪的想法，痛痛快快地唱出来，要比写更直抒胸臆。然而，我想——写，依然会是我的首选。对于我，它是一种性格底色，乃至生命质地的需要。我非常惊讶且笃定地意识到并看见它。

音乐，与我有着千丝万缕的联系。那么，我可以把小说，写成像唱歌一样的感觉吗？我默默地问自己，并悄悄尝试。像音乐一般，起承转合的浓浓情绪，一直在行进中的状态，或许就是这本书的其中一个基调。

决定动用一部长篇小说，与四十岁之前，性格里某些狂烈、偏执的部分，甚至在悲愤时，像极了"阿修罗"的自己，握手言和。

不得不说，这本书是计划之外的。按照自己的写作规划，我是打算在之前那些写作练习后，创作出一部"大长篇"。然而，它被时间与经历突然安插进来，我只想顺应老天爷的这份安排，把它写出来，让心归零。

所以，这部小说，起先是为了让狂风暴雨般的心境恢复平静，然后写着写着，我对它开始有了很深的感情。有一段时间，只有坐在案前写，心，才能趋于舒展。否则，心，就是褶皱的，不安的。

倘若它的前一半，还是在讲故事的话，那么后一半，更趋向于一种"空"。

如果有人问：你觉得这些年自己的小说创作，最大的一个特色是什么？我想，我会答道：情感充沛。

被我揣度的、琢磨的、虚构的、叙述的故事与情节，被"情感"的这些"筋骨"，连结着，渗透着，贯穿着。它们可能是一条不那么清澈的河流，却携带着丰盈的浮游植物与低调的鱼群，缓缓、稳稳、自由自在地汇入江海。

在一本我全年订阅的文学杂志上，读到一位比我年长整二十岁的作家前辈的访谈文章，他说：

> 真正的写作要把技法忘掉。所谓文章，从哪儿写起都是开头，在哪儿停住都是结尾。把每一句放到合适的位置，让每个字都醒过来，这是做文的最高技法吧……不管

写散文还是小说，文学写作的本质是虚构。即使写一部纪实散文，看似在写真实发生的事，但那个事已经发生过，你用文字在重新创作它。你照着这个实写去时，文字自然而然走向虚构之路。

除了动用自己所经历的极其有限的个别现实作为创作素材，这部虚构小说，所有人物参与的故事性，他（她）们许许多多的走势，如今我回头再看，很像是一种软体的拟态章鱼——确定，又不确定；不确定，又确定。实相里，有虚；虚空中，又有很真实的东西存在。这本小书，看似涉及情、仇、爱、恨，写了成年人，尤其是知识分子善、恶、美、丑的心灵世界，其实，它更像是一部只有成年人才能够读懂的"童话"。

曾经在一本书后面策划编辑与作者的对谈文本里读到："小说艺术性在阅读市场和文学圈内，都变得不那么重要了，大家只想看一个作家写故事，而且得是大部分人能理解的那个世界发生的故事。"我想自己，也不是那种只把小说当作讲故事的创作者。最初在脑中设定时，是想写一部跟之前不太一样的结构，它应该有许多互相交错在一起的情节，而非大段显得整齐划一的单向叙事。它很蒙太奇，有电影般的质感。人物在前面先一一亮相，后面则让他们跨越时空，甚至在一种奇幻般的"森林"，或是弯弯绕绕的"迷宫"，再度相遇。所有想说的话，都借由故事人物的言行、心理状态，一一写出来。

写到后面，调动直觉，似乎就成为这部长篇小说的任务本身。我不太清楚，这是否算是自己一厢情愿式的"新感觉派"的文字呢？

书稿从二〇二一年六月初开始动笔，很缓慢地进入，在十月下旬终于找到叙事节奏，之后铆足劲儿，每天，几乎都保持在一个两千字左右的创作量，从未间断过，可谓"风雨无阻"。虽然有一阵儿，突然每天只能写三五百字，又变得很慢起来，但最终，一年后，初稿完成。鲁院学习归来后，"阳康"后，二〇二三年一月至三月初再次修改，但其实整个近两年的时间，它一直在心里拖拽着我。

每次写完一部长篇，我都感觉离自己心仪的那部小说又靠近了一步。要不停地写，不间断地训练，似乎便会慢慢"知道"一些自己悟出来的章法。有一阵，每次出门在外，手里必须握着一本书，心里才感觉到踏实。文字在心底咕嘟咕嘟冒着泡儿，不停在召唤我，让我把它们记下来。

特别想提及两年里一件印象深刻的小事：那是二〇二二年三月末的一个中午，我站在美术馆后街三联韬奋书店一楼摆满杂志的书架旁，一个初中生模样的男孩在我身旁抽了一本杂志，应该不是《三联生活周刊》，就是《爱乐》。然后他快步流星，连同胸前抱着的一摞书，站在柜台前结完账后，马上又折回来，风一样，坐在一楼通往B1层的那截楼梯上，紧挨着墙壁，将刚刚新买的书籍塑封膜一本本拆掉，戴着口罩，头自然靠在白墙上，百无聊赖地读起来。我看着那个背影，很孤单，又很熟悉。那天书店几乎没什么人，外面两三株樱花树开得正盛，气温近二十摄氏度。一个略显孤独的陌生男孩，买书、拆书、读书的画面，被我撞见后，竟深深烙在了我的记忆里。事后我想，我可能是借由他，与二三十年前的自己相遇了吧。

我也不知为何要提起这件事。究竟是读书的人孤独，还是写书的人孤独，抑或是他们更享受这份自己与自己相处的时光呢？

写长篇小说是很辛苦的。待在房间，选择与时间为伍，非常寂寞，非常。但寂寞，同时也会穿过寂寞。在桌前独坐，耗费心神，选择自我煎熬，你得去承受它带给你的亢奋与压力。尤其是你知道，长篇的体量，适合自己将某一阶段的所思所想，完完整整地倾倒出来。

常常坐在房子里那张小木桌前，写累时，发现双手会自然合十。

你也可以试试，闭上眼睛，让两个手心碰触在一起，心里会有一种踏实感，好像被人抚慰。而有时，就把双脚搭在沙发前的茶几沿，抱着电脑，沉浸在情节中，直到写到脖子泛酸，心里在疾呼过瘾时，又很闷。我想，算是进入到一种忘我的状态里了吧。

我在写小说时，感觉身体像是开启了"自动飞行模式"。模糊的情节、句子、字词在脑海自动浮现，然后像血管里流淌的红细胞，悄无声息地在身体上下流窜。比较倾向弗吉尼亚·伍尔芙的观点，文学就像是提着一盏灯，把房间里早就存在的东西，一一照亮。我觉得每个人都能写作，尤其是写长篇小说。可以带着自己的直觉，写自己对于生活与世界的看法。写作最大的敌人，终归是自己。你得坐下来，先去写，然后持之以恒，重复这个动作，用一颗善感的心，带着清晰分明的脑子。在这件不知具体会何时结束的活计里，你自己首先得有一种愉悦感，直到彻彻底底做完它。

我想，一个人倘若没有"作家梦"还好，倘若有，不写完，心里肯定会一直惦记它。文学已经是我这辈子最大的"绑架"了，它似乎已经成为了我的某种执念。也好！这辈子，能够有一件从一而终坚守下去的事情做也不赖。

偶尔会问自己：既然这个世界有这么多人做文学，那，自己还有必要再写吗？这个问题很像：既然这个世界存在过这么多人类，还有必要让一个新的生命诞生吗？我很确定，文学于我，是一种需要，像呼吸、喝水、一日三餐这样的需要。将脑海里源源不断产生出来的念头，精准地捕捉下来，耐着性子，一一写出来，用自己的方式。写出来的字，被认真地阅读也好，或是无聊时打发时间也罢，都是一个个微不足道的意义。就是想要在这个世间留下一些什么。用字，用虚构，用自己喜欢的很安静的笔触，留下作为一名地球过客的凭证。

在这个已经沦落到"粉尘化"的传播时代，一本实体的书籍，这件看得见摸得着的印刷品，应该让触摸、翻动纸张的人，心里被非常温暖地安慰到。毕竟，人，要么看书，要么不看。就分这两种。

总有心情是没有及时写出来的，以及忘记写出来的。我想，在这部长篇小说之后，我将不会再轻易碰触情爱主题，我希望自己能够在这本书里，将这些年的困惑相对厘清，关键是终结掉反反复复的情绪困扰。为此，我祝福自己，更祝福与我有一样心理机制的读者朋友们，轻轻松松，快快乐乐，拥抱生活的美好。可以允许自己深刻地思索，但不要总是反刍。丢下固有的观念与认知，轻盈地上路吧，毕竟，人生还很长。

写至书稿后半部分，读到孙犁先生《谈稿费》这篇小文，其中有几句话印象深刻：

> 真正成绩的出现，要经过一段艰苦的努力，这种努力有时需要十年，有时需要二十年，各人的情况不等。文章不能发表，主要是个人努力不够，功夫不到所致……

我的写作、发表与出版之路并不容易，每一次创作都很珍惜，那是清晰分明所走过的时光旅途，代表了每个阶段自己的所思所想。我是真诚的。虽然我尚不清楚它在何时能够出版，我还是想将这部比较看重的小说先送给自己，当然，也送给你。或许，我的读者在浩浩荡荡的人群里，都是所谓的小众。没有关系。我们都是小众。我们都一样。

最后我想说，对待文学，对待写作，我是认真且勤奋的。如果没有什么不可抗的因素，我几乎每天都在创作。心中有愿望，很美好的愿望，很单纯的愿望，就只是想用文字去实现它。写至十万字时，是二○二二年四月二十五日凌晨五时十四分。记得很清楚，听见麻雀醒来，啾啾的叫声。时间大踏步地往前走，在浩渺的时空中，或许时间根本就没有意义。然而人之所以是人，我想不是因为掌握了多少知识，可以显示自己有多厉害，而是心中那份最真挚、赤诚的爱。对万物的爱。

无论做什么事情，只要是出于正义与爱，千万不要因个别人的误解，个别声音的否定，就气馁，然后用别人的冷嘲热讽，去怀疑、惩罚自己。永远记住：道阻且长，行则将至。一件事情的最终完成，需要锲而不舍，乃至偏执的精神。

我于二〇二二年十二月中旬不幸染疫，在高烧时，在退烧后，经过精神的失眠与身体的虚弱，让我对生命本身存在的意义，获得了新的感受。虽然到目前，我还说不上来，有哪些具体新的认识，但是在病痛的苦楚里，我的确强烈感知到了一丝丝有关生命的挣扎与呼喊，它把我之前企图想去寻求宁静的一颗心，搅扰得异常汹涌，即便这份新的发现，新的感受力道，一直是隐隐约约的不清不明，但，已然让我进入到对生命存在思索的变化阶段。它在一个没有定论的变化期，我的心，像是接收到了来自四面八方许多种不同频率的信号一样，在努力调试着天线，试图理顺它们进入与更新我的意义。也或许，没有意义就是最大的意义。人，作为灵长类智慧生命体，真是越经历，对外界与自己的认知，便越宽阔。我是真真切切地感觉到，一股巨大的慈悲力量在我的胸腔升腾。

一段岁月，化成一部小说。一部小说，陪你一段岁月。

《幻海》并不完美，尤其在我后期修改时愈发察觉到自己的不足，但我还是决定保留最初的文字线条，它们是我的一份初心，是真真实实的时间经过。终结掉这两三年的困顿，带上思索，继续笃定地奔赴下一段文学旅程。

感谢可敬的作家前辈刘庆邦老师为拙作撰写的推荐语。感谢为拙著撰写书序的《民族文学》副主编陈亚军。谢谢作家出版社资深编辑史佳丽老师亲自操刀编辑本书。感谢我的爸爸和妈妈。感谢雪松一直对我的支持。此次《幻海》有幸与九位优秀的少数民族作家一同入选中国作协二〇二三年度"中国少数民族文学之星丛书"项目，特别感谢北京作协的申报，亦感谢内蒙古作协两度推荐我到鲁院学习。感念文学路上十九年来帮扶过我的每一位师友。

愿善的正念，常驻你我心头。

鲍 磊

二〇二三年八月二十八日于北京